La noche de la Usina

Eduardo Sacheri

La noche de la Usina

ALFAGUARA

Primera edición: junio de 2016

© 2016, Eduardo Sacheri
© 2016, de la presente edición en castellano para todo el mundo:
Penguin Random House Grupo Editorial, S. A. U.
Travessera de Gràcia, 47-49. 08021 Barcelona
© 2016, de la presente edición en castellano:
Penguin Random House Grupo Editorial USA, LLC.
8950 SW 74th Court, Suite 2010
Miami, FL 33156
© Diseño: Penguin Random House Grupo Editorial,
inspirado en un diseño original de Enric Satué

Printed in USA

ISBN: 978-1-941999-81-3

Penguin
Random House
Grupo Editorial

Para ustedes, amores míos.
Como todo lo demás.

Los hechos y personajes de esta historia son ficticios, y cualquier parecido con la realidad es mera coincidencia.

Prólogo
Un hombre sentado
en un banco viejo

Hasta hace unos años a O'Connor venía el circo de los Hermanos Lombardero. Para mayo, cuando empezaba a apretar el frío, o a veces antes si el verano había sido malo en la costa, subían por la provincia y aterrizaban en el deslinde de las últimas casas. Los chicos se enteraban enseguida porque el pueblo era más exiguo que ahora, y porque apenas descargaban los primeros carros empezaba a escucharse el ruido metálico y hueco que soltaba la estructura a medida que la levantaban.

A la gente del pueblo no le atraían, del circo, ni los payasos ni los animales cansados. El que de verdad los cautivaba era el maestro de ceremonias. Arístides Lombardero se llamaba. Algunos decían que no. Que en la intimidad de los carros rodantes su mujer lo llamaba Carlos, y que Arístides era su nombre artístico. Otros pensaban que nadie podía elegir un nombre como ese, y que la única justificación para cargar con él, como una condena, era que a uno lo hubieran bautizado así.

En mitad de la función, después de los trapecistas, Arístides se sentaba en un banco de madera tan mustio como el resto de las instalaciones, bajo la luz impiadosa del foco más poderoso. Abandonaba la entonación ampulosa de las presentaciones de los números y adoptaba un tono casi íntimo, cercano, y empezaba a contar una historia.

Ahora que han pasado muchos años desde la última vez que vino el circo, la gente no consigue ponerse de acuerdo para decidir si Arístides era un buen narrador, a fin de cuentas. A juzgar por la devoción absorta con la que seguían sus palabras, sus gestos y sus pausas, debió serlo. Si uno piensa, en cambio, en lo mucho que le costaba mantener el hilo de las historias, no se puede estar tan seguro.

Sus narraciones empezaban por cualquier sitio, y parecía encontrar placer en confundir al auditorio. Tenía un repertorio de quince o veinte historias. Los chicos las tenían numeradas porque cada año echaba mano a las mismas que ya había relatado. Quince o veinte, eso era todo. Suficientes para las dos o tres semanas que permanecía el circo en O'Connor. Y no demasiado extensas: duraban el tiempo necesario para que los trapecistas recuperaran las narices rojas y las pelucas ridículas o convencieran al león de salir otra vez a la arena circular.

Sin embargo, Lombardero jamás repetía una historia exactamente igual a como ya la había contado. Al público eso lo divertía y lo inquietaba. Los más memoriosos pretendían tenderle trampas, y a los gritos, desde la platea, le recordaban los hechos, le exigían que recorriese senderos ya transitados. Pero el maestro de ceremonias se burlaba de esos caprichos "de burguesitos". Así los llamaba, y los gritones, que no tenían ni la menor idea de lo que significaba ser un burguesito, sentían subir la vergüenza por la piel y por la sangre y se llamaban a silencio. Que contase lo que quisiera, como quisiera. Pero que contase.

Como un jugador socarrón y desinteresado, arrojaba imágenes, frases, escenarios inconexos. No respetaba el orden cronológico ni causal de los sucesos. No. Disparaba personajes, climas, hechos trascendentes, detalles, metáforas que nadie entendía, en una enumeración que parecía caótica. Después se ponía a contar, y era su auditorio el encargado de encontrar un hilo, una razón, un desenlace.

Si Lombardero hubiese elegido alguna vez el cuento de Cenicienta, habría empezado mirándolos a los ojos y diciendo que en ese cuento hay una búsqueda, un deseo, un hechizo roto, una vieja malvada, dos jóvenes que se enamoran mientras bailan, una niñez en soledad, un zapato. Y después habría empezado a contar, pero no por el principio, sino por el lugar a donde lo indujera su impulso, el azar o el escándalo de la concurrencia.

De todos modos Lombardero jamás contó "La Cenicienta". Sus cuentos eran otros, distintos, propios. Los chicos suponían que los inventaba. Los grandes, que aspiraban a llamarse suspicaces, se permitían sospechar que eran de algún autor cuya identidad Lombardero voluntariamente les ocultaba.

Nunca nadie pudo sacarse la duda, porque en los años noventa el circo dejó de detenerse en O'Connor. Cosa curiosa: nadie es capaz, ahora, de recordar completo ninguno de esos cuentos. En los días malos los vecinos piensan que se les extravió la memoria. En los buenos lo atribuyen a la insólita maestría de Lombardero para enredar las historias, para llenar la mesa con naipes inverosímiles, para ser el único que podía encontrar el orden capaz de ubicar las cartas en su lugar. Una por una.

A veces habla la gente, en el pueblo, de la noche de la Usina. Pero siempre de manera parcial, confusa e inconexa. En general se refieren a dónde estaba cada quien, a qué hicieron durante el apagón y la tormenta, a lo que pensaron cuando se enteraron de que había sido un sabotaje, a lo que sospecharon después con respecto a los culpables. Pero nadie puede contar la historia completa. Ni abarcarla, con sus pormenores, sus antecedentes y sus consecuencias. Son demasiados hilos enredados. Se supo de un periodista de Buenos Aires que viajó hasta O'Connor con la idea de indagar en el asunto. Se quedó varias semanas, pero terminó volviéndose con las manos vacías. No fue falta de voluntad de los testigos. Más de uno se sentó largamente con el forastero a contarle lo que sabía. Pero ese es el problema. Aunque junten a todos, aunque eslabonen con cuidado obsesivo todas sus palabras, sus recuerdos y sus sospechas, hay cosas que quedan sin saber, sin explicar y sin entender.

No es porque sí que sucede esto. Es porque los que saben la historia son apenas unos pocos, un puñado de personas. Y son los que estuvieron. Los que la pensaron, la prepararon y la llevaron a cabo. Y aunque están entre nosotros, y son parte de nosotros, fingen saber lo mismo que el resto. Es extraño. Uno podría pensar que en un pueblo chico como O'Connor no hay modo de guardar un secreto. Y sin embargo la noche de la Usina es un secreto. Un secreto a medias, es verdad. Un secreto hecho de asuntos sabidos y confundidos a propósito, o por azar, o por las dos cosas.

Por eso hace acordar a Lombardero. Porque parece que hubiese sido él, sentado en ese banco viejo bajo la luz central de la pista, el único capaz de contar esta historia. Si esta fuese una de sus noches de circo, Lombardero miraría alrededor, haría una pausa teatral y, alzando la mano, enumeraría algunos de los elementos que componen esta historia. Diría que en ella hay un villano, un accidente de autos y un gerente de banco que huye pero termina alcanzado por la muerte. Un tipo que sumerge una topadora en la parte más profunda de la laguna y un muchacho que escapa para siempre. Una chica enamorada, unos cables eléctricos enterrados a lo largo de kilómetros y un hombre que llora porque sabe que jamás será feliz. Un albañil rencoroso a punto de morir y una estación de servicio en el empalme de la ruta.

Lombardero terminaría su enumeración con otro silencio, igual de teatral, y con una sonrisa torcida. Diría que ve la confusión pintada en los rostros de su público. Así, exactamente, lo decía: "Veo la confusión pintada en vuestros rostros". Y agregaría que no se preocupasen. Que él disponía de las claves para contar esa historia. Y que si había que ponerle algún título a esa historia, el título podría ser… "La noche de la Usina".

Primer acto
Un corazón que deja de latir

1

Dicen los viejos que hubo un tiempo en que las cosas andaban bien en O'Connor, aunque les cuesta mucho ponerle fecha a esa época de abundancia. "Acá...", dicen con un gesto amplio de la mano que señala las casas y el campo alrededor, hasta el horizonte, "No sabés...", agregan, sin mayores precisiones. Pero esperan que quien los escucha sí sepa, que entienda que se refieren a un tiempo en que todo era progreso. Hablan de la época de sus propios padres, o de sus abuelos, unos italianos anarquistas que vinieron y fundaron Colonia Hermandad en 1907. Y se refieren a que vinieron sin nada, o casi, y que en quince o veinte años le dieron forma al pueblo. Y dicen que cambiarle el nombre, como se lo cambiaron décadas después, fue un error que trajo la mala suerte.

Los jóvenes se preguntan si dicen la verdad. Si será cierto. En realidad, viendo este pueblo chato y entristecido, siempre igual a sí mismo, les cuesta imaginarse un tiempo en el que sí, las cosas eran buenas y el futuro se palpitaba como progreso.

Por algo tantos muchachos, cuando terminan el secundario, optan por irse. Los más inteligentes o los más sacrificados se van a estudiar a La Plata y terminan siendo abogados, médicos o contadores. Claro que además de inteligencia y sacrificio necesitan plata, porque si son hijos de las familias pobres no se van a ningún lado, se sacrifiquen lo que se sacrifiquen.

Los pobres siempre se quedan. Los pobres y los que fracasan. Los que no terminan de estudiar se vuelven. Como si la ciudad los vomitara. "Por burros o por haraganes", concluyen las vecinas, que no se andan con vueltas al momento de ponerles nombre a las cosas. Si vienen en tren le piden a alguien que los acerque, porque el único servicio que para en la estación es el nocturno, y nadie quiere caminar esos tres kilómetros que separan la estación y el pueblo en mitad de la noche. La ventaja de llegar así, tardísimo, es que el fracaso se mantiene subrepticio por algunas horas o algunos días. Le da tiempo al recién llegado de armar una coartada, un decálogo de razones. "Volví porque extrañaba. Volví porque me necesitan en casa. Volví pero por un tiempo. Volví pero me voy a volver a ir", es lo que dice el repatriado. "Volví pero no se rían de mí porque me voy a ir a la mierda, ya van a ver," es lo que piensa.

Los que consiguen permanecer en La Plata o Buenos Aires o Rosario hasta alcanzar un título ya no vuelven. Regresan de visita, claro, para las Fiestas o las vacaciones. Se los recibe con asados pantagruélicos y la conversación se prolonga hasta que se hace de mañana. A los idos y los permanecidos les gusta comprobar que siguen teniendo cosas en común. Que pueden entenderse. Que se siguen queriendo. Pero no es suficiente. Ya no encajan. La vida de los que estudiaron es otra y queda en otro lado. Por eso lo mejor es que se queden pocos días. Si no, ellos y los que no han podido se sienten defraudados.

Está bien que vengan. Y está bien que se vayan. Para que los que se quedaron puedan extrañarlos y para que los idos sientan que, llegado el caso, pueden volver. Aunque no sea cierto. Porque ninguno vuelve, salvo de visita. Hay algo que se corta, que se mueve de su centro o de su sitio. No está ni bien ni mal, pero es así.

Cuando en esas sobremesas tardías se les da por discutir estas cosas, algunos traen a colación el caso de Fermín Perlassi. Lo dan como ejemplo de un tipo que se fue muy joven y le fue bien y volvió y se quedó acá. Y es verdad. Pero el caso de Perlassi es diferente. Primero porque su viaje y su regreso sucedieron hace muchos años. Más de treinta. Y las cosas, tal vez, en ese momento eran distintas. Y además porque no se fue a estudiar, sino a jugar al fútbol. Se fue de muy chico, con dieciséis, o diecisiete. Y la verdad es que triunfó. Se hizo famoso, con la fama de esa época. Es decir, una fama de salir en los diarios, en *El Gráfico*, en el noticiero de la televisión tres o cuatro veces. Dicen que una vez fue tapa de *Gente*; pero dicen, porque ninguno en el pueblo vio esa tapa y a Perlassi no le gusta alardear. Logró una fama que no significaba hacerse rico, aunque sí significase ganar plata.

Porque es cierto que Perlassi volvió con plata. Con mucha plata. Por lo menos, vista desde los horizontes de O'Connor, era mucha. ¿Cuáles eran, en 1971, cuando Perlassi volvió al pueblo, los grandes negocios que podía comprar, si no se hubiera decidido por la estación de servicio? La mueblería, que se había ampliado mucho y vendía televisores, radios y equipos de música. El restaurante de la plaza, que tenía de un lado pizzería y del otro menú a la carta. El hotel, en una de esas.

Pero Perlassi no sabía nada de hacer negocios e intuyó que la estación de servicio sería más sencilla. Tal vez tuvo razón. Por eso compró la estación. La estación vieja, diríamos ahora. Porque hay dos. Pero en ese tiempo era la única. Ahora no, porque también está la nueva. La otra, la nueva, es la de Fortunato Manzi. Está sobre el asfalto, también nuevo, que sale derecho a la ruta 7. Pero Manzi no es de O'Connor. Es de General Villegas, la ciudad, la cabecera del partido. Villegas es otra cosa. Lo mismo que Manzi.

2

Hace tanto calor que después de cenar prefieren sacar las sillas afuera, para esperar la medianoche.

—¿Vamos allá, debajo de los eucaliptus? —pregunta Fontana.

—No. Mejor acá. Corre un poco más de aire.

Ponen las sillas en la vereda angosta de baldosas, en el contrafrente del edificio. Al otro lado está la estación de servicio, con sus surtidores y su playón de cemento cuarteado y el parador.

—Acá se está mejor —dice Perlassi.

Silvia se asoma desde el frente.

—¿Traigo los turrones y las nueces para acá?

—Sí, gorda. Corre un poco de aire, por lo menos —asiente Perlassi.

Los hombres se quedan en silencio. Fontana toca la pava para comprobar que el agua sigue caliente. El mate puede esperar un rato. Silvia se aproxima con una fuente rebosante de confituras.

—¿Esperan a mucha gente? —pregunta Fontana, sonriendo.

—Lo que sobra de acá lo llevamos a la Cruz Roja para darle de comer a Etiopía entera durante cinco meses —ironiza Perlassi.

—Oíme, Cruz Roja, si querés podés ayudarme, en lugar de quedarte ahí sentado como un pazguato.

Perlassi ignora el comentario. Fontana hace ademán de incorporarse, pero el otro lo disuade con un gesto.

—Dejá. Lo dice para joder, nomás.

Una brisa sacude la fronda de los eucaliptos y les deja un rumor fresco, liviano. Fontana consulta su reloj y comenta:

—Falta media hora para las doce.

—¿Abro una sidra?

—Esperá. No hay apuro.

Fontana mira la pava. No tiene ganas de cebar.

—Si estuviéramos en un programa estúpido de tele tendría que preguntarte cuáles son tus proyectos para el año que empieza, Antonio.

—Peor, Fermín. Esta vez es el milenio. Así que la pregunta es más ambiciosa: "¿Qué espera usted para el milenio que viene?".

Silvia deja la botella de sidra y tres copas y vuelve adentro.

—¿El milenio empieza este año o empezó el año pasado? —pregunta Perlassi.

—Otro debate interesantísimo —considera Fontana—. Pero si esto fuera la tele nos pondríamos a hablar del Y2K.

—¿De qué?

—El Y2K, Fermín. ¿Viste eso de que en una de esas las computadoras interpretan que el cero uno de 2001 es el de 1901?

—¿Pero puede pasar algo así?

—Yo qué sé. Dicen que sí. Hay empresas que se gastaron una ponchada de guita para precaverse.

Silvia vuelve con un táper lleno de frutillas recién lavadas y lo deja sobre la mesita. Por fin se sienta.

—La ventaja de estar en la lona es que estamos más allá del Y2K, entonces...

—Ajá.

—¿De qué están hablando? —se interesa Silvia.

—Nada, gorda. Eso de que las computadoras se pueden enloquecer con el cambio de milenio.

—¿Enloquecerse por qué?

—Por el cambio de año. Pero en O'Connor da lo mismo, Silvia —interviene Fontana—. No hay laburo. No hay computadoras. No hay un carajo. Estamos vacunados contra el progreso y todas sus consecuencias.

—Las buenas y las malas —corrobora Perlassi.

—Las buenas y las malas.

—Hablando en serio —Silvia se dirige al invitado—: ¿Qué te imaginás que va a pasar?

—A las doce es fin de año —dice Perlassi.

—Estoy hablando en serio y no te estoy preguntando a vos, tonto.

—Ah…

Perlassi apoya un dedo sobre la botella de sidra, que se ha cubierto de gotas de agua recién condensadas. Lo deja resbalar desde el cuello hasta la base de vidrio verde.

—Veamos —Fontana carraspea—. Lo de "un peso, un dólar" lo van a dejar como está, porque si lo tocan el país se va a la mierda.

—¿Tan así?

—Ajá. Hay cualquier cantidad de gente que debe un montón de guita. En dólares. No lo van a tocar. Y como no lo van a tocar, la única es que sigan pidiendo guita afuera para tapar el agujero.

—¿Y les van a seguir dando?

—Les van a dar cada vez menos guita, y cada vez más cara. Hasta que llegue un momento en que no les van a dar más.

—¿Y cuando pase eso?

—El país se va a la mierda.

Se hace un silencio. Perlassi empieza a despegar el papel metalizado del corcho de la sidra, pero entre la humedad y el pegote se le hace difícil.

—Y como el dólar está regalado están entrando un montón de cosas importadas por dos mangos. Y así no hay fábrica que aguante. Así que cada vez van a rajar a más obreros. Y cuanta más desocupación, menos consumo.

—Y el país se va a la mierda —acota Perlassi.

—Exacto. El país se va a la mierda.

—¿Y no hay manera de hacer algo? —pregunta Silvia.

Se hace un silencio largo.

—Sí —dice por fin Fontana—. Que De la Rúa le entregue la banda presidencial a Alfonsín, que es el único que nos puede sacar de este quilombo.

Perlassi sonríe. La idolatría de Fontana no mengua jamás. Pasan los años y las desilusiones, pero el amor de su amigo por Raúl Alfonsín sigue incólume.

—Algún día me vas a tener que explicar cómo convive tu anarquismo libertario con ese amor alocado que sentís por el Alfonso.

Fontana asiente en silencio, con los ojos muy abiertos.

—Si querés empiezo hoy y para diciembre de 2001 termino de explicarte mis razones.

—No, dejá. Otro día.

—Ustedes búrlense. Pero así no tenemos esperanza —dice Silvia, y Perlassi piensa que a su esposa la angustian los laberintos.

—El campo —dice Fontana, después de otra pausa—. Eso va a quedar.

—¿En qué sentido?

—Cuando se vaya todo a la mierda, Silvia. El campo va a quedar.

Una bengala de brillos plateados cruza el cielo, para el lado del pueblo.

—¿Vieron eso?

—Raro. No sé quién puede tener guita en el pueblo para fuegos artificiales como ese.

Como si fuera una respuesta, otra bengala parecida surge del mismo punto del firmamento. Pero esta, además, se abre con una explosión en una docena de estelas de colores.

—Como en *Plata dulce* —dice Perlassi, de repente.

—¿De qué hablás, viejo?

—De lo del campo. ¿Te acordás de la película esa, que habla de la época de los milicos? Pero no habla directamente de los milicos. Sino de los que se llenaron de guita en la tómbola financiera.

—Sí…

—Bueno, en la última escena están los dos hermanos. Los protagonistas.

—De Grazia y Luppi —acota Fontana.

—Exacto. Luppi está en la cárcel, y De Grazia lo va a visitar.

—Y llueve —Fontana parece estar también recordando.

—Llueve y De Grazia comenta algo así como "Con una cosecha nos salvamos todos".

Otra estela de fuegos artificiales se levanta desde el pueblo. Y enseguida otra, y otra más.

—Era cierto, parece —de repente Silvia recuerda algo—. Hoy comprando en lo de Benítez me crucé con Graciela Salvio, que me dijo que Horacio Lamas había comprado un montón de fuegos artificiales en Villegas. Y que los pensaba tirar en la plaza, hoy a la medianoche.

Perlassi se acuerda de la conversación que mantuvieron con Lamas dos meses atrás, cuando cerró la fábrica de antenas para siempre. La fábrica la edificó el padre de Lamas y en su momento de mayor esplendor llegó a tener ochenta empleados, que en un pueblo de mil personas es decir mucho. Pero a fines de los setenta se empezó a ir a pique. Como los de la película, asocia Perlassi. Lamas hizo de todo. Antenas de televisor, telescópicas para radios y para autos… Al final intentó con linternas. Pero las suyas, de costo, salían cuatro veces más que las importadas de China. Ahí fue cuando bajó la persiana y echó a los nueve empleados que quedaban. Hace un par de semanas pasó por la estación de servicio para saldar la deuda de combustible y comentarle que el auto lo vendía para pagar las últimas deudas chicas. Por si conocía algún interesado. Pobre Lamas. Ahí, cruzando el cielo nocturno de O'Connor, debían irse los últimos billetes del Renault 21 con tapizado de cuero.

—Lo del campo es imposible —está diciendo Fontana—. Comprar campos, digo. Cuando el país se va a la mierda, como ahora, los campos están baratos. Pero como nosotros no tenemos un mango, no podemos comprarlos. Y cuando el país levanta, los campos pasan a costar un ojo de la cara...

—Y nosotros no podemos comprarlos —completa Silvia, amargamente.

—Ajá... —concluye Fontana.

Ahora el cielo es un festival de luces que se cruzan en todas direcciones. Pobre Lamas, piensa Perlassi otra vez. Mira a su mujer. Le gusta ver el brillo de los fuegos en los ojos de ella.

—Comprar campos no podemos, pero tenemos otra opción —Perlassi se enfoca de nuevo en lo que están conversando con Fontana—. Que no es el campo, pero tiene que ver con el campo.

—¿Qué opción? —se interesa su amigo.

Perlassi alza el brazo hacia un costado. Señala más allá del ángulo del contrafrente del edificio, más allá de los surtidores de combustible, más allá del asfalto. Señala los seis silos enormes y vacíos, que se iluminan de tanto en tanto.

—La avícola La Metódica. Eso tenemos que comprar —dice Perlassi.

—Estupendo —dice Fontana—. Ya que el país se está por ir a la mierda definitivamente, compremos una empresa avícola que quebró hace veinticinco años y dediquémonos al engorde de pollos. Así después nos los metemos en el orto como hizo Leónidas hace veinticinco años.

—No —lo contradice Perlassi—. Vamos a comprar La Metódica por los silos. No por los pollos.

—¿Y para qué los querés? —pregunta Fontana.

—Yo coincido con vos en eso de que el campo, mal que mal, va a quedar. Y ponele que la cosa mejore un poco. Para el campo, digo.

—Sí.

—Bueno. Si ponemos una acopiadora de granos, les damos a los chacareros la posibilidad de almacenar, ¿entendés? Almacenan en nuestros silos, eligen cuándo vender, cuando mejor son los precios. ¿Me seguís?

—Supongamos que te sigo.

—Después, si la cosa prospera, uno lo puede armar mejor. Venderles a los productores las semillas, los agroquímicos, los fertilizantes. Pero ojo: como una cooperativa. Quiero decir, no para ganar plata.

—¿Y para qué lo haríamos?

—Mirá —Perlassi se lanza a enumerar sus razones con una seguridad que demuestra que lo tiene largamente madurado—. Lo armamos para la gente que tiene poco campo, ¿me seguís? Para que no tengan que arrendarle la tierra a un *pool*. Lo hacen ellos. Acopian con nosotros.

—En La Metódica.

—En La Metódica, sí, tarado. Después venden cuando les conviene. Como venden a mejor precio, y no tercerizan, nos pueden pagar a nosotros el servicio de almacenamiento. Y lo principal...

—¿Qué?

—Que les damos trabajo a unos cuantos, con eso.

Fontana, que al principio movía la cabeza negando, con escepticismo, a su pesar atiende a lo que dice su amigo.

—¿A cuántos?

—Ah, picaste... —sarcástico, sonríe Perlassi.

—No piqué nada, viejito. ¿Pero cuánta gente sería?

—Mirá. Yo creo que quince, veinte personas, por debajo de las patas. Y si la cosa prospera, más. Sobre todo si le incorporamos eso que digo de los insumos, y cosas así.

—¿Y qué sabemos nosotros de acopiar granos?

—No puede ser tan complicado, Fontanita. Es cuestión de ir aprendiendo.

—Un momento —alza el dedo Silvia, de repente—. Está mal.

—¿Qué cosa?

—Eso de las computadoras que decían ustedes.

Los hombres demoran en comprender que se refiere a lo que conversaron hace ya un rato.

—¿Mal por qué?

—Porque el lío podía armarse cuando pasó del 99 al 00. No del 00 al 01. Eso de las computadoras fue el fin de año pasado. No este. Andan atrasados, jóvenes.

Perlassi y Fontana se miran.

—Y después yo les doy bolilla a tus análisis económicos —ironiza Perlassi.

—Y yo, a tus planes empresariales —Fontana remeda su sarcasmo.

—A ver, a ver, que van a ser las doce. ¿Quién tiene bien la hora? —urgida, Silvia se pone de pie.

Perlassi descorcha la sidra y sirve las copas.

—¡Dale, Fermín, dale! —lo apura Silvia.

En el cielo de O'Connor sigue la fiesta de fuegos artificiales pagados por los últimos ahorros de Horacio Lamas.

3

Cualquier forastero que llegue a O'Connor lo ve a Antonio Fontana ahora y supone que siempre estuvo ahí, en la gomería destartalada que funciona en el garaje de su casa. Pero no es cierto. Ni siquiera es nacido en O'Connor. Llegó como subjefe del Campamento de Vialidad Nacional, el que instalaron en los tiempos de Frondizi. Se suponía que el Campamento iba a ser transitorio, mientras se pavimentaban las rutas del noroeste de la provincia. Pero fue quedando. Primero levantaron unas barracas para las oficinas y un galpón enorme para los vehículos. Después se agregaron dos playones, un depósito de materiales áridos, más oficinas. A veces llegaba la noticia desde la Capital de que iban a cerrarlo. Pero nunca pasaba. ¿Cómo lo iban a cerrar si la mitad de los del pueblo trabajaban ahí? Eso de la mitad es un modo de decir, capaz, porque claro que había gente que no. Los negocios de la calle San Martín, frente a la plaza, por ejemplo. Los que vivían del campo. Algunos más. Pero la mayoría sí.

Fontana es del gran Buenos Aires. Zona sur, por el lado de Quilmes o Longchamps. Llegó en los ochenta, cuando Alfonsín. Vino casado y con dos hijos chicos. En ese entonces había un plan de hacer unas lagunas encadenadas desde Salguero hasta General Pinto, para evitar que toda la provincia quedase otra vez tapada por el agua. Y lo de las lagunas iba a obligar a mudar un par de rutas y varios puentes.

Fontana se hizo el hábito de ir al bar de la plaza, aunque se cuidaba mucho con la bebida. Hablar, le gustaba.

Discutir de política. Cuando los lugareños le decían que era todo un verso y que ese plan de las lagunas era un invento, alzaba la mano como pidiendo una calma que en realidad nadie había perdido. "Ya van a ver… lo que sucede es que tienen que pasar las elecciones. Hasta entonces el Alfonso no se va a mover". Eso de "el Alfonso" era por el presidente Alfonsín, por quien Antonio Fontana profesaba una admiración apasionada "salvaguardando nuestras diferencias, porque en realidad yo soy anarquista". "Y si sos anarquista, ¿por qué lo querés, Fontana?", le preguntaban, para que soltase la lengua, porque a continuación Fontana despotricaba largamente contra los militares y los peronistas, a quienes odiaba con casi idéntica profundidad. Alfonsín había reemplazado a los primeros y evitado que los segundos ganaran las elecciones de 1983, y Fontana se sentía en deuda por eso.

Ya llegaría el tiempo de la sociedad libre. Pero primero había mucho que hacer dentro del marco de la democracia burguesa. Después sí, cuando esa democracia burguesa estuviera consolidada, Argentina iba a pasar "así" al futuro libertario, y acompañaba el "así" con un leve chasquido de las palmas, breve y fácil.

Enumeraba los logros de Raúl Alfonsín y consideraba que su propia venida a O'Connor era su modo de hacer patria. "¿Cómo, patria? ¿No se supone que los anarquistas odian la patria?", lo desafiaban. "Ustedes no entienden nada porque son una manga de chacareros brutos. El problema es la patria de los patrones, de los milicos y de los fascistas, no la patria-patria." Eso de la patria-patria era un concepto difícil de situar, tanto para Fontana como para los que lo escuchaban, que no se privaban del placer de ponerlo en el aprieto de intentarlo.

Los radicales ganaron las elecciones legislativas de 1985, como quería Fontana, pero la licitación para las encadenadas del noroeste no salió nunca. "¿Y qué quieren?", preguntaba Fontana, tristón, mirando hacia la plaza. "Con la deuda externa y los hijos de puta del Fondo Monetario. Y los milicos, meta y meta haciéndole quilombo."

Las elecciones para gobernador del 87 lo agarraron en O'Connor, todavía esperando. Para desolación de Fontana y solaz de sus críticos, el peronismo ganó en Buenos Aires y no volvió a perder en casi treinta años. Y el plan de las encadenadas se archivó para siempre.

"¿Y qué quieren…?", insistía Fontana, pero ya no terminaba las frases y dejaba vagar la mirada por la plaza vacía de las dos de la tarde. Su mujer ya se había cansado y se había vuelto a Buenos Aires con los hijos.

Para que hablase había que insistir con las preguntas que más lo irritaban. "A ver, Fontana, ¿cómo me defiende usted, siendo anarquista, a un presidente que saca una Ley de Obediencia Debida? ¿A ver?"

Fontana chasqueaba la lengua y negaba, como dando a entender que no iba a entrar otra vez en la trampa. Pero entraba. Siempre entraba. Y terminaba acalorado y afónico, soltando unas filípicas demoledoras contra los peronistas, los milicos y los comunistas, en orden aleatorio. Después, agotado, dejaba el dinero del café sobre la mesa y se iba de un portazo.

En las diez cuadras que lo separaban del deslinde del pueblo, ahí donde empezaba la cuadra larga de ripio mal pisado que llevaba al Campamento, se le iba apaciguando el ardor. Se metía en su oficina y encendía el primero de los muchos cigarrillos que fumaría durante la tarde, mientras destilaba su melancolía.

En el 92 llegó el aviso de que cerraban el Campamento. Ni siquiera entonces lo creyeron. Cerrar el Campamento era como cerrar la fábrica de antenas. O como cerrar el pueblo mismo. No podía ser.

Y sin embargo fue cierto. Una mañana de agosto que amaneció limpia y escarchada Fontana juntó al personal en el playón y dijo que la semana siguiente venían dos auditores de Buenos Aires a explicar bien el asunto. "¿Explicar qué?", le preguntaron. "Explicar qué carajo va a pasar cuando cierren este Campamento de mierda", dijo Fontana. Ese día se fue a su casa sin pasar por el bar del hotel.

Fue cierto eso de los dos tipos. Vinieron muy bien vestidos en un Peugeot 505 gris oscuro. Fontana les prestó la oficina y fueron llamando de a uno. Las opciones no eran muchas. O pedir el traslado o aceptar un retiro voluntario. Y dieron poco tiempo para pensar: hasta el día siguiente a la mañana, porque seguían viaje a La Pampa, al siguiente Campamento.

Mientras los auditores se iban a dormir al hotel Antonio Fontana armó una reunión medio improvisada en el comedor, para que cada empleado pudiera decir lo que pensaba. Nadie tenía demasiadas ganas de hablar.

"Agarren el traslado", aconsejó Fontana. "Pero yo soy de acá", dijeron algunos. "Yo no soy de acá pero estoy hace un montón de años", dijeron otros. Hasta los que se quedaron callados se notaba que querían agarrar lo del retiro. Un capataz, rápido para los mandados, ya los estaba haciendo firmar los papeles para comprar unos autos nuevos que venían importados de Europa del Este. "Óptimos para remís", remarcaba, mientras les mostraba el folleto.

"No sean boludos", insistía Fontana, "la guita parece mucha pero si no tienen laburo se la van a comer enseguida". "Claro, tiene razón", replicaba alguno, pero era porque los ponía incómodos llevarle la contra, porque lo querían. Pero estaban convencidos de que estaba equivocado. O, como ya estaban convencidos de comprar los Lada que venían de Rusia o los Dacia rumanos, necesitaban convencerse de que el equivocado era él.

Al final casi todos agarraron el retiro voluntario. Por unos meses pareció que O'Connor se había convertido en un pueblo de ricos, porque aparecieron un montón de autos nuevos. "Son una porquería", decía Fontana, "esos autos están hechos bajo la peor de las explotaciones: porque la explotación comunista es peor que la capitalista, porque engorda a los burócratas y pervierte los sueños de los proletarios". En realidad el comunismo ya no existía, pero a O'Connor las noticias siempre tardan mucho en llegar.

No pasó demasiado tiempo hasta que los que se habían metido a remiseros se dieron cuenta de que faltaba gente a quien llevar y sitios adonde ir, pero ya no había modo de echarse atrás. A tres de los empleados de Administración se les ocurrió asociarse, juntar las indemnizaciones y poner un videoclub. Esos tuvieron tres años de bonanza. Después llegó la televisión por cable y terminaron peleados y en la ruina.

"Hay que ser pelotudo", decía Fontana, en el bar del hotel, a la tardecita. "Los burgueses son explotadores, pero por lo menos saben hacer negocios. Ustedes se la quieren dar de empresarios pero son una manga de boludos."

Se le terminó de agriar el carácter. Él también aceptó el retiro voluntario, pero no puso ningún negocio en el centro, ni se supo qué destino le dio al dinero. Lo que hizo fue abrir la gomería en el garaje enorme de su casa. Como vivía a varias cuadras de la principal, fijó una cubierta de camión en la vereda del boulevard y un letrero señalando en qué dirección había que hacer trescientos metros.

"¿Una gomería?", le preguntaban, "¿Va a pasar de ser jefe del Campamento de Vialidad a gomero?". Le insistían con eso, pero Fontana parecía dispuesto a evitar las respuestas. A las cansadas, porque se hartó de la pregunta, o porque la última en preguntar fue Cecilia, la mujer del hotelero de la que, según decían, Fontana estaba enamorado, porque se lo preguntó con interés genuino y con dulzura, a ella sí le contestó.

"De ahora en adelante quiero un trabajo así, Cecilia. Simple. Primero el cricket. Después la llave cruz, tuercas afuera, sacar la rueda. Darle aire a la cubierta, sumergirla en la bañera, localizar las burbujas, señalar con tiza la pinchadura. Rueda desarmada, caucho pulido, parche puesto.

Rueda armada, llave cruz, cricket, llave cruz para el ajuste final. Eso es casi todo lo que puede pasar en una gomería. Y un montón de tiempo libre para pensar."

Esa fue la única vez que lo explicó. Y, en honor a la verdad, le fue mejor que a los videoclubistas y los remiseros. La gomería tiene un aspecto deplorable, pero casi todas las gomerías tienen la misma apariencia sucia y desvalida. Y funciona. Cada día, algo de trabajo tiene. Y eso es decir mucho, sobre todo si uno piensa en todos los negocios vacíos, y en todos los Dacia y los Lada que terminan de picarse de óxido, con las gomas bajas, en algún baldío del pueblo.

4

Fontana y Perlassi se quedan varios minutos contemplando la mole gris y abandonada de los silos, el playón de pavimento agrietado y salpicado de yuyos, el alambre tejido oxidado y medio vencido del perímetro, el gigantesco cartel de letras oxidadas y un poco torcidas de La Metódica.

—¿No habría que avisarle a la familia? —pregunta Perlassi.

Fontana lo considera un instante y vuelve a mirar el alambrado.

—No me parece, Fermín. Mirá lo que es esto. No viene nadie desde hace años. Ayudame a buscar un agujero en el alambre.

—Y vos decís que el hijo vive en Buenos Aires…

—Sí. Desde hace años. Desde la muerte del viejo Leónidas, calculo, que viven allá.

Algunos en O'Connor dicen que Víctor Leónidas era de Laboulaye pero la mayoría está segura de que no, de que se crió en Venado Tuerto. Es cierto que la plata grande la hizo en Laboulaye, con la carne. Eso fue a fines de los cincuenta. Después se siguió agrandando, tal vez con eso de que la plata llama a la plata.

Llegó a O'Connor en el 65 y compró las dos carnicerías del pueblo, pero nunca se mudó para estos lares. Pasaba nomás a buscar la recaudación de los negocios, a conversar con los clientes un rato los sábados a la tarde o los domingos a la mañana.

En el 72 o 73 salió con eso de que el futuro eran los pollos. Que la carne de vaca tarde o temprano iba a dejar

34

de ser negocio, pero que los pollos eran una mina de oro. Dicen que Leónidas era así, un tipo que se movía por impulsos y estaba seguro de que sus corazonadas, a la corta o a la larga, terminaban en triunfos. Si alguien le sugirió prudencia, nunca se supo. Aunque lo más probable es que más de uno se haya quedado callado con el tácito deseo de que le saliera mal el negocio, porque le envidiaban la suerte y la Chevy Cupé anaranjada que tenía y que ponía a 200 por hora en las rectas largas de la ruta 33.

Y si alguien le recomendó recato pues no habrá hecho caso, por eso de sus pálpitos. Un día cualquiera se levantó convencido de que los pollos eran el futuro y se puso a criarlos.

Primero se dedicó a faenar en el peladero que puso en Banderaló. Compraba los pollos ya engordados a los criadores de la zona y después vendía la faena en Buenos Aires. Pero le iba tan bien y se entusiasmó de tal manera que decidió fundar su propia empresa. "Avícola La Metódica", le puso, y la edificó quinientos metros más allá de la estación de servicio de Perlassi. Construyó tres pabellones larguísimos para el engorde, y seis silos de casi treinta metros, para el alimento. Arregló con unos tipos de Concordia, Entre Ríos, para que le mandaran los pollitos bebé, y él devolvía los pollos crecidos a los cuatro meses. Los entrerrianos le mandaban las vacunas, el alimento, todo le mandaban.

Por una temporada los números le dieron la razón con eso de la mina de oro. Compró más campos todavía y a la Cupé Chevy le sumó un Torino Cupé S200 color tostado y un Ford Fairlane azul marino que casi nunca sacaba de Laboulaye.

Hasta el 75 le fue bien, pero ahí se le fue todo al cuerno, porque fueron muchos los que olieron lo de la mina de oro y se dedicaron a lo mismo. De un día para otro hubo pollo para tirar al techo y el precio se fue a los infiernos y el viejo Leónidas quedó pegado con una deuda gigantesca. No le ejecutaron las instalaciones porque sus acreedores principales, esos de Concordia, también quebraron y se llevaron puestos a Dios y a María Santísima en la caída. Y al final todo fue un enredo de pleitos y abogados y juicios de los que nadie vio nunca un peso. Los pabellones los desarmaron porque el zinc de los techos servía para un montón de cosas. Pero los silos quedaron ahí, durante años, los seis, tres adelante y tres atrás, grises y vacíos.

De todos modos Leónidas no quedó en la ruina. Tipos con esas espaldas y esa picardía raramente quedan en la lona. Siguió con la carne y sus otros negocios, y pisando sus autos deportivos por las rutas de la zona hasta que un día mordió la banquina con el Fairlane azul marino por el lado de La Carlota. Eso fue por el 80, o el 81, y la familia dejó Laboulaye y se fue a Buenos Aires.

Caminan unos veinte metros desde el portón hasta la izquierda y encuentran un sitio en el que el alambre está desclavado del piso y abombado.

—Por acá anduvo pasando gente —dice Fontana, mientras levanta el alambre y le indica al otro que pase.

Perlassi duda, como si temiera ensuciarse la ropa o allanar ilegalmente una morada. Al final se pone en cuatro patas y avanza.

—Guarda que te vas a enganchar la campera. Mirá que el alambre este es asesino…

Perlassi arquea un poco más la espalda y sigue avanzando. Se pone de pie del otro lado y se sacude la tierra de las manos. Fontana lo sigue. Aunque tienen casi la misma edad, se mueve mucho más rápido, y Perlassi no puede menos que notarlo.

—¿Qué me mirás? —pregunta Fontana.

Perlassi lo ignora y camina hacia los silos.

—Acá estacionan los camiones —arranca Fontana, señalando el amplio playón que ocupa todo el frente.

Sus pasos despiertan un eco metálico en las paredes de los silos. Perlassi mira hacia arriba. Desde tan cerca, parecen edificios de varios pisos, aunque cilíndricos y sin ventanas.

—¿Cuánto miden de alto? —pregunta.

—No sé. ¿Veinte metros? ¿Veinticinco?

—¿Te das cuenta el grano que podemos almacenar?

Siguen avanzando. Detrás hay un galpón de dimensiones importantes que, oculto por los silos, no se ve bien desde la ruta.

—Creo que acá Leónidas tenía instaladas las incubadoras, las clasificadoras de sexo, esas cosas —informa Fontana.

—Ajá.

Perlassi ve que faltan muchas chapas del techo, que se habrán volado con las tormentas y las ventolinas.

—Acá pueden ir las oficinas, depósitos de insumos, un montón de cosas, Fontana.

El otro asiente. Salen del galpón por los fondos, a una extensión de pasto más grande que todo lo que llevan recorrido.

—Ahí estaban los criaderos. Unos pabellones alargados que tenían… no sé, cien, ciento veinte metros.

—Sí, de eso me acuerdo —responde Perlassi.

Cuando iban con Rodrigo a pescar a la laguna, de vez en cuando, tomaban por ahí, porque a dos kilómetros la senda termina en una playita linda donde les gustaba estar. Y de camino veían esos pabellones a la izquierda.

—Pero de eso no quedó nada…

—¿Y qué querés? Madera y nailon. La madera se pudrió y los plásticos habrán volado.

Vuelven sobre sus pasos y se detienen otra vez en el tinglado. Se ven algunas máquinas desvencijadas.

—¿Vos tenés idea de para qué sirve todo esto, Fontana?

—Supongo que serán las tolvas para elevar el grano a los silos. No sé. Alguna se parece bastante a las que usábamos en Vialidad. Seguro que si traigo a alguno de los muchachos se da idea de cómo echarlas a andar.

Perlassi echa un amplio vistazo y sacude la cabeza. Cuando sugirió lo de la acopiadora en esa sobremesa de Fin de Año tenía una ilusión lejana de que el plan podía servir. Pero ahora siente que puede ser, que puede servir, que puede darse.

—¿Qué pensás? —lo interrumpe Fontana.

—Nada —dice, y repara en un colchón arrimado a una esquina, a medias tapado con unas chapas caídas del techo—. ¿Eso qué es?

Caminan hasta el rincón y mueven las chapas. Además del colchón sucio hay dos botellas vacías de cerveza, algunos profilácticos usados tirados al costado.

—Si compramos esta pocilga, la limpiás vos, Fontana.

Empiezan a caminar hacia la salida.

—¿Y yo por qué?

—Porque yo tuve la idea. Soy el cerebro de la empresa, o qué te creés.

Perlassi mira a lo lejos, hacia su estación de servicio. Un Dodge 1500 está detenido frente al surtidor de nafta y Silvia lo está despachando.

5

A Perlassi le cuesta bastante entrar en tema, porque Lorgio es más tímido que él y siempre parece ocupado. Lo recibe con amabilidad, lo hace sentar y le ofrece café, pero después se pasa quince minutos seguidos hablando por teléfono, con cinco personas distintas. Se le quedó un camión en Chascomús, y está combinando el remolque, el arreglo y el traspaso de la carga a otro camión, todo al mismo tiempo.

Cuando termina de hablar y se encara con él, Perlassi demora un minuto largo carraspeando y buscando cómo sentarse mejor en su sitio. Desea que hubiese sido Fontana el encargado de hablar con Lorgio, pero cuando repartieron las entrevistas al azar le tocó a él, y por eso ahí está.

Perlassi no habla mucho, porque cree no saber hacerlo bien y teme enredarse. Se refiere a cómo está el pueblo, a cómo está todo, y Lorgio se muestra de acuerdo. Llega un momento en que se sumen los dos en un silencio entristecido, pero Perlassi se da cuenta de que no tiene sentido y redondea su idea: resume su conversación de año nuevo con Fontana, los argumentos de su amigo, la visita que hicieron al lugar, la conversación telefónica que mantuvieron con el hijo de Leónidas para sondear si, en una de esas, le interesaba vender las instalaciones de La Metódica.

A medida que habla va sintiéndose más y más flojo, como si él y sus argumentos fueran desvaneciéndose al unísono. Cuando vuelva a la estación de servicio va a llamarlo a Fontana para echarle la bronca. A quién se le ocurre llevar adelante semejante delirio. Un verdadero amigo debe precavernos del ridículo. Y Fontana, en lugar de disuadirlo, se sumó a ese proyecto estúpido.

Lorgio frunce el ceño mientras lo escucha. No lo interrumpe y lo deja llegar hasta el final (si a esos balbuceos erráticos con los que cierra su "propuesta" puede ponérsele un nombre tan ampuloso como "final"). Y después se levanta. Camina hasta la ventana. Mira el campo, porque su oficina da hacia el fondo, hacia el campo que en ese sitio son unos potreros sin sembrar. Y por fin se encara con él.

—¿Y cuánto dinero hay que poner? —pregunta abrupto, pero sin agresividad. Abrupto porque Lorgio siempre es así.

—Lo que *quieda* —responde Perlassi, haciendo una mezcla penosa entre lo que quiera y lo que pueda, mientras piensa que si fuera Lorgio lo estaría echando a patadas en el traste, por más que lleven treinta años de conocerse y apreciarse.

—Bueno, hombre…

Lorgio hace un gesto raro, difícil de interpretar, y Perlassi se queda pensando en ese "hombre" dicho con tono español, como si Lorgio no llevase sesenta de sus sesenta y dos años viviendo en Argentina. Cómo y cuánto pueden marcarnos los sonidos de la casa en la que nacimos, piensa Perlassi.

—Es que todavía estamos juntando. Fontana quedó en hablar con Arregui y con el farmacéutico. Yo con Belaúnde…

—Claro, claro… ¿y en cuánto están?

—Ciento treinta, ciento cuarenta… Estamos lejísimo de lo que pide el hijo de Leónidas, todavía.

En realidad aún no hablaron del precio con el hijo de Leónidas. Fontana sospecha que están más de 200.000 dólares debajo de lo que va a pedirles el empresario. Pero le recomendó que no fuera demasiado específico con Lorgio. No todavía, para no "desentusiasmarlo". Claro que para correr ese riesgo primero hay que entusiasmarlo, piensa Perlassi.

—Estas operaciones involucran mucho dinero… —murmura Lorgio.

Perlassi se quiere ir. Maldito Fontana. La voz de Lorgio lo sorprende casi en el gesto de incorporarse desde el sillón de las visitas.

—Querido Fermín —arranca el otro—, soy yo el que tiene que pedirle un favor a usted. Y no sé cómo lo va a tomar.

Eso sí que es una sorpresa, piensa Perlassi, pero se apresura a decir que sí, que por supuesto, aunque desconozca la especie y el tamaño del favor.

—Usted conoce a Hernán, mi hijo.

Perlassi asiente. Lorgio mueve las manos.

—Es un buen chico, pero… —Lorgio se detiene.

Perlassi cree comprender. Ese "pero" tiene que bastar. Lorgio no va a criticar a su único hijo públicamente, aunque su auditorio esté constituido apenas por uno de sus pocos amigos. No va a mencionar la fama de quilombero que Hernán cosechó en la adolescencia, las broncas legendarias que le echó el hombre canoso y cansado que ahora está de pie junto a la ventana, las borracheras y los escándalos, el choque y vuelco que casi lo mata en la ruta 5 y que dejó una Suzuki Vitara flamante convertida en chatarra, las esperanzas florecidas cuando Hernán pareció sentar cabeza y viajó a La Plata a estudiar Agronomía, la desilusión renovada cuando volvió ocho meses después, sin un peso y con dos parciales aprobados, la segunda temporada en La Plata porque lo suyo eran las Humanidades y por eso Letras pero al final tampoco, o la tercera temporada en Ingeniería Aeronáutica en la que permaneció por espacio de dos semanas y media. Perlassi piensa lo mismo. Que Hernán es un buen chico. Y que está bien que ese "pero" represente, compasivamente, el resto de su biografía.

—Este… usted pensará que soy un desfachatado por pedirle algo así…

Perlassi cree entender. Y no quiere que Lorgio diga más porque no hace falta que se siga humillando.

—Me parece que Hernán podría ser de gran ayuda —interrumpe—. Bueno, capaz que él quiere volver a La Plata a estudiar, no sé, Francisco…

El rostro del empresario cobra vida. Se ilumina. ¿Todos los padres seremos iguales?, se pregunta Perlassi.

—No, no, es que justamente, para mí sería… para él, en realidad, sería…

—Seguro que sí, Francisco. Pero tampoco quiero que se sienta obligado a poner plata como un modo de hacerle sitio a Hernán. Si el proyecto prospera podemos contar con Hernán de todos modos y…

—Está sacando la ciudadanía española —lo interrumpe Lorgio, otra vez los ojos clavados en el campo.

No es lo que dice sino cómo lo dice. Y Perlassi hace silencio, esperando que siga.

—Yo no… cuando dijo de estudiar Agronomía estuve de acuerdo. Lo ayudé en todo lo que estuvo a mi mano. Pero volvió con esta sandez de que no era lo suyo. Y luego Letras, y más tarde Ingeniería. Y aquí seguimos sin saber qué diantres es lo suyo…

Lorgio regresa y se sienta otra vez frente a Perlassi. Apoya los codos en el borde del escritorio y mira sin ver los papeles que hay regados encima.

—Pero con esto es distinto. Hernán dice que yo no lo apoyo, y es cierto. No quiero que obtenga la ciudadanía. No quiero que se vaya.

—Bueno, Francisco. Por otro lado… —Perlassi se pregunta qué haría él si Rodrigo le propusiera algo así. Se lo pregunta pero no quiere respondérselo.

—¿Sabe qué pasa, Fermín…? Yo crecí en una casa de emigrados. Yo no lo soy. Yo me siento de aquí. Aunque hable con eses y con zetas, y de "tú", y en el pueblo se rían de mis elles. Yo soy de aquí. Me gusta ser de aquí. Mi mujer nació aquí y está enterrada aquí. Pero recuerdo a mis padres. Los recuerdo siempre.

La voz de Lorgio tiembla un poco. Apenas. Y se ve obligado a pestañear varias veces.

—Nunca hablaban de eso. Jamás. Al menos delante de mí. Pero muchas veces vi a mi padre, sentado en el patio de la casa, al atardecer… Usted no sabe lo que era la tristeza de ese hombre, Fermín. Jamás lo decía. Jamás se quejaba. Si justo yo pasaba por delante y él sospechaba que había adivinado sus pensamientos, se apresuraba a decirme que no le pasaba nada, que pensaba en su pueblo, nada más. Pero que había hecho bien. Así, lo decía. "Hice bien, Francisco. Hice bien en venir aquí. Allí no había nada para nosotros. No entonces. No allí." Se golpeaba el muslo con el puño, creo que para convencerse del todo de que lo que decía era cierto. Y creo que lo era, Fermín. Pero el precio… creo que pagaron un precio altísimo. Un precio altísimo de tristeza que acumularon durante todos los años que vivieron lejos de su casa. Porque su casa era allá.

Los ojos de Lorgio se humedecen, más allá de todo pestañeo. Se pone de pie y vuelve a la ventana.

—Y estoy seguro de que mil veces hubieran hecho lo mismo, ¿eh? Mil veces habrían vuelto a subirse al barco que los trajo. Pero yo crecí viendo esa tristeza. Cuando pienso en mis padres pienso en eso. No pienso que sus huesos descansan aquí. Para mí eso es lo de menos. Lo que descansa aquí es su tristeza. Su tristeza es el cimiento de mi vida aquí. Su tributo. Pagaron con su lejanía un futuro para sus hijos. Para mí, que estoy aquí parado en este sitio. Y siento que si mi hijo se va, si mi hijo hace el camino inverso…

Perlassi hace un gesto como diciendo que está bien, que entiende, que es suficiente, pero el otro no lo ve, con los ojos fijos en el campo.

—Si mi hijo se vuelve a España me estoy cagando en esa tristeza y en ese sacrificio. Hernán no lo entiende, y tal vez está bien que no lo entienda. Porque los ojos son los de mis padres y el recuerdo es mío. No son suyos. Ni los ojos ni el recuerdo.

La nariz de Lorgio hace un ruido, como si su dueño estuviera remontando lágrimas. Un brusco movimiento del antebrazo en la cara parece indicar lo mismo. Pero sigue de espaldas y Perlassi lo prefiere. Por ambos, lo prefiere. Recién después de ese movimiento Lorgio se da vuelta.

—Cuente conmigo, Fermín. Estoy en esto. Y no se habla más.

6

Perlassi se encuentra con Juan Manuel Leónidas en un restaurante de Palermo Soho. Intenta no parecer acobardado, pero es tanta la opulencia que le da miedo que el otro pretenda que paguen la cuenta a medias. En ese caso Perlassi estará en problemas. Descuenta que en ese lugar, lleno de vasijas de roble y muebles caros, uno puede pagar con tarjeta de crédito. El problema es que no tiene margen para gastar con la tarjeta. ¿Aceptarán que uno pague en cuotas con la tarjeta? ¿O en los restaurantes solo se puede abonar en un pago? Abonar. Ese verbo no es suyo. Pero lo piensa así, abonar, dicho con la voz del mozo o de la *maître*, una chica preciosa y altísima que lo condujo desde la puerta hasta la mesa.

Ahora están sentados frente a una entrada de jamón crudo y endivias, y Perlassi no quiere ni imaginarse el costo. Un plato de dimensiones modestísimas. Pero endivias al fin. Todo es raro. Hasta la celeridad con la que Juan Manuel Leónidas, que se supone que es un tipo ocupado, aceptó que se encontraran. Perlassi se imaginó que le daría largas al asunto, o que directamente se negaría a conversar sobre la venta de los silos. Pero no. Apenas cambiaron unas frases por teléfono el hijo de Leónidas se mostró interesado y entusiasta y le ofreció dos fechas posibles para almorzar la semana siguiente. Perlassi se apresuró a aceptar. Por suerte pudo enganchar un camión de Lorgio que lo acercó a Constitución y se ahorró el viaje de ida. Ni loco viene solo, manejando desde O'Connor. Y Silvia tenía que quedarse al frente de la estación. Esta noche se volverá en micro. Tiene el dinero apartado para el pasaje. Pero el almuerzo es otra historia.

—¿Qué vino le gustaría tomar, Fermín?

Uy, Dios. Con vino. Con vino de restaurante. De restaurante así, que de por sí te arrancan la cabeza, y con el vino te la arrancan el doble.

—Elija usted…

—Por favor, ¿cómo "usted"? ¿Me conoció de chico y me va a tratar de usted?

En realidad tiene razón.

—Es cierto. Elegí vos, Juan Manuel. Elegí vos.

Juan Manuel Leónidas se enfrasca en la carta de vinos y Perlassi aprovecha para mirar hacia la calle. Parece mentira lo que ha cambiado ese sitio. Cuando de joven se vino a Buenos Aires a jugar al fútbol, el barrio de Palermo era una mezcla de casas viejas y talleres mecánicos. Se supone que es una buena noticia, pero son esas noticias que a Perlassi no le generan alegría sino sospecha. Algo debe andar mal por debajo de todo ese lujo, de toda esa belleza funcional y elegante, detrás del traje italiano de Juan Manuel Leónidas y de su sonrisa gentil mientras le pregunta si prefiere este malbec o este pinot noir.

—No sé si tuviste tiempo de pensar en lo que te comenté, Juan Manuel —arranca, como un modo de dejar atrás por lo menos algunas de sus dudas.

—Sí, sí, claro —afirma el otro, alisándose la corbata amarilla. Perlassi se pregunta cuándo fue la última vez que usó una corbata. El casamiento de…

El mozo viene con los platos principales y la conversación se interrumpe. Cuando se reanuda, Leónidas comenta que en principio sí está interesado, porque esa propiedad quedó de la época de su padre, y que los intereses familiares ahora pasan por otro lado, más por la inversión inmobiliaria urbana, bla, bla, y que seguro le interesa desprenderse de un activo que bla, bla, pero bla,

bla, y Perlassi hace el esfuerzo de seguir el discurso de ese muchacho, aunque le cuesta su buen trabajo, porque es de esas personas con tendencia a enamorarse del sonido de su propia voz, gente que a Perlassi le cae especialmente mal, cuando de repente las palabras "cuatrocientos cincuenta mil" lo sacan abruptamente de su ensoñación.

—Y creo que es un buen precio —está diciendo el joven empresario—. Es verdad que estos años no han tenido una rentabilidad demasiado positiva para los agronegocios, pero seguro que eso va a revertirse tarde o temprano —y bla, bla, bla…

Perlassi vuelve a perderse. No importa. Da lo mismo. Esa guita es imposible. Con Fontana se propusieron ser pesimistas y calcularon 200.000 dólares, como mucho. Dos pelotudos. Eso es lo que son. Pero eso fue lo que calcularon para esos silos abandonados y sus instalaciones oxidadas. Cuando arriesga una minúscula pregunta la verborragia de Leónidas hijo le sale al encuentro y le aclara que no, que a él le sirve enajenar la propiedad completa, que quedarse con unas pocas hectáreas no le sirve porque bla, bla, bla, y entonces ha sido todo al pedo, piensa Perlassi, y ahora de qué me disfrazo.

—Epa, ¡qué suspiro! —comenta el joven, y Perlassi se da cuenta de que se abandonó a suspirar con toda la hondura y la depresión que quiso, sin tomar en cuenta a su interlocutor.

Fuerza una sonrisa, hace un gesto, aduce el cansancio del viaje mientras sofrena como puede las ganas de levantarse e irse en ese mismísimo instante.

—Demasiados números, pibe. Debe ser eso. Lo mío es un poco limitado, en estos asuntos.

—Será en estos, porque en otros, en los verdaderamente importantes… —el tono de voz del joven ha cambiado. Es más pausado, más cordial, más íntimo—. ¿Sabe lo que es para mí estar almorzando con una gloria del fútbol como usted, Fermín?

Perlassi lo observa con cuidado y no, no se está burlando. Lo dice en serio. Lo piensa de verdad. Si no, no le brillarían así los ojos. "Gloria del fútbol". Habría que ver cómo se alcanza la gloria, y cuántos años tarda en gastarse. Perlassi prefiere pensarse a sí mismo así, con poca mística, mucho desgano y ninguna ceremonia. Pero algo le dice que en este caso le conviene proceder distinto. Algo en ese almuerzo acaba de modificarse. Y si hasta ahora todo ha sido tan bochornoso, tan inútil, tan sin esperanza, que cambie es de por sí una buena noticia. ¿Así que, de buenas a primeras, ese joven emprendedor aporteñado se muestra interesado en conocer su historia como jugador de fútbol? Buenísimo. Démosle el gusto.

—Usted jugó en una época en la que el fútbol…

"¿En la que el fútbol qué?", piensa Perlassi, pero no lo dice. Se queda pensando en la expresión de ese chico, porque ahora tiene una expresión de chico. Redonda, simple. Una expresión carente por completo de Palermo Soho y sus elegancias. Perlassi termina por entender. Ese pibe se crió en Laboulaye. Leyendo números viejos de *El Gráfico* y escuchando transmisiones lejanas. En ese mundo, Perlassi era una especie de embajador, de iniciado. Por un minuto Perlassi recupera esa vieja sensación de sentirse admirado. A medias le gusta. A medias lo incomoda. Pero hasta la actitud corporal del empresario ha cambiado. Tiene los codos en la mesa, los ojos bien abiertos, el silencio. Eso. Sobre todo el silencio. Ahora es un chico que se está dando el gusto de comer con uno de los jugadores que poblaron su niñez. Es eso. Perlassi jugó en la época en la que el fútbol… era todo. Esa es la respuesta que Juan Manuel Leónidas dejó sin completar. Para ese pibe el fútbol era todo.

Perlassi se obliga a vencer su pudor. Un poco porque tal vez les convenga. Otro poco porque le genera un recóndito placer esto de abandonarse por un rato a la vanidad.

Y otro porque no tiene más nada que hacer en esa ciudad enorme hasta que se haga la noche y se pueda tomar, en Retiro, el micro que lo lleve de vuelta.

Así es como se pasan tres horas conversando.

—Para estar a mediados de octubre hace frío, ¿no, viejo?

Silvia entra desde el playón con un saco de lana echado sobre los hombros. Perlassi no contesta. Está nervioso, preocupado, y el clima lo tiene sin cuidado. ¿Y si todo es una gran equivocación? No le gusta sentirse responsable por el dinero ajeno. Intentó compartir sus prevenciones con Fontana, pero su amigo se desentendió del asunto: "Si no hacemos algo nos comen los bichos, Fermín. Si hacemos algo y nos sale mal, también nos comen. O sea que para el caso...". Eso fue todo. Después lo intentó con Silvia, pero con ella también fue imposible. Esa mujer es demasiado optimista, y según su criterio las cosas no pueden salir mal. Nada. Nunca.

En el silencio del campo y de la noche crece un zumbido agudo y metálico. El Citroën 2CV de Alfredo Belaúnde, el jefe de estación del ferrocarril.

—Ahí vienen —dice Silvia en el tono de quien piensa en voz alta.

El ruido se extingue cuando Belaúnde estaciona en el playón, frente a la vidriera del parador. Se oye el abrir de las puertas del auto, los gemidos de la suspensión cuando los tres hombres se apean cerca de los surtidores, el estruendo metálico cuando vuelven a cerrarlas.

—Che, Fontana, ¿qué querés, romperme el auto?

—Auto. Yo no sería tan generoso a la hora de catalogar este cascajo.

Lorgio es el primero en asomarse por la puerta. Perlassi se incorpora y lo saluda con un apretón de manos. Silvia los recibe a los tres con un beso en la mejilla y después busca vasos y una botella de cerveza fría en la heladera. Fontana se acomoda en su silla y abre el cuaderno espiral de hojas rayadas donde lleva sus apuntes del proyecto desde que empezaron a darle forma. Carraspea. Lapicera en mano, vuelve algunas hojas adelante y atrás. Cuando Silvia ocupa su puesto, el hombre comienza a hablar.

—Empecemos por los aquí presentes. Fermín y señora, 30.000. Transportes Francisco Lorgio, representado en este acto por su gerente general y accionista mayoritario...

—Único, más bien —interviene el mentado, sin alegría.

—Único, entonces, entra con 100.000. El señor Belaúnde, que en un gesto de inusitada generosidad y estrechez de miras decide invertir los 10.000 pesos que tiene ahorrados en este osado emprendimiento, en lugar de invertirlos en cambiar ese cuatriciclo de chapa al que denomina pomposamente "automóvil" por uno que merezca cabalmente esa denominación.

—No te mando donde debería porque hay damas presentes —responde Belaúnde, sin beligerancia.

—Muchas gracias —se hace eco Silvia.

—No hay por qué —inclina la cabeza, galante, Belaúnde.

—Los hermanos López —prosigue Fontana— aportan la nada despreciable suma de 20.000 pesos, producto de las indemnizaciones que recibieron por el cierre de la fábrica de antenas.

Perlassi sacude la cabeza, contrariado.

—¿Ves? Esto es lo que me da miedo.

—¿Qué cosa? —pregunta Belaúnde.

—Que estos pibes no tienen dónde caerse muertos. Tienen familia. Los dos, tienen. Lo que más le dolía a Lamas, cuando cerró la fábrica de antenas, fue dejarlos a ellos en la calle. "Los mejores torneros que conocí", me dijo Lamas. Y ahora deciden usar la guita para esta locura nuestra, y encima...

—¿Y qué querés que hagan con la guita, Fermín?, me cacho —lo interrumpe Fontana—. ¿Que se compren un remís como todos los idiotas de O'Connor? ¿Eso querés?

—No digo un remís, pero...

—¿Un kiosco? ¿Que se pongan un kiosco?

Perlassi juega con el vaso de cerveza que tiene delante. Los ojos fijos en el borde. Le gustaría estar igual de convencido que Fontana.

—Hasta ahí llevamos 160.000, entonces... —retoma Lorgio, y los demás parecen agradecer su tono sereno que invita a que dejen atrás esa conversación que no los ayuda.

—Exacto —confirma Fontana—. Yo pongo los 22.000 que tengo ahorrados. Ya estamos en 182.000.

—¿Cómo es eso de un anarquista que ahorra en pesos convertibles a dólares, mi estimado? —ahora es el turno de Belaúnde para burlarse.

—"Mientras esperamos que se materialicen las condiciones objetivas necesarias para el triunfo de la revolución proletaria, el obrero debe procurar la satisfacción de sus necesidades en el marco de la economía capitalista" —con el dedo en alto, declama Fontana—. Mijail Bakunin.

—¿Bakunin dijo eso? —descreído, frunce el ceño Belaúnde.

Perlassi sospecha que no, pero no piensa intervenir porque las lecturas de esos dos lo acobardan bastante.

—Safa, el turco del supermercado, aporta 35.000 según acaba de confirmarme esta mañana.

—¿Tanto? Bien el turco... —Silvia suena apreciativa, contenta.

—Es que la gente lo último que deja de hacer es comer, señora —acota Lorgio, sombrío—. Por eso el supermercado soporta la crisis un poco mejor que otros rubros...

Los otros asienten. Suena razonable.

—Ya van 217.000. Rodrigo Perlassi, el dulce retoño de los amables anfitriones de esta velada, aporta 10.000 pesos. Ya estamos en 227.000.

Perlassi resopla. Hasta su hijo está involucrado en esa locura.

—Para ir redondeando. El farmacéutico Cacheuta pone 5.000. La viuda de Llanos 3.000. Hernán Lorgio, hijo del amigo aquí presente, 5.000.

—Debería poner más —Lorgio abre las manos frente a sí—. Si Cacheuta pone eso, mi hijo debería estar en condiciones de poner más dinero. Les pido disculpas, pero no lo tiene, no es capaz de... no hay modo de que aprenda...

—Nada que aclarar, Francisco —lo corta Perlassi, a quien le da pudor oírlo hablar así.

—Ya van 240.000. Y por último —termina Fontana, lapicera en alto—, el inefable, el inescrutable, el impredecible Medina se sube al proyecto de la acopiadora La Metódica con 2.000 pesos contantes y sonantes.

—¿Medina? —incrédulo, pregunta Belaúnde.

Los demás tampoco entienden.

—¿Y de dónde va a sacar el viejo Medina 2.000 mangos para poner?

La pregunta de Silvia es la de todos. Los Medina son catorce, quince o dieciocho. Nadie lo tiene del todo claro. Viven junto a la laguna en un rancho de adobe que se inunda con cada crecida.

—Parece que hace un tiempo el Municipio, o la Provincia, o la Nación, o no sé quién, porque el amigo Medina no es demasiado comunicativo, o sí es comunicativo pero no se le entiende un carajo, con perdón de nuestra anfitriona otra vez, parece que al amigo Medina le dieron un "subsidio de relocalización", lo que en buen castellano significa que le pusieron un dinero para que desalojara de una vez por todas el rancho que tiene al lado mismo de la laguna y se construyera otro en un lugar más alto. Pero el viejo zorro hizo los papeles, se embolsó la guita y gastó buena parte de la misma en una pickup Chevrolet modelo 79 con la que emprendió un viaje turístico a la localidad de Mar del Plata con toda la parentela, habida cuenta de que no tuvo, ni tiene, ni tendrá, la menor intención de proceder a la susodicha relocalización. Despejada la ecuación consiguiente resulta que: subsidio menos pickup, menos viaje a la Ciudad Feliz, menos alfajores para los amigos da un total de…

—Pesos 2.000 —concluye Belaúnde.

—Mango más, mango menos —confirma Fontana—. Bueh, mango menos no. Lo conminé a que guardara exacta esa guita porque la necesitamos computar así, enterita. Y me dijo que sí. Y en eso el viejo es de fierro. Si me dijo 2.000, contá con los 2.000.

—Bueno, si es por palabra empeñada, lo del subsidio…

—No, señor. Medina me lo aclaró. Ahí él firmó un montón de papeles. Pero no le dijo a nadie que sí. En voz alta, de frente, nadie le preguntó, y a nadie tuvo que responderle. Por lo tanto Medina no siente que haya empeñado su palabra.

—Madre de Dios —musita Silvia, y sigue un silencio.

—En resumidas cuentas… —Perlassi interroga con los ojos a Fontana.

—Son 242.000 pesos/dólares.

Silvia se levanta a buscar otra botella de cerveza. La trae ya destapada y llena los cinco vasos.

—No llegamos —comenta Belaúnde.

—Ni de cerca —confirma Fontana.

—¿Cuánto pidió el hijo de Leónidas?

—Dijo 400.000 —responde Perlassi, y se anticipa a la siguiente pregunta de Belaúnde—. Y no quiere vender una fracción, ni acepta nada en parte de pago, ni nada de nada.

—En 350.000 tiene que vender —afirma Lorgio, que lleva un rato callado. Lo dice seguro, sereno, sin prepotencia pero con la certeza de quien está acostumbrado a manejar números así de grandes.

—Seguimos 100.000 abajo —acota Fontana.

—Para ser exactos, 108.000 —corrige Belaúnde.

Se hace un silencio. Fontana y Belaúnde terminan sus cervezas. Perlassi y Lorgio dejan entibiar las suyas en los vasos.

—Aunque no me guste nada, tendremos que ir al banco —dice Fontana.

El aire se ha cargado de tensión y de augurios extraños. Tanto que a Belaúnde ni se le pasa por la cabeza burlarse del anarquista que quiere pedir un préstamo.

—Habrá que ir a Villegas —comenta Lorgio.

Silvia se pone de pie y lleva los vasos a la pileta de la cocina, para enjuagarlos antes de cenar.

8

Desde el café, Perlassi y Lorgio observan en silencio la puerta del banco. Es pasado el mediodía y es viernes, y en Villegas casi todo el mundo está almorzando o disponiéndose a descansar un rato, porque noviembre termina con calor y el día amaneció pesado.

Perlassi se encara con el transportista.

—¿Usted qué dice?

Lorgio lo mira sin responder. Sacude la cabeza. Vuelve a mirar hacia el banco.

—A mí nunca me gustó deberles a los bancos —dice, revolviendo el fondo de café que queda en el pocillo—. Al final, siempre se las ingenian para cagarlo a uno.

Perlassi supone que Lorgio debe estar nervioso, porque es raro que se permita utilizar palabras groseras, aun entre hombres, aun entre amigos.

—Pero por otro lado... Esos 100.000 que faltan... pues faltan. No están. Y los necesitamos. Y no tenemos a quién recurrir.

A Perlassi lo tranquiliza que su criterio coincida con el de un comerciante experimentado. Él no sabe hacer negocios. Se crió en una casa donde esas preocupaciones no existían porque nunca sobraba nada. Y cuando creció y tuvo algo de dinero se apresuró a invertirlo en un negocio que consideró rentable y simple. La compra de la estación de servicio fue "su" gran inversión. Y en los meses previos a la compra se pasó noches en vela en la que por su cabeza desfilaban todas las cosas que podían arruinarse y arruinarlo. Que le robaran el dinero camino a la escribanía. Que el escribano fuera un tránsfuga que

56

lo estafara. Que no lo robaran y que el escribano fuese honrado pero, a la hora de contar los billetes, la mayoría de ellos resultaran falsos. Nada de eso había pasado y el negocio había marchado más o menos bien durante unos cuantos años. Los suficientes como para criar a Rodrigo sin mayores sacrificios, y para ir de vacaciones a Mar del Plata casi todos los veranos. Ahora las cosas se habían puesto difíciles. Durísimas. Pero su hijo estaba criado, y con Silvia se arreglaban con poco.

—Podemos probar otra cosa… —ensaya, aunque no tenga ni idea de qué puede ser esa otra cosa.

Lorgio lo mira con el ceño fruncido y un gesto casi despectivo. Cuando piensa que su interlocutor dice estupideces, el español no pierde tiempo en sutilezas.

—Qué otra cosa, Fermín, válgame Dios. Si no hay nada…

El mozo cobra los cafés. Demora en devolver el cambio, como si quisiera forzar a esos dos clientes remisos a dejárselo como propina. Perlassi, que odia que le hagan eso, compone su mejor expresión bovina y lo mira mientras el otro saca los billetes y las monedas y deja todo sobre la mesa. Lorgio está ajeno al asunto.

—¿A usted le resulta complicado si el préstamo sale a su nombre, Fermín? —pregunta el español de repente.

Perlassi se sorprende. No lo han hablado hasta ahora, pero supuso que todos serían titulares.

—Es que a mí me resulta más complicado, por los negocios, las declaraciones juradas… No todo mi dinero está declarado, como supondrá… Espero que no lo tome como un atrevimiento de mi parte…

—Para nada, Francisco. Faltaba más.

Perlassi sabe que no hay trampa de parte del español. De hecho, Lorgio acaba de entregarle 100.000 dólares en mano, sin recibo alguno, para que lo guarde en la caja de seguridad que Perlassi tiene en ese banco. Como hicieron todos. Si eso no es confianza…

—Gracias por entenderlo.

Perlassi sonríe apenas.

—¿De qué se ríe?

—De que me da las gracias y está poniendo cien lucas verdes en un negocio que no necesita, que no se le ocurrió, y del que no se va a llevar un peso hasta sabe Dios cuándo.

Ahora es Lorgio el que sonríe.

—Bueno, pero me ha prometido emplear a mi primogénito, ¿cierto?

—Por supuesto. Gerente general, ministro plenipotenciario, eminencia reverendísima…

—Ja, ja. No. Que no es para tanto, Fermín, que no es para tanto…

Se quedan otra vez en silencio. Lorgio se aclara la garganta.

—¿Sabe lo único que espero? ¿Lo único que realmente espero con ansias, casi con desesperación? —Lorgio lo mira abriendo mucho sus ojos claros—. Que se lo merezca. Que el haragán, el atildado, el elegante y caprichoso señorito se merezca todo este esfuerzo.

9

—Pensalo —dice Alvarado, el gerente del banco—. Perdón por el tuteo, ¿lo puedo tutear?

—Sí, sí —responde Perlassi, que en el fondo preferiría que siguieran tratándose de usted. Es de otra época, en la que el tuteo se reservaba para la familia y los amigos, y no siempre.

—Te conviene… desde todo punto de vista —el gerente se ajusta un poco más el nudo de la corbata—. Las cosas están complicadas. No descubro nada diciéndotelo. Pero están complicadas.

El gerente juguetea con la lapicera, acomoda la calculadora, hace círculos alrededor de la cifra que escribió hace un rato. Un dos y cinco ceros, que ahora tienen varios círculos imperfectos y superpuestos alrededor, a medida que garabatea.

—Me da un poco de miedo —se sincera Perlassi—. Está todo tan revuelto que… no sé.

—Te superentiendo.

Perlassi odia cuando la gente dice así. Te superquiero. Te superentiendo. Te superextraño. Preferiría que el gerente lo entendiera a secas. Silvia le dice siempre que no se enrede en pavadas y probablemente es lo que está haciendo. ¿Qué importan los prefijos que use el idiota ese para remarcar lo que quiere decir? Lo que importa es que lo aconseje bien. Y si el consejo es bueno, Perlassi será un idiota si lo desoye.

—Pero si yo te presento la carpeta así, el préstamo no sale. Te lo digo yo, que trabajé muchos años en Casa Central resolviendo créditos. Van a empezar con los avales, la declaración jurada de ganancias, la capacidad de respuesta crediticia… la mar en coche.

Esa expresión sí le gusta. "La mar en coche", decía siempre su madre. De chico le llamaba la atención esa imagen: se imaginaba el Chevrolet 55 de su tío Federico flotando en el agua. ¿De dónde saldrá esa expresión de "la mar en coche"? Se reprende por seguir distraído. Tiene entre manos una decisión importantísima para él, para sus amigos, para el pueblo mismo. Y sigue dilapidando su atención en detalles estúpidos.

—Eso lo entiendo…

—En cambio, si vos tenés una cuenta, un plazo fijo también, pero mejor cuenta corriente, con 200.000 dólares…

—Son pesos…

—Dólares. Lo hacemos en dólares. ¿En la caja de seguridad no tenés dólares, acaso?

"Tenemos", piensa Perlassi, "tenemos 242.000 dólares. Pero los tenemos entre todos, aunque los guarde yo." Y piensa también que tendría que conversarlo con los demás antes de decidir. Pero son las tres menos diez, y el banco cierra a las tres.

—Puedo volver el lunes…

—Tranquilo, Fermín. Tranquilo. Lo único… es que no cambie todo de acá al lunes. Vos sabés cómo es esto. Estamos en Argentina.

—Sí, sí. Entiendo.

Se hace un silencio y ninguno de los dos hombres se esfuerza demasiado en interrumpirlo.

—Ahora bien —el gerente apoya los dedos de ambas manos en la mesa, como afirmando algo—. Si contamos con ese dinero en cuenta yo puedo defender mucho mejor tu préstamo.

—En la cuenta ya hay 3.000…

—Sí, sí. Pero ese es el giro habitual de tu cuenta corriente. Pero si lo llevamos a 250.000, los 100.000 te los prestan sin la menor… vacilación.

Linda palabra, piensa Perlassi. Alvarado la pensó bastante antes de decirla. Es raro ese gerente. ¿Vacilación? ¿Cuándo fue la última vez que alguien usó la palabra vacilación en un radio de doscientos kilómetros alrededor de Villegas?

Dentro de un tiempo, cuando Perlassi evoque esa tarde, esa oficina y esa conversación, sentirá que fue incapaz de detectar las numerosas alarmas que debió haber percibido. Pero eso será después. Ahora lo que hace es asentir y palpar el bolsillo de su camisa, donde guarda la llave de la caja de seguridad.

—¿Estoy a tiempo de hacer todo hoy? Digo, porque tendría que pasar por las cajas de seguridad, depositar...

—Absolutamente, Fermín. Ningún problema. Lo del horario de cierre es algo general, no para clientes... clientes-clientes como vos. Tenelo en cuenta de ahora en adelante, además. Vos me llamás, me decís: "Mirá, Alejandro, necesito que me esperen media hora, una hora, porque no llego", y te esperamos. Les aviso al custodio y a los cajeros y se te espera. Contá con eso. ¿Dónde está el servicio del banco, si no?

Perlassi se incorpora rumiando esa expresión de "clientes-clientes". El gerente también se levanta y le da un apretón de manos.

—Entonces voy haciendo el trámite...

—Adelante, seguro. Yo le aviso al cajero que espere, que tenemos una operación pendiente que tiene que salir hoy. Y apenas esté acreditado me comunico con Casa Central para que apuren la carpeta del crédito. En menos de una semana lo tenés acreditado en cuenta, y hacés la operación inmobiliaria sin contratiempos.

Perlassi desconoce el problema de dimensiones descomunales que enfrenta a partir del instante en que decide hacerle caso.

10

Fortunato Manzi entra al banco sobre la hora del cierre y se cruza con Perlassi, que va saliendo. Alguna vez sus amigos le preguntarán a Perlassi sobre ese encuentro, pero dirá que no lo recuerda. Estaba en otra, confundido, o angustiado ante la posibilidad de haberse equivocado con lo del crédito y los dólares de la caja.

Algunos piensan que si hubiese reparado en la presencia de Manzi, Perlassi habría sospechado algo malo, y se habría arrepentido, y habría echado las cosas hacia atrás. Pero no es cierto. Muchas veces las personas prefieren adjudicar los fracasos y las derrotas a mínimos caprichos del azar. Como si eso disculpara sus distracciones o sus equivocaciones. Y lo único que Perlassi sentía por Manzi, hasta ese momento, era una desconfianza difusa, ese malestar vago que uno siente cuando se cruza con gente que no es buena. Un pícaro, un tramposo, un vivo que se hizo rico jodiendo a otras personas. Eso es lo que se pensaba de Manzi en O'Connor y en otros pueblos de por ahí. Por eso, de haberlo visto, Perlassi habría pensado: "Mirá a este tránsfuga, dónde me lo vengo a encontrar". Nada más. Habría sido todo.

No tenía nada de excepcional que Manzi y Perlassi se cruzaran en un banco, en Villegas. En O'Connor no hay movimiento como para justificar un banco. Por eso los comerciantes que necesitan una cuenta corriente tienen que abrir una en la ciudad. Y en esos días, además, en que todo el mundo andaba como loco, embalándose con todos los rumores y los trascendidos y las sospechas, era de lo más normal que uno se cruzara con un montón de gente en los bancos de Villegas.

Y lo que es seguro es que Manzi ni siquiera reparó en que el tipo que salía del banco mientras él entraba era Fermín Perlassi. Para Perlassi, después de todo lo que pasó, Fortunato Manzi es el enemigo. Pero después de lo sucedido. Antes no. Y para Manzi, Fermín Perlassi es nadie. Antes o después. Si se detiene un poco a pensarlo, sí, Perlassi es aquel ex jugador de fútbol nacido en O'Connor que fue muy conocido en los años sesenta. Nada más. Ah, y es el dueño de una estación de servicio desvencijada en el acceso viejo al pueblo. Punto. Eso es todo lo que puede pensar sobre él.

Sobre todo si Manzi viene embalado porque acaba de llamarlo Alvarado, el gerente, diciéndole que tiene "un negocio redondo" para que hagan. Con semejante anticipo Manzi deja la oficina a cargo de su secretaria y corre, casi, la cuadra escasa que lo separa del banco. No es la primera vez que Alvarado tiene grandes ideas, y Manzi se felicita de haber encontrado semejante socio.

Manzi golpea directamente en la puerta del gerente, sin anunciarse con la secretaria, que lo deja hacer. Alvarado lo recibe con una sonrisa y lo invita a sentarse con gesto sigiloso, mientras cierra la puerta. El gerente no vuelve a su sillón, sino que se encarama en el borde del escritorio, del mismo lado de su visitante.

—Perdoname que te haga venir así, Fortunato, pero esto no podía esperar.

—¿Hay algún problema con lo del otro día?

"Lo del otro día" es un circunloquio para referirse a la última entrevista que tuvieron en esa oficina, el lunes pasado. Alvarado le pasó el dato de que en cualquier momento "se va todo a la mierda", así, sin tecnicismos. Que pasara todo a dólares. "¿Todo?", había preguntado Manzi. "Todo, absolutamente todo". Y que vaciara las cuentas. Que pusiera todo en caja de seguridad. Que se venía la maroma con Cavallo y que después nadie iba a poder sacar un mango, y menos un dólar. A Manzi no le habían dado las piernas para hacerle caso. De paso, aprovechó para hacerse el difícil con los pagos a sus proveedores, llorando lágrimas de cocodrilo, y difirió un montón de cheques, en pesos, hasta febrero.

—No, al contrario. Me acaba de surgir una posibilidad que es un filón.

Manzi escucha. Alvarado sabe ir al grano sin florituras. Hay unos tipos de O'Connor que quieren un préstamo. Alvarado acaba de convencerlos de que ingresen esos dólares a una cuenta.

—Y los tengo acá. Recién depositados.

Manzi entiende. Alvarado puede hacerle un préstamo exprés. Sacar estos dólares como sacaron todos los demás. Después, Dios dirá. Si la semana que viene no se puede retirar plata, tenerla fuera de la cuenta es un negoción, porque no habrá un billete ni dibujado. Si terminan devaluando (y tarde o temprano, van a devaluar) esos dólares valdrán cuatro, cinco veces más, sin hacer nada.

—Buenísimo. Hablemos de tu comisión.

Manzi lo dice mirando de frente a Alvarado. ¿Es idea de Manzi, o una sombra de decepción cruza por la expresión del gerente? Manzi sabe elegir las palabras cuando hace negocios. Y no es casual que haya elegido el término "comisión". No son socios. Que quede claro. No es un "vamos y vamos". No, señor. Manzi es un cliente y Alvarado un… asesor financiero. Un asesor con información privilegiada. Ni más ni menos. Sobre todo ni más. Pero Manzi sabe que juega a ganador. Alvarado no puede prestarse el dinero a sí mismo. Al comerciante le encanta cuando las relaciones son así de claras. Manzi gobierna. Alvarado colabora. Y la vida es perfecta.

11

—¿Se enteró de lo que hicieron? —pregunta el Tuerto mientras Perlassi le carga nafta súper a su Volkswagen.

No. Perlassi no se enteró. Tampoco está muy seguro de querer enterarse. "Hicieron." Ese plural no es cualquier "ellos". Es el gobierno. Cavallo, De la Rúa. Da igual. Un ente indeterminado y amenazante.

El viernes Perlassi salió del banco cargado, tapado de dudas. Se pasó el fin de semana intentando serenarse. El Tuerto se aleja con el Gacel echando humo por el escape. No se ve porque es de noche, pero el olor es inconfundible. Ese auto debe tener los aros destruidos, piensa Perlassi.

—Fermín —escucha que Silvia lo llama desde el parador.

La sola forma en que lo dice le eriza la piel. Un tono neutro, despojado de emoción, pero porque lo gobierna un espanto que queda más allá de las otras emociones. Mientras camina hacia dentro Perlassi recuerda dos, tres ocasiones en las que Silvia le habló con esa voz. Nada bueno puede empezar así. Su mujer está sentada frente al televisor, sintonizado en un canal de noticias.

—¿Qué pasa? —pregunta Perlassi, pero su mujer no reacciona.

En los minutos siguientes empieza a entender. Suena el teléfono y Perlassi supone que es Fontana. O Belaúnde. También podría ser Rodrigo. Pero no tiene ganas de atender. El ministro de Economía habla de que no se puede sacar plata de los bancos. Perlassi quiere decir algo pero la voz se le estrangula. Carraspea. No quiere que su mujer le escuche esa voz de pánico.

—¿Y cuánto dijo que se puede sacar por semana? —por fin lo dice con una voz más o menos entera.

—Doscientos cincuenta pesos. Mil pesos por mes —dice Silvia.

Perlassi sabe que tiene que hacer una cuenta pero no lo consigue. Mete la mano en el bolsillo. Tiene puestos los mismos pantalones que ayer viernes, cuando hizo el trámite en el banco. Hurga un poco y ahí está, abollado pero entero, el ticket que le dieron. "Depósito en cuenta corriente" dice arriba de todo. Saldo anterior, dice también. Ayer apenas miró el papel, cuando se lo dieron. Qué tonto, piensa Perlassi. Él entregó un montón de dinero y el único comprobante que tiene de que lo entregó es precisamente ese recibo. Y recién ahora se le da por leerlo. El recibo está bien. Primero dice: "Saldo anterior… $3.233,45". Está correcto. Ese era el saldo que tenía el viernes a la mañana en la cuenta. Después dice: "Depósito efectivo… $242.186,12". Ahí está la cifra exacta, hasta con las monedas. "Saldo actual… $245.419,57". Y sin embargo ahora el ministro dice que se pueden sacar 250 pesos por semana. Eso quiere decir que, si quiere sacar los dólares que juntaron entre todos para comprar La Metódica, tienen que pasar… No es capaz de sacar la cuenta. Es rápido para los cálculos mentales, pero esta noche no. En absoluto. Necesita sentarse. Mejor lo divide por mes. Con números redondos es más fácil. Si son 1.000 por mes, y son 242.000, significa que son doscientos cuarenta y dos meses, y entonces…

—Veinte años —dice Silvia.

Solo eso. Y Perlassi entiende que ella acaba de hacer la misma cuenta que él, pero con la lucidez y el valor de terminarla. Doscientos cuarenta y dos meses son veinte años. Veinte años son los que van a tardar en sacar la plata que Perlassi depositó ayer en la cuenta bancaria.

Perlassi se incorpora y camina hasta una de las heladeras. Saca una cerveza. Demora mucho en abrirla porque las manos le tiemblan. Vuelve a sentarse. Su mujer cambia de canal una vez, dos veces, entre los canales de noticias. Siempre hace lo mismo. Con el volumen del televisor muy alto. En general Perlassi se queja, pero hoy ni siquiera lo percibe. Lo único que ve es la imagen de los dólares que entregó ayer en la ventanilla. La caja de zapatos llena de fajos de cien billetes de cien dólares. Los fajos de menor valor, donde estaba el dinero de los López, de la viuda de Llanos, de Medina. Los 2.000 dólares de Medina eran casi todos de cinco y de diez dólares. Hasta de un dólar, unos cuantos. El cajero demoró un montón en contarlo, pero no hizo comentarios. Después los guardó. Y le dio ese recibo que Perlassi recién ahora acaba de leer.

Tiene frío. Apenas ha tocado la cerveza. Los dos primeros sorbos lo asquearon. Sigue con la imagen de los fajos de dólares. En los meses y los años siguientes volverá a pensar muchas veces en ese recuerdo. Cuando los sacó a las apuradas de la caja de seguridad, mirando el reloj para que no se hiciera el horario de cierre, aunque Alvarado —todo palmadas, todo sonrisas— le había dicho que se tomase todo el tiempo del mundo. Cuando los guardó en la caja de zapatos. Cuando salió hacia donde estaba el cajero esperándolo. Cuando empezó a pasárselos para que los contara. Cuando el cajero los tuvo alineados frente a sí. Doscientos cuarenta y dos mil dólares. Perlassi tiembla. Silvia le pregunta qué le pasa, que tiene tan mal semblante. Perlassi tiene frío, aunque cuando se toca la frente advierte que la tiene empapada de sudor.

Silvia le habla. Perlassi la mira, pero no entiende lo que le dice. Se acuerda una vez más de los billetes. Los fajos. De cien casi todos, pero algunos con muchos billetes chicos. Los de Medina, de diez, de cinco y de uno. Y todo se vuelve negro y Silvia grita y Perlassi se desvanece contra la mesa, que está humedecida en el sitio en el que estuvo apoyada la cerveza.

12

Silvia ceba mate en silencio, sentados los dos en los banquitos de madera, a un costado de la playa de los surtidores. Si viene un cliente, desde ahí lo ven lo más bien. De todos modos es difícil que venga nadie. En todo el día llevan despachados tres, cuatro autos como mucho. En la radio hablan del "Corralito". Empezaron el otro día y ahora están todo el tiempo batiendo el parche con eso del Corralito. Perlassi siente que es peor. Eso de estar escuchando la radio todo el tiempo, o viendo las noticias. Pero Silvia parece necesitarlo. Como si la realidad entrase en su vida así: con titulares de la tele y boletines radiales cada media hora.

Silvia hace un gesto señalando el horizonte. El Citroën verde de Belaúnde. Son las seis de la tarde y sigue haciendo calor. Cuando el auto se detiene se bajan dos hombres: a Belaúnde lo acompaña su sobrino, el de Villegas. Trabaja en el banco. Perlassi entiende que tiene que ver con todo lo que está pasando.

Perlassi y su mujer se ponen de pie para recibirlos. Belaúnde lo presenta, pero ellos le aclaran que no hace falta. Se han visto en cumpleaños, en bautismos y en algún velorio. Silvia ofrece una cerveza, algo fresco, unos sándwiches. Los visitantes sonríen pero dicen que no. Que tienen que comentar algo importante. Belaúnde aclara que es su sobrino el que tiene que comentarlo. Silvia se ofrece a, por lo menos, cambiar la yerba. A eso le dicen que sí.

Mientras su mujer trajina en el parador Perlassi hace preguntas generales, para no entrar en tema y que después el visitante se vea obligado a repetir lo que tiene para contar. Fernando, que así se llama el sobrino de Belaúnde, responde con gesto resignado. Es una pesadilla. Cada día el banco es una tortura renovada. La gente se agolpa en la vereda. Los hacen pasar de a cinco para evitar tumultos. El primer día no tomaron esa precaución y la sucursal fue un caos. Ahora dejan baja la cortina metálica, y los de afuera se la pasan golpeando.

Perlassi asiente porque lo vio. El lunes, después del anuncio del ministro, estuvo en el banco a las seis de la mañana. No era el único. Debían ser como cien los que esperaban. A las diez de la mañana eran como trescientos, supone, porque tampoco hay manera de contar a la gente en ese jaleo. Perlassi no se sumó a los que golpeaban la persiana, a los que gritaban "chorros", a los que lloraban sentados en el cordón de la vereda. Se mantuvo a un costado, como si en el fondo supiera que todo era inútil.

Muy de rato en rato, cuando salía del banco algún conocido, esperaba que dejaran de asediarlo los más nerviosos, los que estaban en primera fila, y se atrevía a preguntarle cómo le había ido. Con tres o cuatro veces le bastó para saber que todo era tan malo como suponía: no devolvían la plata. No había manera. Doscientos cincuenta pesos por semana. Punto.

Silvia vuelve con el termo y el mate recién cebado. Se sienta y arranca la ronda por las visitas. Fernando le hace un mínimo resumen de lo que han estado hablando. Cuando menciona los golpes en la cortina metálica da la impresión de estar a punto de derrumbarse. Debe ser atroz trabajar así, piensa Perlassi.

—Pero hay algo que me contó Fernando que tienen que saber, Fermín —dice Belaúnde.

—¿Qué cosa? —pregunta Silvia.

Fernando carraspea, como aclarándose la garganta, y empieza a contar. Habla del 30 de noviembre, el último viernes "normal" antes del terremoto. Le recuerda a Perlassi que se vieron y se saludaron a la distancia, por encima de los vidrios de las cajas. Perlassi asiente. El pibe estaba en la caja de la punta, a la izquierda, al otro lado del tesorero. A él lo atendió otro muchacho, uno pelado, con barbita. "Sosa", aclara Fernando. Perlassi vuelve a asentir, mientras recuerda los fajos de dólares apilados. Así que ese muchacho pelado de barba que contó sus dólares se llama Sosa.

—Cuando usted se fue, al toque entró Fortunato Manzi. ¿Lo ubica?

Perlassi y Belaúnde cruzan una mirada. Claro que lo ubican. Cuando estuvieron a punto de cerrar la estación de ferrocarril de O'Connor fue, entre otras cosas, porque Manzi tenía un arreglo —coimas mediante— para poner una línea de combis con cabecera en Villegas. Los trenes iban a parar solamente ahí. Y los pasajeros que tuvieran que ir a los pueblos tendrían que tomarse esas combis. Perlassi había movido cielo y tierra y habían conservado la estación en O'Connor. Pero les había quedado claro que ese Manzi era un peligro. Recordarlo todavía lo indigna. Pero Perlassi no entiende a dónde va el asunto. Todavía.

—Entró Manzi y se fue directo a la oficina del gerente. A los dos minutos salió Alvarado y lo encaró a Sosa, derechito.

Silvia termina la ronda y se ceba un mate para ella.

—Le dijo que necesitaba los dólares que acababan de depositar. Sosa le preguntó cuánto. Y el gerente le dijo: "Todo. Dame los 242.000 que acaban de entrarte".

Perlassi está confundido. No llega a entender qué significa todo eso. Pero no puede ser nada bueno. Que venga Belaúnde, que venga el sobrino de Belaúnde a contárselo solo puede significar que es algo malo.

—El gerente lo encaró al tesorero, Casco, y le dijo que le diera también los dólares que tuviera. Casco le contestó que le diera tiempo a contarlos, pero el gerente le dijo que tenía que tener otros 80.000 dólares, de operaciones chicas.

—Y era cierto —agrega Belaúnde.

—¿Y cómo sabía? ¿Siempre sabe el gerente?

—Nunca sabe el gerente —responde rápido Fernando—. No tiene ni idea. Este gerente, por lo menos, no tiene ni puta idea. Pero sabía perfecto lo que teníamos todos. Porque nomás desde la ventanilla del tesorero me dijo a mí que le pasara también los que yo tuviera, que debían andar por 5.000. Después, hablando con Casco, me di cuenta de que los dos días anteriores habían venido varios clientes a depositar dólares en caja de ahorros. Raro, con la que se venía. Y Alvarado se sabía de memoria quiénes eran.

Silvia deja de cebar. Se miran con Perlassi. Perlassi siente una piedra creciéndole en el estómago.

—El asunto es que Alvarado juntó más de 300.000 dólares entre todas las cajas, y se metió en su oficina, donde lo esperaba Manzi. Y a los dos minutos salió Manzi con un portafolios que seguro estaba lleno de esos dólares.

El silencio, esta vez, es más prolongado. El que lo rompe, al final, es Belaúnde.

—Estaba todo armado, Fermín. El hijo de puta de Alvarado debía saber de antes la que se venía, entendés. Convenció a unos cuantos boludos de que pusieran los dólares en las cuentas, y le hizo un préstamo a Manzi justito antes de que explotara todo a la mierda.

Perlassi se queda pensando sobre todo en la expresión. "Unos cuantos boludos". Sabe que el ferroviario no ha pretendido insultarlo. Para nada. Pero tiene razón. De todos modos, entre esos cuantos boludos, el más boludo es él. Doscientos cuarenta y dos mil veces boludo. Veinte años para sacar la guita, a 1.000 dólares por mes.

—Dicen que esto no va a durar —acota el sobrino.

—¿Qué cosa?

—Lo del Corralito para el dinero.

—¿Porque se va a arreglar? —en el tono de Silvia hay un matiz de esperanza.

—No. Porque va a volar todo al carajo, con perdón. Van a tener que devaluar...

El muchacho se detiene. Silvia ha soltado un gemido. Nada más. Fernando mira a los hombres, que están con los ojos fijos en la mesa o en el piso. Perlassi saca cuentas.

—Pero si uno tenía dólares le devolverán dólares...

Es como si Silvia jamás pudiese rendirse, piensa Perlassi.

Ahora los tres hombres hacen silencio. Perlassi se acuerda de la vez que le robaron el estéreo del auto. Habían ido con Rodrigo a Buenos Aires a comprar una de las heladeras del parador. Era en la zona del Abasto. Estacionaron en la calle porque eran las diez de la mañana, porque se iban enseguida, por estúpidos.

Cuando volvieron, vieron los vidrios regados en la vereda. Lo que más le había dolido a Perlassi no había sido el estéreo. Ni siquiera la ventanilla rota. Como andaban cortísimos de plata tuvieron que tapar el agujero del vidrio con un plástico. En el pueblo, con tiempo, ya verían cuánto costaba arreglarla.

Lo peor fue la sensación. La sensación de sentirse usado, humillado. El asiento del acompañante estaba tapado de vidrios minúsculos. La guantera abierta. Faltaba un desodorante de ambiente chiquito que le había regalado Silvia y el manual de uso del auto. Y el estéreo, claro.

A la vuelta hacía frío, y el plástico se soltó a la altura de San Andrés de Giles. Viajaron casi todo el camino con el chiflete entrando por la ventanilla sin vidrio, muertos de frío y callados. Perlassi preguntándose si el ladrón los habría visto estacionar, caminar conversando hasta el negocio de la vuelta. Para qué carajo podía querer ese hijo de puta el manual del auto. Para qué carajo.

—¿En qué pensás, Fermín? —Silvia le toca el brazo mientras le pregunta.

—En nada, vieja. En nada.

13

Perlassi vuelve a Villegas el martes de la semana siguiente. No tan temprano como la primera vez. No tiene sentido llegar a las seis de la mañana, si el banco no abre hasta las diez. Parece mentira. No le devuelven el dinero a nadie, pero los horarios se siguen respetando a rajatabla. Siguen con la persiana baja, pero ya casi nadie se toma el trabajo de ir a golpearla.

Silvia insiste en acompañarlo. Perlassi intenta disuadirla, pero sin demasiado énfasis. Le advierte que no sabe cuánto va a demorar. Que tal vez le lleve todo el día, y que no tiene sentido que ella también padezca el plantón. Pero Silvia insiste. Perlassi acepta con la condición de que hable con Mabel, su prima, y se quede en su casa mientras él espera en el banco. De lo contrario, no hay acuerdo. Silvia acepta.

Cuando llega al lugar las cosas están más tranquilas que la semana anterior. Mejor, piensa Perlassi. Así el sobrino de Belaúnde sufre un poco menos. Quedarán los llantos de los clientes cuando entran y les dicen que no, que no pueden ayudarlos. La impotencia. Algún insulto soltado al voleo. Pero por lo menos no el bochinche de las cacerolas y los martillos contra el metal de la persiana.

Siguen dejando pasar de a poco a los clientes. Ahora las tandas son de siete, ocho como máximo. Tampoco esta vez Perlassi saca número para entrar. Sabe que no tiene sentido. Hace la cola en el hall delantero para sacar 250 pesos del cajero automático. A este paso, en veinte años recupera todo. Siempre y cuando no devalúen, por supuesto.

Al mediodía va hasta la esquina y toma un café. A las tres se cierra la portezuela de la persiana y al rato salen los últimos clientes rezagados. Dos horas después sale Fernando. Un rato más tarde, el cajero que lo atendió a él. ¿Sosa, se llamaba? Son casi las seis cuando sale el tesorero. Perlassi sigue esperando. Como le daba vergüenza seguir sentado en el café sin consumir, ahora está sentado en la puerta del local contiguo al banco. Está cerrado desde hace tres años, y tiene una parecita cómoda para esperar.

Son casi las siete cuando sale Alvarado. No cierra la puerta. Debe quedar un custodio del lado de adentro. Camina rápido en la dirección contraria a Perlassi, que se incorpora y lo chista. El otro no se da por aludido.

—¡Alvarado!

El gerente no tiene más remedio que darse vuelta.

—Ah, Perlassi, ¿cómo le va?

Se le pasaron las ganas de usar el tuteo, parece, piensa Perlassi.

—Acá andamos.

—Qué cosa. Perdón que no lo llamé. Lo que pasa es que son unos días de locos. Pero quédese tranquilo que todo se va a arreglar, ya va a ver que apenas…

—Tengo una pregunta, nomás.

El gerente hace silencio y lo mira.

—¿Cuánto te dio Manzi para cagarnos así?

El tipo se desinfla. Niega con la cabeza. Mira por encima de Perlassi. Tal vez espera que el custodio no haya cerrado aún con candado.

—No sé de qué me está hablando…

Perlassi camina dos pasos en dirección a Alvarado.

—Mirame a la cara y decime que no nos cagaste.

—Yo no sé de qué me está hablando…

Mientras lo dice va girando el cuerpo y empieza a caminar, alejándose. Perlassi siente una rabia nueva.

—¡Esperá, cagón! ¡Esperá! ¡Mirame a la cara y decime!

Alvarado ya corre por la vereda. Perlassi hace lo mismo.

—¡Mirame a la cara, sorete! ¡Decime que no nos cagaste!

Alvarado se mete en un Renault 19 celeste y traba las puertas. Perlassi duda. El gerente acciona el encendido y da marcha atrás, porque está estacionado entre otros dos autos. Perlassi pega un manotazo en el techo del auto.

—¡Pará, hijo de puta! ¡Decime que no nos cagaste! ¡Hablá, te digo!

Alvarado pone primera y avanza. Como no gira el volante lo suficiente, el faro derecho del auto estalla al chocar contra el paragolpes del auto de adelante. Perlassi descarga una patada furiosa en la puerta trasera. Algunos transeúntes observan, pero no intervienen. El motor del Renault 19 suena más y más acelerado. Alvarado avanza empujando al auto de adelante, aunque tenga que abollar por completo el guardabarros delantero de su Renault 19.

—¡Pará, cagón! ¡Pará, te digo!

A Perlassi la voz se le estrangula de indignación y de cansancio. El auto de Alvarado por fin consigue zafarse y sale con un chirrido de neumáticos. Perlassi se deja caer contra uno de los autos estacionados. Se mira la mano. Tiene los dedos rojos y una uña rota. Una señora a la que no conoce le tiende un pañuelo. Perlassi le agradece y da dos pasos para volver a la vereda. Recién entonces advierte que el pie con el que pateó el auto de Alvarado también le duele mucho.

14

Uno tiene su vida. Buena, mala, la que tiene. La viene usando desde que nació. La cuida. Se preocupa por conservarla, por ir poniéndole cosas. Todo lo que a uno le pasa, todo lo que aprende lo introduce en esa vidita que tiene. Uno no piensa en lo frágil que es. O sí, pero a veces. Tampoco uno se puede pasar la vida pensando en lo frágil que es esa vida, porque la angustia sería perpetua. Insoportable.

Y con la vidita de la gente que uno quiere pasa lo mismo. Con los hijos, por ejemplo. O con la mujer. Pensar que la gente que uno quiere, la gente que uno necesita es, entre otras cosas, entre otras fragilidades, un corazón que late, cinco litros de sangre que van y vienen, fluidos y neuronas, todo en un equilibrio que se puede romper así de fácil. Tantas cosas que tienen que funcionar bien, o muy bien, o más o menos bien, para que siga la vida.

Y las casualidades, los azares, las combinaciones de cosas. En la ruta, por ejemplo. Uno se cruza con un camión de SanCor justo en este lugar preciso del camino. No cien metros más adelante, ni quince centímetros más atrás. Y eso sucede por un montón de motivos que se suman. ¿Habrá manera de enumerar esos motivos? ¿Cuántos son?

La hora a la que se despertó el camionero. La hora en la que uno mismo amaneció. El tiempo y la calidad del desayuno. Si uno fue al baño, si usó tiempo para afeitarse, si la mujer de uno se dio una ducha demasiado larga. Y el almuerzo, la merienda. ¿Hizo una siesta? ¿Una siesta corta o una siesta larga?

Todo eso (sumado a otro montón de hechos y decisiones) hace que uno se cruce acá, exactamente acá, con el camión de SanCor. Camión que puede haberse detenido a cargar leche en un tambo, o en dos, o en tres, o todavía no. Y si se detuvo, el lugar exacto de la ruta que ahora está transitando el camión depende, también, de la velocidad a la que el encargado de cada tambo operó las válvulas y las mangueras de carga, si era ducho en eso o estaba recién aprendiendo y demoró cinco minutos más, o treinta segundos menos. Del peso de la leche, que afecta la velocidad de marcha, porque no es lo mismo un camión cargado que un camión vacío.

Pero esas no son las únicas especulaciones que uno puede hacer. Porque detrás del camión de SanCor vienen uno, dos, tres semirremolques que llevan contenedores rojos con letras blancas de Hamburg Süd, y mientras uno se cruza con ellos puede reiterar esos cálculos de usos del tiempo y sus consecuencias sobre las distancias recorridas. Uno no hace esos cálculos, porque cada vez que termina de cruzarse con uno de esos camiones ellos salen de la vida de uno. Se escucha el chicotazo del viento en el techo del auto, zum, y el camión se ha ido para siempre y nunca más volveremos a toparnos con él. Zum, y sucede lo mismo con el que sigue. Zum, pasa el tercero. Y dos autos que vienen pegados al último de los tres, zum y zum, aunque menos intensos porque no desplazan tanto aire al cruzarse con nosotros.

Y un kilómetro más allá, o treinta segundos más tarde, según cómo se mida, uno empieza a cruzarse con una larga caravana que se ha formado detrás de un camión Volvo bastante viejo, un semirremolque que lleva una jaula con animales. Novillos, para ser exactos. El Volvo viene a ochenta kilómetros por hora. Cargó la hacienda en Aarón Castellanos, tomó la ruta 62 hasta Rufino y ahí la 33 hacia el sur. Con demasiados kilómetros sobre sus espaldas, con cuarenta novillos de entre trescientos noventa y cuatrocientos veinte kilos en la jaula, el Volvo avanza al límite de sus fuerzas y de la velocidad permitida, clavado a ochenta por hora, en esa ruta que casi no atraviesa pueblos hasta Villegas —apenas Cañada Seca, Piedritas—, echando humo y con las revoluciones por minuto arriba de cuatro mil. Detrás del Volvo empieza la caravana de todos los que pretenden ir más rápido. Veinte, veinticinco, entre autos, camiones y un micro de larga distancia. Imposible enumerar los motivos que llevan a cada uno a estar allí, como eslabones o como vértebras de una serpiente que repta por la ruta 33 de norte a sur.

Y mientras tanto el corazón de Silvia late. A un metro escaso a la derecha de Perlassi, que maneja la camioneta. A despecho de todos los riesgos que puede haber sorteado desde que nació o, más aún, desde que fue concebido, ese corazón sigue vivo. No son cosas que se piensen todo el tiempo, claro. Uno no constata la perduración de la existencia. La asume como perpetua. Y sin embargo a veces uno se enferma y esa ilusión de perpetuidad se desvanece. Una arteria que se obtura, o un grupo de células que comienzan a reproducirse caóticamente, o un virus que coloniza un cuerpo.

A veces uno se queda diez minutos en la casa de Mabel, la prima de Silvia, porque la mujer insiste en que no se vaya sin tomarse unos mates, contar un poco cómo le fue con el banco, descansar antes de viajar de regreso a O'Connor. Y uno puede decir que sí o que no. Y eso significa cruzarse con la caravana aquí, o allá. O no cruzarse, porque la caravana tampoco es eterna. Se formó en un sitio. Se desarmará cuando el Volvo abandone la ruta porque el camionero decide descansar.

Y las especulaciones son eso casi siempre. Pensamientos fugaces que olvidamos enseguida. Excepto cuando todo se combina para generar algo definitivo e irrevocable. Bueno, cruzarse con doscientos autos en la ruta y salir indemne también es una forma del destino. Pero uno no tiende a interpretarlo así. Uno no dice: "Llegué sano y salvo. Fue el destino".

Reserva la invocación al destino si, por ejemplo, una camioneta negra, modelo nuevo, doble cabina —¿Nissan Frontier?—, se desprende de repente de la caravana que viene detrás del camión Volvo. Porque pasa eso. El colapso de la realidad no vendrá de la mano del camión de SanCor, ni de los de Hamburg Süd, ni del Volvo de los novillos, ni de los primeros diecisiete vehículos que reptan detrás del Volvo desde hace varios kilómetros.

No.

Nace de una pickup que sale del décimo octavo lugar de la hilera. Sale con su propia cadena de circunstancias y motivos. Sale en un punto exacto de la ruta y ese punto no es casual, sino producto de un encadenamiento feroz de exactas circunstancias. La maneja Carlos Menéndez, que se levantó y salió puntual pero se demoró esperando un segundo café en la estación de servicio de la salida de Rufino. Carlos Menéndez, que pretende llegar a ver unos clientes en América que le dijeron que lo esperan en el negocio hasta las nueve de la noche.

Claro que hay algo más. No sólo circunstancias horarias y espaciales. Porque, en efecto: ¿qué es lo que lleva a los primeros diecisiete autos que van detrás del Volvo a seguir esperando el momento propicio? ¿El temor? ¿La duda? ¿La prudencia? ¿La certeza de que no hay tiempo ni distancia para pasar a salvo? ¿Y qué es lo que lleva a Carlos Menéndez a bajar a tercera, forzar el motor, abrirse a la izquierda, meter cuarta con el acelerador a fondo, en la pretensión de sobrepasar a los dieciséis autos que lo anteceden y al camión antes de toparse de frente con esa camioneta Ford F100 en la que vienen dos personas desde Villegas en dirección sur-norte? ¿Impericia? ¿Soberbia? ¿Error? ¿Desinterés? ¿Supone tal vez que, llegado el caso, alguno de los autos de la caravana le hará sitio para regresar a su carril? ¿Calcula que la F100 que viene de frente, y que se ha acercado tanto que puede ver la expresión de asombro del conductor y de la mujer que lo acompaña, preferirá ir a la banquina para no chocar de frente con él?

¿Qué es lo que piensa Carlos Menéndez? ¿Sospecha que ha cometido un error y no sabe cómo repararlo? No da esa impresión, porque se hace tiempo para hacer un guiño de luces, en la pretensión de que la camioneta que viene de frente se haga a un lado. Utiliza dos segundos enteros para eso. ¿Comprende que debe regresar cuanto antes y como sea a su propio lado de la ruta, porque de lo contrario alguien va a morir? Difícil, porque se limita a acelerar un poco más, aunque es evidente que no llegará a sortear la larga hilera que tiene por delante.

¿Cuántos latidos quedan? Pocos. Acelerados. Porque Silvia ha visto la camioneta Nissan, y Perlassi clava los frenos pero no hay para dónde volantear porque están atravesando un puente, y la pickup que conduce Carlos Menéndez también clava los frenos y los dos vehículos reducen la fuerza con la que van a impactar, y es todo rapidísimo y Perlassi no tiene tiempo de mirar a su lado, no tiene tiempo de cruzar una última mirada con Silvia. No. Pasa los últimos segundos de vida de Silvia aferrado al volante y apretando el freno. No reza, no piensa, no teme. No le alcanza el tiempo para ninguna de esas cosas. Apenas un pánico animal cuando escucha el chirrido de sus frenos y los de la Frontier, un segundo más y la parte delantera de la F100 que sube hacia él y enseguida todo oscuro, silencio y nada.

Tan nada, que a cincuenta centímetros de Perlassi el corazón de Silvia deja de latir y Perlassi no se da cuenta.

15

Al hijo le avisan enseguida, porque Silvia siempre lleva en la cartera un sobrecito de plástico con un papel manuscrito que dice "teléfonos de urgencia". Y el de Rodrigo encabeza la lista. Igual, para cuando llega desde La Plata medio pueblo está ya apostado en el Hospital de Villegas, porque en lugares así las noticias corren rápido. Sobre todo las malas.

Al principio parece que Perlassi también se muere. Hasta tienen que sacarlo de un paro cardíaco, ahí nomás en la ruta. Los bomberos, porque la ambulancia tarda un rato largo en llegar. Pero nadie está seguro de eso del paro cardíaco y de la resucitación. Se dicen tantas cosas. Sobre todo en las desgracias.

Lo cierto es que Perlassi permanece dos semanas en terapia intensiva. Al principio no quieren contarle nada. Igual no podrían, porque está más cerca del arpa que de la guitarra y anda siempre boleado por los calmantes. Pero la segunda semana se le acomodan las ideas y empieza a preguntar por Silvia.

Rodrigo no sabe qué hacer. Si decirle o no decirle. O cómo decirle, más bien. Lo habla con Alicia, la mujer de Eladio, el más grande de los López, los torneros de la fábrica, que es enfermera de ahí, del hospital, y aunque trabaja en Neonatología se da una vuelta por Terapia a cada rato, desde que lo ingresaron a Perlassi, para dar una mano.

Ella le ofrece acompañarlo. Estar presente cuando Rodrigo le tenga que decir lo de Silvia. También le sugiere que le avisen a Barisi, el médico de cuidados intensivos, que es bastante macanudo y está acostumbrado a cosas así, pero Rodrigo al final dice que no. Que tiene que encargarse él.

Así que al día siguiente, cuando llega el horario de visita, Alicia les cierra las cortinas para darles un poco de intimidad y se las rebuscan con las otras enfermeras para dejarlos un rato bien solos. Y termina el horario de visita y nadie los interrumpe. Los dejan, nomás.

Recién a la nochecita Alicia se arrima al box y corre la cortina. Están los dos dormidos. Rodrigo sentado a un lado, con la cabeza apoyada en un costado de la cama ortopédica, y Perlassi todo lleno de enchufes con la mano en la nuca del hijo. Por eso cuando Alicia los ve así, pega media vuelta y se va.

16

En los libros de historia dirá que el 19 de diciembre de 2001 una masa rugiente de pobres lanzó una ola de saqueos a supermercados, almacenes y negocios diversos, en las inmediaciones de la Capital Federal. Que hubo represión, muertos, heridos, detenidos, negocios arruinados. Que al día siguiente, el 20 de diciembre, el presidente De la Rúa renunció y abandonó la Casa de Gobierno en un helicóptero, que por aplicación de la ley de acefalía asumió el presidente provisional del Senado Ramón Puerta, que el 23 de diciembre la Asamblea Legislativa eligió a Adolfo Rodríguez Saá, que renunció siete días después y que se hizo cargo el presidente de la Cámara de Diputados Eduardo Camaño, y que el 2 de enero de 2002 asumió la presidencia Eduardo Duhalde.

Pero todo eso pasó en la tele, en la radio y en los diarios. Y pasó en Buenos Aires. En O'Connor lo que pasó fue que vivieron una Navidad famélica y un Año Nuevo en el que casi no se tiraron cohetes. Algunos se acordaban del año anterior, cuando Horacio Lamas dilapidó sus últimos pesos en unas bengalas enceguecedoras que iluminaron el cielo hasta las cuatro de la mañana. Nadie salió a cortar la ruta ni a golpear cacerolas porque... al fin y al cabo, ¿contra quién? El delegado municipal era Cánepa, que estaba tan hambreado como todos los demás y nadie le echaba la culpa de nada.

A lo mejor la ventaja de los lugares chicos es esa: que uno se fija mejor con quién se la agarra. Y en ese primer tiempo, después de que todo el mundo quedó con el culo apuntando al norte, parecía que nadie tenía la culpa de nada. Una culpa especial, por lo menos.

Perlassi salió del hospital recién en febrero. Después de que se aseguraron de que no iba a morirse se dedicaron a emparcharle las piernas y el brazo izquierdo, que le había quedado a la miseria. Lo operaron varias veces para ponerle unos clavos. Al final quedó bien. Apenas una renguera mínima, si uno lo miraba caminar un trecho largo. Como estaba de vacaciones en la facultad, Rodrigo se quedó para atender la estación de servicio. Le hizo la gauchada de quedarse hasta bien entrado marzo y recién entonces se volvió a La Plata. Cuando se fue se dieron un abrazo en silencio. No sólo el hijo no sabía qué decirle. El padre parecía haber perdido las ganas de todo. Hasta de hablar.

Lorgio vendió dos camiones para equilibrar los números y aguantó como pudo. Y sin preguntarle a nadie les dio trabajo a los hermanos López. Para que limpiaran los camiones y las oficinas, dijo. Pero todo el mundo en el pueblo sabía que lo hizo para que no se murieran de hambre.

Belaúnde siguió como jefe de la estación de trenes. De entrada supuso que en medio de semejante desbarajuste iban a cerrar el ramal, pero pasaron los meses y la noticia no llegó. Jodiendo, Belaúnde decía que era precisamente por eso: había tanto quilombo en todos lados que nadie iba a acordarse de una estación de morondanga como esa, ni siquiera para liquidarla de una vez por todas. Empezó a visitarlo seguido a Perlassi, con la idea de sacarlo de a poco del fondo del pozo. Pero lo más que consiguió fue que le aceptara tomar unos mates silenciosos y lóbregos, al caer la tarde. Llegaba en el Citroën destartalado, lo dejaba a un costado, y cebaba sin abrir la boca. Se iba apenas caía la noche. Muchas veces lo acompañaba Fontana.

Al que le fue bien, como siempre, fue a Manzi. Hay tipos que parecen tocados por una varita mágica. Siempre caen parados. Siempre se salvan. Cuando todos andan bien, ellos andan mejor. Y cuando todos se hunden, ellos flotan. Fortunato Manzi pertenece a esa categoría.

En O'Connor es dueño de la casa de electrodomésticos. Con la crisis la achicó pero consiguió evitar cerrarla. Y le compró el supermercado al Turco Safa, que estaba complicadísimo con un montón de cheques diferidos. Pero lo que más le llamó la atención a todo el mundo fue que Manzi compró una hectárea en el fondo del pueblo, sobre la huella de tierra esa que, por el norte, se perdía en el lodazal. Y de la nada se puso a construir. Al principio la gente decía que era un tambo, que era otro supermercado, que era un peladero de pollos. Pero cuando empezó a tomar forma se dieron cuenta de que era una estación de servicio. Ahí muchos pensaron que Manzi se había vuelto loco: ¿a quién se le iba a ocurrir cargar nafta ahí, en el fondo, en medio del barrial, teniendo la estación de Perlassi sobre el asfalto del empalme que a uno lo saca a la ruta 33? Parecía un sueño utópico y ridículo de alguien que ha perdido el rumbo de sus cosas.

Pero pasaron los meses y los que lo habían tratado de estúpido cayeron en la cuenta de su error. En junio, julio, llegaron a O'Connor unas topadoras y empezaron a trabajar en la huella esa, la que salía del pueblo por el norte. A las dos semanas había camiones de tosca, una pisadora de esas de rodillos, una cuadrilla de veinte operarios. Para septiembre ya estaban asfaltando, y se demoraron hasta noviembre porque tuvieron que agregar un puentecito sobre el arroyo Negro, que les llevó un poco más de tiempo. En diciembre O'Connor tenía un ingreso nuevo por la ruta 7, y Manzi era el dueño de la estación de servicio flamante que quedó sobre ese acceso.

En ese momento, no habiendo un peso para obra pública en ningún lado, fue un secreto a voces que tuvo que haber pagado un montón de coimas para que le asfaltaran el camino. Lo cierto es que les cerró la boca a todos. Si le hubiese ido mal todo el mundo se habría indignado con el escándalo. Pero el éxito tiene esa particularidad de que junto a él florezca, fácil, la paciencia de los otros.

Ningún soñador, el tal Manzi. Dio vuelta el pueblo entero. Como si fuese un tornado que levanta las casas y las deja otra vez en el suelo, pero apuntando para otro lado. Antes O'Connor miraba para el este, hacia la ruta 33. Ahora quedó todo apuntando al norte, a la ruta 7. Y Manzi en el medio, con su estación de servicio. El más perjudicado de todos fue Perlassi, porque ahora su estación de servicio quedaba en un empalme viejo y todo roto, que empezó a quedar a contramano de todo.

Al principio muchos pensaron en seguir cargando nafta con él. Pero con el correr de los meses dejaron de ir. Son dos kilómetros de ida y dos de vuelta, y eso es casi medio litro de nafta, y la de Manzi en cambio queda a un paso del pueblo.

A Perlassi pareció no importarle. Se pasaba las horas en el parador, y los autos tenían que tocarle bocina para que saliera al playón a atenderlos. Al final bajó tanto las ventas que la petrolera le cortó el contrato. Tampoco ahí se hizo problema. Bajó sus carteles y recuperó uno viejo de YPF, que nadie supo nunca de dónde lo había sacado. Uno de esos con letras negras en el medio de dos círculos celestes, que se dejaron de usar en los años ochenta. Colocó ese cartel y listo. Más que nada para que lo vieran los que viniesen desde Villegas.

Fontana también siguió en lo suyo, con la gomería. Eso sí. Se consiguió una barreta de hierro larga, fuerte, medio oxidada, y la apoyó a un costado del escritorio que usa para sentarse a leer y hacer crucigramas, ahí mismo al fondo de la gomería. A todo el que entra tarde o temprano se la señala, la barra, y le pregunta si sabe para qué es la barra esa. Cuando el visitante dice que no, Fontana sonríe un poco y dice que esa barra tiene dueño. Está ahí para romperle la cabeza a un tipo cuyo nombre prefiere, por el momento, reservar. Un comerciante exitoso de Villegas, aclara, como un modo de aumentar la intriga y la oscuridad. Dice que tarde o temprano va a ir a la gomería. Que todos pinchan una cubierta alguna vez, y que este tipo no va a ser la excepción. Y que cuando pinche una cubierta va a tener que entrar. Y que cuando entre, él, Fontana, le va a decir: "Por fin viniste". Y que lo va a invitar a sentarse y le va a mostrar la barra. Y a este tipo también le va a preguntar si sabe para qué es. Y el recién llegado va a decir que no, como todo el mundo. Pero ahí es donde Fontana va a cambiar. Porque al hombre indicado Fontana le va a decir: "Es para vos, la puta que te parió. Es para vos. Es para partírtela en la sabiola a vos". Eso dice Fontana a todo el que quiera oírlo. Esa barreta es para romperle la cabeza a un hijo de puta. Pero nunca explica por qué.

Segundo acto
Alivio de luto

1

Perlassi guarda el billete de 20 patacones con el que le pagaron, mientras el auto se aleja hacia el empalme. Saca unas cuentas rápidas: hoy es miércoles. El combustible está pedido para el lunes. Si en esos cuatro días no levanta un poco la recaudación, no va a llegar con el pago. Mala suerte. Llamará el domingo para que suspendan y a otra cosa.

En la distancia crece el zumbido de un motor exigido al máximo. De repente refulge el Citroën verde botella de Belaúnde. No viene desde la estación de trenes, sino desde el pueblo. Tuerce en el empalme hacia la estación de servicio y Perlassi advierte que lleva un acompañante. Esforzando un poco los ojos descubre que es Fontana.

Bingo. Perlassi andaba sin ganas de ver a nadie y ahora tendrá que ver a dos. Mientras Belaúnde estaciona Perlassi se desentiende de ellos y entra al parador. Los visitantes no se ofenden. Bajan del auto y van directamente a sentarse a la mesa del fondo, la que mira al campo por detrás del edificio. Esa que ocuparon con Silvia y con Perlassi —recuerda Fontana— la noche de Año Nuevo de los fuegos artificiales de Horacio Lamas.

Unos minutos después los alcanza Perlassi, que lleva el termo y el mate y los pone delante de Fontana. El acuerdo implícito es que cuando lo visitan no los echa y acepta tomarse unos mates con ellos, pero no se encarga de cebar. Fontana se aplica a la tarea.

—Tenemos que contarte una cosa, Fermín —empieza Belaúnde.

Perlassi piensa que es peor de lo que se imaginaba. Supuso que el tema del día sería el consabido: "Tenés que salir del pozo, amigo querido" o "Tenés muchos motivos para vivir", dos de las temáticas más frecuentes en esas mateadas patéticas. Pero no. Viene por otro lado. No piensa ponérselo fácil. Ninguna pregunta. Ningún pie para que empiecen.

—El otro día estuvo Eladio López en la gomería —arranca Fontana.

—Felicitaciones.

Hay un silencio, mientras el sarcasmo toma cuerpo en el aire.

—Si te vas a poner en esa…

El silencio obcecado de Perlassi responde por él. Fontana y Belaúnde se miran. Fontana insiste.

—Bueno, mirá. Te lo voy a contar igual. Quieras o no quieras, te interese o no te interese. A Alicia, la mujer de Eladio, la conocés.

Perlassi alza las cejas. En una ráfaga vuelve la sala de terapia intensiva, la muerte de Silvia, las lágrimas de Rodrigo. Pero no dice una palabra.

—Alicia tiene una comadre, Susana Inocenti.

—La mayor de las hijas de Inocenti, el que tenía la ferretería —tercia Belaúnde.

—Sí. Los ubico —acepta Fermín.

—Bueno. Esta mina tuvo una vida muy dura, muy complicada. Se casó con un tipo de Santa Regina, un tal Saldaño, y se fue a vivir para allá. Parece que el tipo fue siempre un mal bicho. Pero malo, malo. Borracho, golpeador, un hijo de puta hecho y derecho.

Perlassi devuelve el mate. No tiene la menor idea de hacia dónde va la historia.

—La cosa es que este Saldaño se enfermó hace unos meses.

—Se agarró un cáncer de la puta madre —interviene Belaúnde, mientras le alcanza el mate a Fontana.

"Diagnóstico cuidadoso." Para sus adentros, Perlassi recurre otra vez al sarcasmo. Pero permanece callado.

—Lo internaron en el Hospital de Villegas. Y esta mina, Susana, le pidió a Alicia que le diera una mano con el tipo.

—Estaban separados —agrega Belaúnde—. Pero cuando este Saldaño se enfermó, a la esposa le dio lástima y empezó a cuidarlo.

—Qué pelotuda, ¿no? —Perlassi está a punto de echarlos. Serán sus amigos, pero no tiene ganas de seguir oyendo las peripecias del golpeador y su legítima esposa.

—¿Vas a seguir en esa actitud? —por el tono, se ve que Fontana está empezando a calentarse, piensa Perlassi. Mejor.

—El tipo se ganaba el mango con trabajos de albañilería —Belaúnde parece dispuesto a no perder los estribos—. Había sido puestero, en una época. Pero lo habían rajado por el asunto del trago. Desde hacía años que vivía de eso, de las changas como albañil.

—La cosa es que el año pasado estuvo haciendo un trabajo para Manzi.

A su pesar, Perlassi siente nacer la curiosidad. Pero no va a darles el gusto de que se le note.

—Es rarísimo… —anticipa Belaúnde, pero deja que sea Fontana el que continúe.

—Manzi estuvo contratando gente todo el año. Eso lo sabrás.

—No. No sabía —lo desafía Perlassi.

Fontana siente que llegó al límite.

—Ah, mirá. Pensé que te habías dado cuenta a partir del hecho, evidente de por sí, de que hace meses que a esta estación de servicio de mierda que vos tenés no entra ni el loro, porque todo el mundo carga en la nueva que construyó el hijo de puta de Manzi al otro lado del pueblo. Pero no importa, no viene al caso. De paso te cuento. Resulta que Manzi estuvo construyendo por todos lados.

La estación de servicio que acabo de mencionarte (y cuya existencia desconocías), las reformas que hizo en el supermercado que le compró a Safa por dos mangos con cincuenta, la mansión que se construyó en Villegas. El tipo parece Rockefeller, meta y meta construir y tomar gente.

—Parece como si el tipo tuviera dólares cuando nadie más los tiene, ¿no? —ahora es Belaúnde el que se permite una dosis de sarcasmo. Perlassi no se da por aludido.

—Bueno. Pero el asunto es que a este bruto de Saldaño no lo llevó a laburar ni a la estación de servicio, ni al supermercado, ni a la mansión. No, señor. Lo que hizo fue ponerlo a cavar un foso…

—Como Bioy Casares —interrumpe Perlassi.

Los otros dos lo miran sin entender.

—¿Qué?

—"Cavar un foso", como el cuento de Bioy Casares. Un cuentazo —dice Perlassi.

La piel de la cara de Fontana adquiere un tono subido. Belaúnde vuelve a intervenir.

—Lo hizo construir un cuadrado de tres por tres, Fermín. Una pieza cuadrada.

—¿Y qué tiene de especial?

—Dejame terminar. En el medio de la nada. En unos campos que compró. Que tampoco de eso te habrás enterado. Compró una fracción grande. Como quien va para Cañada Seca, pero antes, bastante antes de llegar, hay que torcer por la tierra para el lado de Villa Saboya.

—Eran de Lángara —agrega Fontana.

—Ajá. Bueno. En el medio de ese campo. En el medio de la nada. Una pieza de tres por tres.

—Enterrada.

—¿Y qué tiene? Será una pileta de natación —arriesga Perlassi, mientras alarga el mate vacío hacia Fontana—. Gracias. No tomo más.

—Techada, Fermín. Con una escalera angosta que baja y una puerta trampa —Belaúnde no pierde los estribos.

—Y algo más —refuerza Fontana—. Siempre lo llevaba a trabajar el propio Manzi. Todos los días lo llevaba y lo iba a buscar. Y tardaba un montón con la camioneta.

—Como si diera vueltas para desorientarlo —completa Belaúnde.

—¡Es una bóveda! ¿No te das cuenta? —Fontana se sale de la vaina—. El tipo se construyó una bóveda en el medio del campo. Y se la encargó a Saldaño porque sabe que es un paria, un borracho, un cero a la izquierda al que nadie va a darle pelota, si se le ocurre ponerse a hablar.

Golpea el mate contra la pata de su silla, para vaciarlo y cambiarle la yerba, y el sonido metálico es lo único que se escucha por un rato. Eso y los pájaros en el atardecer.

—No sé a dónde quieren llegar.

—Saldaño se lo contó a su mujer en el hospital. Cuando ya estaba en las diez de última. Andaba en plan de reconciliación, parece. Le dijo que cuando saliera quería que ella volviera a vivir con él. Que iban a empezar de cero.

—¿Y qué tiene que ver Manzi con eso?

—¿No te das cuenta? Saldaño se avivó de que Manzi lo mandó construir eso para acovachar la guita.

—Y Saldaño se ve que tenía planes de afanarlo cuando estuviera recuperado.

—¿Y para qué se lo contó a la mujer?

—Parece que el tipo estaba todo el tiempo así, con la mina. Una vez la fajaba, otra vez le pedía perdón, otra vez desaparecía dos meses, otra vez le caía en la casa con un ramo de flores, otra vez la fajaba…

—Para mí que le dijo eso para ablandarla. Como que iban a hacerse ricos.

Perlassi se despereza. No encuentra un modo mejor de darles a entender que nada de lo que le están diciendo le importa, le sirve o lo afecta.

—¿Entendés o no, Fermín? —Fontana vuelve al ataque.

—Saldaño se murió el otro día —retoma Belaúnde—. Y Alicia le dio una mano a Susana, al final. Y Susana le contó eso que dijo Saldaño.

—¿Y para qué se lo contó? —pregunta Perlassi.

—¿Y yo qué sé para qué se lo contó? ¡Pero se lo contó! Y Alicia se lo contó a Eladio, y Eladio me lo contó a mí, y ahora te lo estamos contando a vos.

—¿Y para qué me lo cuentan a mí?

Fontana se pone de pie. Y aunque se propone no levantar la voz habla cada vez más fuerte y termina a los gritos.

—Buena pregunta. No sé para qué te lo contamos. Supongo que te lo contamos para que hagamos algo. Porque Manzi es el hijo de puta que nos cagó los dólares. Y hace un año que se nos está cagando de la risa en la jeta, con esos dólares. Y con Belaúnde pensamos que hay que hacer algo, que no puede ser que el tipo nos robe así, y de repente viene Eladio y me cuenta esto y yo pensé puta madre, por fin, un tiro para el lado de la justicia, mirá por dónde encontramos una punta para entrarle a este hijo de su madre, y por eso lo hablé con Belaúnde y te vinimos a ver, pero vos andás con ganas de seguir haciéndote la víctima, y la verdad que te podés ir un poquito a la mierda, si me preguntás, porque ya está bien, ya te bancamos con el duelo y toda la sanata hace más de un año, y te juro que estoy repodrido.

—Pará, Fontana… —intenta Belaúnde, tomándole el brazo.

—Pará no, Alfredo. Me llené la paciencia. Me llené. Me llenó este, mejor dicho. ¿O ahora resulta que es el único que perdió a alguien?

Perlassi se pone de pie y con un manotazo furioso revolea el termo, que se estrella contra la pared del parador con estruendo de vidrios rotos. Fontana lo mide desde su lugar. Belaúnde los mira desde su silla. Finalmente también se incorpora y camina hacia su auto. Fontana lo sigue. El Citroën no enciende al primer intento. Recién en el tercero, y después de algunas toses, el motor se pone en marcha. La caja de cambios cruje cuando Belaúnde pone la marcha atrás. El auto se aleja hacia la ruta. Es casi de noche. Perlassi levanta el mate de calabaza que ha quedado solo sobre la mesa y camina hacia el edificio.

2

Perlassi le pregunta si no quiere irse a dormir una siesta, que viene de manejar tantas horas, pero Rodrigo dice que no, que se siente bien, que en una de esas más tarde. Después se quedan en silencio porque ninguno de los dos sabe qué decir. No es que estén incómodos con el otro. Eso no les pasó nunca. Ahora tampoco. Pero les faltan las palabras. Era Silvia, la madre de Rodrigo, la que tenía las palabras. Y en este año largo que ha transcurrido desde su muerte las palabras también los han abandonado.

A Rodrigo le gustaría decirle a su viejo que arranque, que se ponga de pie, que necesita verlo como siempre, una estatua, un prócer en bombacha de campo, una mezcla de Sandokán y Dragon Ball Z porque de lo contrario él tampoco puede dejar la tristeza atrás. Pero no sabe por dónde empezar.

—¿Te acordás de cuando a Fontana lo dejó la mujer?

Perlassi asiente. Rodrigo espera que le pregunte algo, pero su padre sigue con la vista perdida en el campo.

—¿Y te acordás de lo que decías vos, después de que lo dejó?

—No, no me acuerdo.

—Yo sí. Era chico pero me acuerdo perfectamente. Decías que se había convertido en un estropicio. Que la casa era una mugre. Que él era una mugre.

—Si lo decís por mí, te aclaro que no me dejé de bañar, ni de afeitar. Y la estación de servicio se viene abajo porque no tengo un mango para levantarla, Rodrigo.

—Ya sé —Rodrigo lamenta haber iniciado esa conversación—. Pero... Te lo digo por vos...

Se queda como sin pilas. Putas palabras.

—Pero estás ahí... quieto. Vos me entendés, viejo.

Sarcástico, Perlassi empieza a mover los brazos como si estuviera trotando, aunque sigue sentado. Rodrigo vuelve al silencio. Perlassi alarga una mano como para apoyársela en el hombro, pero el muchacho se sacude para darle a entender que no quiere.

—Bueno, che. Tampoco te ofendas —dice Perlassi.

Un camión jaula pasa por el acceso y toca un largo bocinazo. Mecánicamente ambos levantan la mano para saludar a la distancia.

—No me ofendo. Me pone triste, nada más.

Rodrigo hace muchos esfuerzos para que los ojos no se le llenen de lágrimas, pero no lo consigue. Gira la cabeza hacia el lado de la laguna, para que su padre no lo vea. Pestañea, y unos gruesos goterones le resbalan hasta la pera. Se los enjuga con un movimiento rápido. Sigue mirando hacia ese lado porque siente otra vez los ojos inundados.

—Lo que pasa es que tu vieja... —la voz de Perlassi suena trémula.

Rodrigo entiende que, pese a sus esfuerzos, su padre lo vio llorando. Por eso arrancó también a moquear. Saberlo empeora las cosas. Sigue vuelto hacia la izquierda, como un tonto, o como un chico. O como un chico tonto. Perlassi carraspea, como si intentase encontrar un tono neutro.

—Cuando nos conocimos tu mamá no me daba bola, sabés. Yo la tenía vista acá del pueblo, de siempre. Pero cuando me fui a Buenos Aires a jugar dejé de verla. Ella siguió el secundario en Villegas. El Normal, para recibirse de maestra. Y cuando yo venía no me la cruzaba nunca. Preguntaba, yo, sabés. Tampoco quería quedar en evidencia. A mis primos, a tu tío Roberto, sobre todo, que vivían a la vuelta. Hasta que me la encontré en un baile. Yo ya era medio conocido, allá en Buenos Aires. Y acá lo mismo, te imaginás. Y las chicas... no te digo que caían muertas, pero caritas me hacían. Pero en toda la noche la mina no me dio ni cinco de bolilla. Nada. Ni me miró. Yo la miraba… la miraba… Un par de veces medio que atiné a cruzar la pista para sacarla a bailar. Y la mina nada. Las dos veces sale a bailar con otro que se me adelanta. Como si lo hiciera a propósito, sabés. A las tres de la mañana veo que la viene a buscar el viejo. Se asoma a la puerta del club, hace un gesto con la cabeza, y ella y dos amigas saltan como resortes. Y yo la sigo mirando. La mina cruza todo el salón del club sin darse vuelta. Una hormiga, me hizo sentir. Y cuando pasa haciendo tac, tac, con los tacos, yo pensé: "La perdí, la perdí. Si ahora que la tuve toda la noche acá, delante de la nariz, no pude decirle nada, ni sacarla a bailar, ni darle charla, ahora me vuelvo a Buenos Aires y estoy sonado. Claro, me ve como un viejo —pensé—, yo tengo veintiséis años y para esta pendeja soy un anciano". Y ahí tu tío Roberto me levanta de la manga y me saca a la rastra. En el aire, me lleva, si me arruga todo el saco. Y me lleva a remolque todo el salón, hasta la arcada del hall. Yo le decía que no, pero me dejaba llevar. Total. Y cuando salimos de ahí me hizo girar para el guardarropa. Entonces me soltó y se hizo humo. Y tu mamá estaba sola, ahí, con el número para que le dieran el abrigo. Esa fue la primera vez que me miró. "¿Vas a seguir dando vueltas, Fermín?", me dijo. Ahí caí que la mina me tenía recontrajunado desde hacía no sé cuánto.

—¿Y vos qué le dijiste?

—Nada, no sé qué le dije. Me puse a tartamudear como un pelotudo, calculo. Pero me sonrió al pasar, ella. Era otra época. No pasó nada, pero fue como si pasara todo. Al día siguiente caí por la casa de tus abuelos, y ella me estaba esperando.

Se quedan callados un rato. Al final Perlassi se levanta, le da a su hijo una palmada en el muslo y encara hacia la oficina.

—Vamos a hacer unos mates. Vení —dice, y se aleja sin esperar respuesta.

En ese momento Rodrigo se da cuenta de que le deja un par de minutos para que se seque las lágrimas a solas. Tiempo después se dará cuenta de otra cosa: es ese día, en ese momento, cuando la vida de su padre vuelve a ponerse en movimiento. "Alivio de luto", que le dicen los viejos.

3

—Vos tenés que pensar eso, Fontanita. Ahora el problema es Perlassi.

Belaúnde habla convencido, piensa Fontana. Van por la autopista 25 de Mayo, hacia el oeste, saliendo de Buenos Aires, y el cielo es gris plomo. Una nube cilíndrica, vastísima, de lado a lado, abarca casi totalmente el horizonte. Ya llueven unos gotones grandes y dispersos, pero todavía la nube no está encima de ellos. Cuando lo esté, será como sumergirse directamente en el océano, piensa Fontana.

—¿Vos decís que es de granizo? —pregunta.

—Tiene toda la pinta —flemático, Belaúnde habla por el costado del cigarrillo.

—¿Y esta catramina tuya resiste la pedrada? —Fontana abarca el Citroën 2CV modelo 67 con un gesto despectivo.

Belaúnde sonríe, sarcástico.

—Esta catramina aguanta mucho más que una pedrada, señor mío. Vos preocupate de convencerlo a Fermín. Por eso, preocupate.

Fontana, que se distrajo con la tormenta en ciernes, vuelve a pensar en la reunión que acaban de mantener con Juan Manuel Leónidas, el heredero de La Metódica. O de lo que queda de La Metódica, en realidad. La primera reunión la tuvo Perlassi, que lo encaró por el lado de la gloria futbolística del ayer. Mejor dicho, Perlassi no: Leónidas fue el que encaró por ese lado. Pero ahora Perlassi está hecho un trapo desde el accidente y la muerte de Silvia. No quiere saber nada. No quiere hacer nada. Fontana no lo culpa. Pero algo hay que hacer, piensa Fontana. No pueden quedarse así, a cobrar unos bonos el día del arquero por los dólares que les quedaron adentro del banco. Por lo menos, pueden volver a poner en marcha el proyecto.

Leónidas los escuchó. Pacientemente. Los dejó hablar. Y les dijo que entendía lo que había pasado. Que no era culpa de ellos. Que seguro que el gerente tenía el dato y por eso se había puesto de acuerdo con Manzi. Pero que tenía que ver cómo manejarse. Que las cosas estaban cambiando, y el valor de la tierra estaba aumentando.

Era verdad. Ellos también lo sabían. Los pocos tipos de O'Connor que habían conservado algo de campo estaban empezando a salir a flote. Pero no era el caso de ellos. Y más bronca todavía les daba. A Fontana, sobre todo, que se había anticipado bastante bien al terremoto que se venía. Manzi y la puta que lo parió.

—Apurate un poco, Belaúnde. Mirá que también te pueden hacer una boleta por ir a paso de oruga.

Belaúnde apoya el dedo índice en el anticuado velocímetro.

—Voy a cincuenta. No pueden decirme nada.

Es cierto eso de que va a cincuenta. A la ida, en algunos tramos en los que tuvieron viento a favor, llegaron a la astronómica velocidad de setenta kilómetros por hora. Pero a la vuelta tienen viento de frente. Un viento de tormenta, del oeste, que les sale al encuentro y los frena más todavía que la limitadísima potencia del motor del 2CV. Van por el carril más lento y los pasan los camiones, las combis, los autos, las motos.

—Capaz que tiene que ser Rodrigo el que le diga —vuelve Belaúnde sobre la cuestión importante.

—Vos decís que lo de Leónidas está confirmado... No se echará atrás ¿no?

Belaúnde hace otro gesto indescifrable. La reunión con Leónidas terminó siendo un largo monólogo del joven empresario. Ellos lo dejaron hacer, un poco por cortedad

103

y otro poco porque no se les ocurría ningún argumento. Milagro o no, cuando terminó de hablar de precios, mercados, agroindustrias, *commodities* y otras yerbas les dijo que iba a hacer todo lo posible por conservarles el precio que habían pactado antes de la hecatombe. Que se lo confirmaba en unos días.

Ahora la lluvia es mucho más tupida. El alumbrado público está encendido y las minúsculas escobillas del limpiaparabrisas no dan abasto para quitar el agua. Para peor, cada camión que los sobrepasa les arroja olas de agua barrosa que empeoran la visibilidad.

—¿Vos ves algo? —inquieto, pregunta Fontana.

—Todo.

—Por lo menos viene sin piedra —intenta consolarse Fontana.

Termina de decirlo y las escobillas se detienen en mitad de su recorrido. El estrecho parabrisas del Citroën queda borroso por la cantidad de agua que se escurre.

—Mierda —suelta Belaúnde—. Seguro que se jodió el fusible.

—¿Y si parás en la banquina y lo cambiamos?

—Es al pedo. No tengo repuesto. Mejor seguimos.

—¿Pero vos ves por dónde vamos?

—Y... no mucho —se sincera Belaúnde.

Ahora llueve a baldazos. Fontana se pregunta cómo hace su amigo para no estrellarse.

—¿Estás preocupado? —lo pincha Belaúnde—. Si querés ayudar hay un modo...

—Lo que digas.

Belaúnde alza el brazo izquierdo y libera el gancho que sostiene el techo de lona. Con el viento la esquina del techo se alza un poco, pero todavía está sujeta del otro lado. Belaúnde le hace un gesto a Fontana.

—¿Pero vos estás en pedo? —pregunta Fontana, cuando comprende que quiere soltar el techo.

—¿No decías vos de ayudar? Y bueno. Ayudá.

104

Fontana vuelve a mirar al frente y decide salvar su vida. O por lo menos intentarlo. Suelta el gancho restante y el techo de lona se levanta, henchido por el viento.

—¡Atalo atrás, atalo atrás! —indica Belaúnde.

Fontana se levanta y sujeta el techo a la altura de las puertas traseras. Mira al frente. La lluvia le hace entrecerrar los ojos. O las gotas caen muy fuerte o eso es granizo.

—¡Pará, Belaúnde! ¡Está cayendo piedra!

—Pero chiquita —dice Belaúnde—. Nada del otro mundo.

El agua y el granizo entran a raudales. Fontana sigue asomado. Tiene que reconocer que se ve mucho mejor desde ahí arriba.

—¡Ojo que tenemos un auto adelante que está casi frenado! —advierte.

Belaúnde, con ademán de experto, mueve apenas el volante para cambiar de carril. Son varios los autos que han aminorado muchísimo la marcha.

—Ahora a la derecha —vocifera Fontana, y Belaúnde lo obedece.

Si eso fuese una carrera, las posiciones se habrían invertido. Muchos de los autos que los estuvieron pasando como poste ahora están con las balizas encendidas, casi detenidos en los dos carriles lentos. El Citroën avanza a su velocidad crucero de cincuenta kilómetros horarios, con Belaúnde aferrado al volante y Fontana de pie, anticipando a los gritos las maniobras. El cielo continúa negro y vomitando agua. Siguen dejando atrás más y más autos. Fontana está tan empapado que ya no siente la mojadura. Baja la vista hacia Belaúnde. Se le nota que disfruta como loco eso de que su catramina sobrepase a ese montón de autos nuevos.

—¿Vas bien, Belaúnde? —pregunta, y el otro alza hacia él los ojos eléctricos, la expresión triunfante.

—Perfecto, Fontana. *Pole position!*

—Ojo adelante que tenemos un auto azul. ¿Lo ves?

—Lo veo, compañero. Lo veo.

—"Camarada", Belaúnde, "camarada". Hasta "correligionario" a las cansadas te lo acepto, por Alfonsín. Pero abstengámonos de lo de "compañero"...

4

Fontana levanta la vista desde el crucigrama en el que está empecinado desde las diez de la mañana. Frente a él está Fermín Perlassi.

—¡Epa! El regreso de los muertos vivos —dice, y baja la vista otra vez sobre la revista minúscula en la que estaba concentrado—. A vos que te gusta el cine clásico...

—El cine clásico, no las porquerías del cine de terror —responde Perlassi, mientras se sienta al otro lado del escritorio.

Fontana alza la vista y se hace un poco a un lado, para ver la calle.

—¿Y la camioneta?

Perlassi chista y niega con la cabeza.

—No manejo más. Vine caminando.

Fontana calla. Sus trucos de sarcasmo no han servido para soslayar la muerte de Silvia. Una lástima.

—Qué raro verte por acá —eso es todo lo que encuentra para decir.

—¿Y ese garrote?

Señala la enorme barra cilíndrica de hierro que descansa a un costado del escritorio.

—No es un garrote. Es de hierro, y los garrotes son de madera.

—Ajá.

—Es por si viene Manzi. Lo recogí hace tiempo, en el basural.

Mientras habla, Fontana lo levanta con cierto esfuerzo, lo sopesa, le saca una raspadura de óxido, lo estudia a través de sus lentes de lectura.

—Fue poco después del palo que te pegaste en la ruta. Frustración, que le dicen. Andaba por ahí, por el campo, y corté camino por el basural para volver. Vi la barra… —vuelve a dejarla en su sitio— y decidí traérmela a la gomería. Si alguna vez Manzi entra por esa puerta, cosa que puede suceder, porque cualquiera puede pinchar una cubierta en este mundo, yo lo voy a hacer sentar ahí en la silla en la que vos estás ahora. "Espere acá", voy a decirle. De inmediato me voy a levantar, voy a tomar con ambas manos la barra de hierro y le voy a decir que tenemos un pequeño asunto pendiente. Manzi me va a mirar con cierta extrañeza. Claro, no va a tener ni idea de lo que pasa. Por eso voy a tener que aclarárselo.

Fontana se pone de pie, mientras habla, dispuesto a sumarle la mímica a su narración.

—Entonces, mientras levanto el fierro con las dos manos (estoy grande, y si lo levanto con una sola mano voy a terminar con la muñeca esguinzada, seguro, así que mejor lo levanto con las dos) y le doy un buen fierrazo en el cuello.

—¿En el cuello? ¿Y por qué en el cuello?

—Ahhhh —Fontana pone cara de que agradece la pregunta, porque le encanta aclarar ese punto—. Porque si le pego el fierrazo en la cabeza lo mato y punto. No. Yo quiero que entienda. Que sepa que esto es una venganza. Que está pagando por ser un hijo de puta. ¿Entendés? Entonces el primer fierrazo le da en el hombro, en la espalda, por ahí, y le rompe algún hueso.

—La clavícula.

—La clavícula, pongamos. Después, el segundo fierrazo, ese sí se lo pongo en el marote. Pero entre fierrazo y fierrazo le explico, para que entienda. Si no, no tiene gracia.

Fontana se sienta, resoplando exhausto como si acabase efectivamente de asesinar a Manzi. Exhausto y feliz. Perlassi lo mira. Sonríe y niega.

—No te creo, Fontana.

—¿Ah, no? Ya vas a ver.

—No. No sos capaz.

—Vamos a ver si no soy capaz.

—No, no sos. Porque sos un buen tipo.

—Pero Manzi es un hijo de puta.

—Es verdad. Pero eso lo sabemos vos y yo, además.

—¿Cómo, vos y yo?

—Claro. Él no lo sabe.

—No puede no saberlo.

—Sí que puede. Los hijos de puta no saben que son hijos de puta. Mejor dicho: se creen que no. Que son buena gente. O gente común, por lo menos. El hijo de puta tiene siempre cincuenta razones que lo justifican. Cincuenta motivos que lo cubren, que lo escudan, que lo limpian. Vas a ver. Preguntale. A Manzi o a cualquier otro hijo de puta. Te van a decir que no. Que ellos no son malos. Que los hijos de puta son los otros. Los que los consideran hijos de puta. Para Manzi los hijos de puta somos nosotros, Fontana. Ni siquiera. Para pensar que somos hijos de puta tendría que saber que existimos, Fontanita. Y ni siquiera sabe.

Se hace un silencio. Fontana no parece contento con lo que acaba de decir Perlassi, como si su punto de vista enturbiase de algún modo la venganza largamente acariciada. Se levanta a preparar el mate. Mientras trajina con la pava, la yerba, la bombilla, Perlassi lo espera en silencio. Recién cuando el otro vuelve a sentársele enfrente empieza a hablar.

—Hablando de hijos de puta, a que no sabés a quién fui a ver —arranca Perlassi.

—¿A quién?

—A Alvarado. El gerente del banco.

—Noooo. ¿Adónde?

—Averigüé un poco. Bah, Rodrigo averiguó. Está en 9 de Julio. Pidió el traslado ahí, y se lo dieron. Y parece que se construyó una casa de la gran flauta. Una mansión, parece.

—No te puedo creer.

—Sí. Creeme. Estuve un rato largo estacionado con Rodrigo en la vereda. Serían las ocho y media, nueve de la mañana. Primero salió la mujer, con las nenas. A la escuela, por cómo iban vestidas. Al ratito salió él. Elegante. De punta en blanco. Traje, corbata, portafolio… no sabés lo que es la casa. Seguro que la compró con la cometa que le dio Manzi cuando nos acostó a nosotros.

Fontana ceba tres, cuatro mates en silencio.

—¿Y se puede saber para qué fuiste hasta 9 de Julio a ver al gerente?

Ahora es el turno de Perlassi de sonreír, con un rictus amargo, pero sonreír.

—Para ver al hijo de puta. Al otro hijo de puta. No sé. Tampoco quiero hacer un campeonato de hijos de puta entre Manzi y el gerente. Pero le doy vueltas, sabés. A veces pienso que el hijo de puta más grande es Manzi. Porque tiene la guita. Porque siempre cae bien parado. Porque cada vez tiene más guita, y nosotros menos. Y otras veces pienso que es Alvarado. Porque la idea, para mí, fue de Alvarado. Se enteró de que se venía la maroma con el Corralito. Pero él no podía quedar pegado sacando los dólares. Iba a ser muy obvio. Entonces lo contactó a Manzi y lo hicieron juntos. Así de simple, ¿entendés?

—Seguís sin responderme a qué fuiste.

—Y, no puedo dejar de pensar que el accidente lo tuvimos volviendo de Villegas. De verlo a este hijo de puta. De ir a reclamarle que hiciera algo, que devolviera algo… que se hiciera cargo, por lo menos.

Perlassi tamborilea con los dedos sobre el escritorio, incómodo.

—Hay otro hijo de puta más. El que nos chocó. El tal Menéndez, el de la Frontier. Pero ese hijo de puta desaprensivo, estúpido, egoísta… ese se murió al chocarnos. Una lástima, pienso a veces. Ojalá hubiera…

—¿Ojalá hubiera qué?

—Nada… —Perlassi no quiere seguir por ese camino, al parecer.

—Y cuando fuiste ahora… ¿Alvarado te vio?

—No. Estábamos estacionados en la vereda de enfrente. Y Rodrigo al volante, del lado más cerca de él. Y al pibe no lo conoce. No, qué me va a ver. Igual, andá a saber si me reconoce… Ahí salió, muy orondo. Con el maletín, el traje… no sabés lo que es la casa. Y pensar que fuimos con Silvia y…

Fontana mueve la yerba antes de volver a cebar. Según los paisanos de por ahí eso no se hace. Pero a él no le importa. Él no es de por ahí.

—Seguís sin contarme para qué fuiste.

Perlassi se incorpora. La silla chirría con el retroceso sobre las baldosas sucias de la gomería.

—El otro día charlé con mi hijo, ¿sabés? A eso vine, en realidad.

—¿Qué charlaste?

—Charlé. Y ahora vine a decirte que sí.

—¿Que sí qué?

—La vez pasada vos viniste con Belaúnde a la estación de servicio a decirme lo de Saldaño, el albañil. Lo de la bóveda, la guita de Manzi, todo eso.

Fontana apoya otra vez la pava en la fórmica de la mesa. El mate sigue vacío.

—¿Y qué?

—Eso. Que vamos a hacer algo. Vos me preguntaste si íbamos a hacer algo. Y yo te vengo a decir que sí. Que vamos a hacer algo.

Fontana tiene muchas ganas de seguir preguntando, de obligarlo a sentarse, de abrazarlo, de pegar un par de golpes en la mesa para descargar la tensión y la alegría. Pero sabe que a su amigo podría incomodarlo cualquiera de esas cosas. De modo que se limita a cebar un mate lavado, mientras asiente con la cabeza.

—De acuerdo —es todo lo que dice.

—Nos vemos —responde Perlassi, ya a la altura de la puerta, sin otro gesto ni otra palabra que anuncie que se va.

5

—Ayer me llamó el hijo de Leónidas —dice Fontana—. Y me confirmó que sí.

—¿Que sí qué? —pregunta Rodrigo.

—Que si Perlassi se lo pedía, nos mantiene el precio de La Metódica. Que nos cobra lo mismo que nos iba a cobrar en diciembre de 2001, cuando se armó el quilombo. Trescientas cincuenta lucas verdes.

—Parece mentira, el futbolista famoso y sus admiradores —comenta sarcástico Belaúnde.

Fontana lo mira y ambos disfrutan de la incomodidad de Fermín. Fontana está de pie en la cabecera de la mesa. Los demás están sentados. A un lado, Lorgio y Perlassi. Al otro, Rodrigo y Belaúnde. En la otra cabecera los hermanos López, juntos como siameses, igual que siempre.

—El asunto es si vamos a hacer algo o no —dice por fin Fontana.

Nadie pide aclaraciones. Todos saben a qué se refiere con "algo". Mejor, piensa Fontana.

—Yo... a mí se me ocurrió una cosa, y me gustaría saber qué piensan los demás —dice Perlassi.

—¿De qué? —pregunta Belaúnde.

—Acá estamos todos. Todos los que nos jodió Manzi.

—Falta alguno —dice Rodrigo.

—Sí, pero los que faltan no van a venir. A la viuda de Llanos no la contés. No la podés meter en este quilombo. Cacheuta, el farmacéutico, está enfermo. Muy enfermo. Me dio no sé qué. Hablé con la mujer y no me pareció...

—No, más bien.

—Después está Medina, pero no me pareció convocarlo a este primer encuentro. En todo caso…

—Sí, en todo caso para la próxima, ahí le decimos —completa Perlassi.

—Y después está Safa, que le vendió el supermercado a Manzi. Pero pensé que no. No sé, bah. Si ustedes dicen que sí, que hay que decirle, le decimos.

Alguno se revuelve incómodo en la silla. Todos saben cómo se fue Safa del pueblo, después de vender. Puteando a todos. Empezando por Lorgio y Perlassi. Fontana intentó hacerlo entrar en razones, pero no hubo caso.

—Yo creo que si recuperamos la guita hay que devolverle su parte —dice Perlassi.

—No.

La respuesta de Lorgio es inmediata y contundente. No levanta los ojos de la mesa cuando sigue.

—Le vendió a Manzi. Nos insultó a todos. No es de fiar.

—Pero puso 35.000 dólares.

—Todos pusimos y todos perdimos. Pero ninguno de los que estamos aquí acusó a nadie de nada.

—De acuerdo —acepta Perlassi—. Pero hay otra cosa. Si localizamos el dinero, si robamos la bóveda, nos llevamos lo que nos sacó. No se la vaciamos. Sacamos lo que nos robó.

—¿A ese hijo de puta? Estás loco, Fermín —interviene Fontana.

Se levanta algún murmullo. Perlassi alza la mano.

—Yo sé que es un hijo de puta —dice—. Pero nosotros no.

Ahora no hay murmullo sino un silencio.

—Yo acepto con una condición —dice Belaúnde—. Estos tipos no sólo nos afanaron los dólares que nos hicieron depositar en la cuenta antes del Corralito. Nos afanaron la posibilidad de comprar La Metódica. Y esos dólares los multiplicaron por tres, por cuatro, no sé por cuánto, al sacarlos a tiempo.

114

Hace una pausa por si alguien quiere objetarle algo. Prosigue.

—Y si para comprar La Metódica necesitamos trescientos cincuenta, o trescientos setenta con los gastos de escritura y todo eso, yo digo que nos llevemos eso. ¿Es más de lo que nos robaron? Sí. Pero hay que considerar los daños y perjuicios. Si no lo hacemos así, no sirve.

—Tiene razón —dice Lorgio.

Cuando Perlassi levanta la vista advierte que todos lo están mirando a él.

—De acuerdo. Esa guita sí. Pero toda no.

—Eso suponiendo que encontremos la bóveda, que tenga dinero guardado, y que ese dinero sea más de lo que pensamos llevarnos —aclara Fontana, como si las especulaciones del grupo estuviesen anticipándose demasiado.

—Exacto —confirma Belaúnde.

En ese momento se escuchan unos golpes en la cortina metálica de la gomería. Aunque no tengan motivo, se alarman. El propio Fontana da un respingo. Se oye una voz desde afuera. Es Hernán Lorgio. Fontana abre la portezuela y Hernán entra agachado. Fontana vuelve a cerrar.

—Disculpen. Se me hizo tarde —sonríe, saluda con un beso a Rodrigo, con un gesto a los demás, acerca un banquito y se sienta en una esquina.

Los demás le retribuyen el saludo, excepto su padre, cuya expresión se ha ensombrecido todavía un poco más. Fontana se da cuenta de que lo avergüenza su tardanza. Teme que los demás lo interpreten como una falta de compromiso. Si es por él, por Fontana, tiene razón. No le gusta nada que Hernán Lorgio esté en el grupo. Pero no puede evitarlo. El viejo es el que más capital arriesgó en todo aquello. Perlassi habla otra vez.

—Lo que quería decir es que me parece que Francisco no tiene que tener un papel visible en todo esto.

—¿A qué se refiere con que no tengo que tener un papel? —pregunta Lorgio.

—Visible. Papel visible, Francisco.

—Coincido —dice Belaúnde.

—Deje que le explique —levanta las manos Perlassi—. Déjeme hablar. Mire un poco esta mesa, Francisco. Mírenos. No tenemos dónde caernos muertos.

—No tiene nada que...

—Sí tiene que ver. Si la cosa sale mal, Manzi nos va a caer con todo. Pero una cosa es que nos caiga a nosotros y otra cosa es que le caiga a usted. Tiene mucho para perder. La empresa, ni más ni menos.

—Pues no, señor, no voy a aceptar...

—Los López están comiendo de ahí, Francisco. Si a usted le pasa algo estos dos se quedan en la vía. Y un montón de gente más.

—No tiene por qué pasar nada malo —insiste Lorgio—. Si es por eso, no haríamos nada...

—Se equivoca, Francisco —es el turno de Belaúnde—. Sí puede pasar algo malo. Puede salir como el traste. Y ya está hablado. No con usted, pero entre nosotros sí. Y cuando digo nosotros es Fontana, Perlassi y yo. Somos tres pordioseros, o casi. Si la cosa sale mal, vamos a necesitar que alguien nos ayude. Alguien que tenga respaldo, además. Por eso. Usted tiene que estar al margen.

—Al margen desde las apariencias —busca tanquilizarlo Perlassi.

Se hace un silencio incómodo. Es como si de repente se dieran cuenta de que se están metiendo en algo demasiado grande y demasiado grave para ellos. Por la calle desierta pasa un auto. De repente suena un teléfono.

—Atendé, Fontana —dice Belaúnde.

—No. De acá no es.

—¿Y entonces?

Para sorpresa mayúscula de los concurrentes, Eladio López extrae un teléfono celular del bolsillo de la campera.

—Hola. Sí, gorda. Ocupado. Después te llamo. Un beso.

Suspira y vuelve a guardarlo. Su hermano lo mira hacer. Después los dos miran al frente.

—¿Y eso? —le pregunta Fontana.

—Un Movicom —informa Eladio López.

—Ya sé, boludo. ¿Pero desde cuándo tenés un Movicom?

—Desde antes de ayer.

—¿Y para qué lo querés?

—Para hablar por teléfono. Para qué va a ser.

Fontana parece rendirse ante la parsimoniosa lógica de su interlocutor. Pero es el turno de Perlassi.

—Decime, Eladio. No tenés un mango. Tenés cinco pibes. Laburás en limpieza en el depósito de Lorgio. Vivís en un pueblo donde no podés estar a más de diez cuadras de ningún lado. ¿Para qué carajo querés un teléfono celular?

—Estaban baratos —acota José López.

Fontana advierte el plural. Aunque no haya sonado todavía, José tiene otro Movicom, entonces.

—El otro día, en Villegas —retoma Eladio—, agarramos una promoción.

—Sí, por el documento de él —convalida José.

—Ajá. Como tiene terminación par, nos ofrecían un plan buenísimo.

—El mío no —aclara José—. El mío es impar. Pero sacamos los dos con el documento de él.

—Menos mal que el mío era par —se congratula Eladio.

—Una consulta te hago… —empieza Perlassi—. ¿Tomaste en cuenta que la mitad de la humanidad tiene DNI par, y la otra mitad, impar? Digo, porque no debe ser una promoción tan exclusiva. Para unos pocos afortunados, me refiero…

Los López se miran, como si acabaran de sorprenderlos en un renuncio. A Fontana le corre un frío por la espalda. Si ese es el elemento humano que han podido reclutar…

—Igual la promoción es buenísima. Los primeros tres meses el abono es de cuarenta pesos —José López sigue dispuesto a argumentar.

—¿Y después? —se interesa Belaúnde.

—No, después es más —cabizbajo, el mismo José.

Belaúnde y Perlassi se miran por encima de la mesa. Fontana comprende que están pensando lo mismo que él.

—Bueno, retomemos —dice. No tiene sentido deprimirse—. Acá Lorgio tuvo una idea que me parece buenísima. Ya lo hablamos con Rodrigo, pero estaría bueno que lo supieran los demás.

—¿Qué es, Rodriguito? —pregunta Hernán, que siempre parece un poco más alegre de lo que a Fontana lo dejaría tranquilo.

—Manzi tiene su oficina en Villegas —dice Lorgio.

A Fontana le parece bien que explique él. Ya que no van a dejarlo tomar parte de los hechos, que al menos sienta que tiene un sitio importante en la planificación.

—Necesitamos que alguno de nosotros tenga cierto acceso a esa oficina. Y pensamos que puede ser Rodrigo.

—¿Y cómo? —pregunta Hernán.

Fontana entiende que Lorgio tiene tan poca confianza en su hijo que hasta ahora lo tiene en ayunas con respecto al esbozo de plan que están diseñando. Y de nuevo siente cómo se le forma una piedra en el estómago. Deja vagar la mirada hasta la barra de hierro que descansa a un lado de su "silla de atender" la gomería. En una de esas, la única alternativa sea usarla. El único "algo" para hacer que conserve algún significado.

6

Rodrigo llega a la oficina preguntándose por la serie de equivocaciones que lo han conducido hasta allí. No. Es un error llamar a eso equivocaciones. Mejor sería denominarlo… ¿Aceptaciones? ¿Afirmaciones? ¿Asentimientos? ¿Cómo se llama al acto de tener el sí demasiado fácil? ¿Tendrá nombre?

Vino a O'Connor en mitad del cuatrimestre de la facultad para ver a su padre, porque Belaúnde y Fontana se lo pidieron. Y dijo que sí. Se quedó dos semanas en el pueblo, aunque eso le complicara la cursada, porque recién a partir de la primera semana le pareció darse cuenta de que su viejo estaba empezando a abrirse un poco. Acá fue su conciencia la que le recomendó quedarse, aunque la demora en regresar le complicara mantener regulares las materias. Volvió a decir que sí.

Julio y agosto, de regreso en La Plata, fueron una pesadilla, en cumplimiento de todas sus oscuras profecías. A duras penas embocó un cuatro en la última entrega de Diseño y aprobó dando lástima el último recuperatorio de Estructuras. A fines de agosto fue directamente su viejo el que lo convocó porque lo necesitaba en el pueblo. Pensó en decir que no, que quería por lo menos meter el final de Técnicas Constructivas, porque al de Estructuras no llegaba ni por equivocación, ni al de Historia del Arte. Pero dijo que sí. Otra vez.

Y cuando llegó a O'Connor se vio metido en una conspiración de viejos locos cuyos detalles lo hicieron concluir, sencillamente: "Vamos a terminar todos en cana". Debió haber dicho, en ese momento, que no. Que no contaran con él. Que en realidad toda esa idea era una imbecilidad y una locura. Que deberían buscar por otro lado. O no buscar. Pero no con ese proyecto de locos. Pero dijo que sí. Que se quedaba el resto del año en el pueblo. Que contaran con él. Puso cara de traste, como para que su viejo, o Belaúnde, o Fontana, se dieran cuenta de que no estaba de acuerdo. Pero ninguno pareció notarlo y, si lo notaron, prefirieron hacerse los distraídos.

Y el acabose (aunque con esos insanos es imposible determinar cuál es, o dónde acaba el "acabose") fue cuando le dijeron que tenía que trabajar de jardinero en la oficina de Manzi. Lo de "jardinero" lo dijo su padre, para simplificar. Belaúnde, haciéndose el específico, aclaró que no tenía que hacer de jardinero, sino de "cuidador de plantas". Y Fontana, al que le gusta la precisión semántica, prefirió definirlo como "paisajista". Ante su cara de pánico o incredulidad le dijeron que lo que tenía que hacer era pasarse un par de horas, los jueves —o los martes y los jueves, mejor—, en la oficina de Manzi, haciéndose el que arreglaba las plantas.

Los cerebros del plan habían decidido que les vendría bien tener a alguien cerca de Manzi. "Un quintacolumnista", dijo Fontana, que tiene debilidad por lo dramático, sobre todo si le trae reminiscencias revolucionarias.

Habían estado dándole vueltas al asunto como dos semanas (mientras Rodrigo intentaba que su año universitario no se fuera redondamente al carajo) y creyeron hallar la solución perfecta: la viuda de Llanos tiene un vivero, y ese vivero le vende las plantas a Manzi y le ofrece un servicio de mantenimiento. "La viuda no tiene problema en que vos te ocupes", siendo "vos" el idiota que no sabe decir jamás que no, y siendo "te ocupes" que realice una tarea de la que no tiene el menor conocimiento.

Belaúnde se ofreció a enseñarle algunos rudimentos sobre fumigación, limpieza de hojas y remoción de tierra.

Pero la clase fue efímera y un tanto vaga. Diez minutos durante los cuales Rodrigo siguió a Belaúnde por el jardín que plantó detrás de la estación de tren, mientras este fumigaba los rosales y comentaba, de vez en cuando, "a las plantas hay que tratarlas como a la gente".

El resto del comando táctico no fue demasiado explícito con respecto a las tareas que se esperaban de él una vez "introducido en el campo enemigo" (de nuevo Fontana y su película bélica). Apenas un "vos abrí los ojos y fijate". "¿Fijate qué?", le preguntó a su padre cuando se quedaron solos. "Fijate a ver qué ves que pueda servir", fue la respuesta. Esa fue la última oportunidad que tuvo para decir que no. Que ni loco. Porque no sabe mantener plantas, porque no es un espía, porque no le parece bien todo ese plan de energúmenos que están llevando adelante. Y sin embargo, dijo que sí. Una, dos, cincuenta putas veces dijo que sí. Por eso ahora Rodrigo termina de subir la escalera que desde la vereda conduce a esa oficina en un primer piso y se topa cara a cara con Manzi.

Ahí está. Es un cincuentón grandote, cargado de hombros, canoso, que lo mira con cara de "¿Te conozco de algún lado?".

—Soy Rodrigo, del vivero La Rosa. Vengo por las plantas...

El otro demora un rato en caer. Al final asiente con un gesto.

—Claro, claro —dice Manzi, como por decir.

Rodrigo levanta el bolso que lleva en la mano, del que asoma el mango de unas tijeras de podar y un fumigador, como dando a entender que quiere ponerse a trabajar. Manzi hace un gesto de que pase.

—Yo estoy allá, trabajando en mi escritorio —dice, yéndose.

Rodrigo mira a su alrededor. La oficina tiene dos ambientes. El del fondo es el de Manzi. Más chico, ocupado casi por completo por su escritorio y un par de sillones grandes. El tipo ya está enfrascado en sus cosas, olvidado de todo lo demás, incluido Rodrigo. Eso es bueno. Se alcanzan a ver un par de plantas de interior, en un estante. En la oficina más grande, en cuyo centro está él de pie, hay más espacio. Un escritorio grande que ahora está vacío pero tiene signos de tener un dueño. Un monitor encendido y varias carpetas y papeles, bien ordenados. Hay una plantita con flores. Se acerca para ver si logra identificarla. Flores amarillas. Tendrá que preguntar el nombre en el vivero de Llanos. Roza una hoja, con la idea de hacerse una noción de la textura, del nivel de humedad que puede convenirle, porque supone que las plantas más tiernas requerirán más agua y las más leñosas necesitarán menos... y resulta ser de tela. Rodrigo alza los ojos hacia Manzi. No hablaría bien del nuevo cuidador que no fuese capaz de distinguir las plantas artificiales. Por suerte sigue absorto en sus cosas. Suelta la planta y gira.

Hay un arbolito en una maceta. Arbolito de interior... tiene que ser un ficus. Rodrigo se siente reconfortado. Ese nombre lo sabe. Su mamá tenía uno en el parador, en la estación de servicio. La forma de las hojas es parecida, aunque el de su madre tenía hojas verdes, lisas, y este tiene hojas verdiblancas. Será un ficus verdiblanco, capaz. Sigue su vistazo panorámico. La oficina da, por el frente, a un balcón terraza lleno de plantas. Maldita suerte. Ahí hay de todo: plantas grandes y chicas, otro ficus, un arbusto medio pinchudo. Intenta consolarse pensando que si esas plantas resisten la intemperie también van a poder sobrevivir a su intervención.

¿Qué más? Dos, tres plantas de interior en un rincón. ¿Pero qué le pasa a este tipo? ¿Tiene complejo de... agrónomo? Otra vez le faltan las palabras, y menos mal que se metió a arquitecto y no a periodista o cosa por el estilo.

Abre el bolso y saca algunas herramientas. Oye pasos en las escaleras. Le suenan a pasos de mujer. Sigue en lo suyo, en el afán de pasar por experto. Escucha que lo saludan a su espalda. Se incorpora, gira y sonríe. Y después se olvida de todo lo demás, porque ahí, parada frente a él, está la mujer más linda del mundo.

7

Belaúnde y Fontana se pasan un largo rato de pie en la caja de la camioneta. Perlassi se mantiene en el asiento del acompañante, un poco por el frío y un poco porque hace mucho que no se sube a la F100. Desde el accidente. No sabe cuánto costó arreglarla. Tampoco preguntó. Tampoco quiso que la repararan. Un buen día, mientras él todavía estaba internado en el Hospital de Villegas, vino Fontana a contárselo. Lo escuchó como quien oye llover. Le daba lo mismo que viniera a proponerle componer la camioneta o viajar a Marte o convertirse al budismo. Le daba igual porque Perlassi no quería nada. Por eso tampoco le significó nada cuando, un par de semanas antes de que le dieran el alta, el propio Fontana vino con las llaves de la camioneta a dejarlas sobre su mesa de luz y decirle que estaba lista.

—¿Lista para qué? —preguntó Perlassi.

—Lista para que la uses.

—No la voy a usar. No manejo más.

Fontana se había tomado algunos minutos de silencio, para pensar cómo seguir, pero no encontraba el modo.

—Bueno, igual te la dejamos.

—Llevala a la estación de servicio. Acá no la dejes. Cuando salga del hospital les aviso, así me vienen a buscar, vos o Belaúnde. ¿Te parece?

Así habían hecho. Perlassi pasó todavía varios días más en el hospital, avanzando con la rehabilitación, y fueron a buscarlo en el Citroën de Belaúnde, con Fontana y Rodrigo. Habían hecho los cincuenta kilómetros casi en silencio, comentando apenas de las lluvias, que venían atrasadas.

Ahora Perlassi está sentado en el lugar que ocupaba Silvia cuando se accidentaron. Y no hay nada, alrededor de su sitio, que indique el accidente, que señale el dolor, que ofrezca indicios de la muerte.

Unos golpecitos en la ventanilla lo traen de regreso. Belaúnde, emponchado hasta la nariz con una bufanda de lana, le hace señas de que baje. A regañadientes lo obedece.

Están en una loma. Llevan horas recorriendo esos lugares altos. En parte porque los campos de la zona son muy planos e intentan conseguir cierto panorama, y en parte porque suponen que Manzi habrá elegido un sitio elevado para evitar inundaciones. Días atrás Belaúnde hizo una primera recorrida, señalando los lugares que parecían más prometedores, por la elevación, por los montes de árboles y por las pocas precisiones que había dejado el relato de Saldaño.

Fontana sigue de pie en la parte de atrás, girando lentamente mientras observa a través de unos binoculares.

—Tenés muchas películas de guerra encima, vos. Demasiado Rommel, demasiado Patton —se burla Perlassi.

Fontana lo ignora. Belaúnde, desde su lugar, señala un punto hacia el oeste.

—Enfocá para allá, Fontana. Ahí como a la izquierda del montecito ese de árboles. ¿Ves?

—Sí, veo.

—A la izquierda.

—¿El lote ese que está sembrado, decís?

—No. Antes. Entre el montecito y el lote. ¿Ves?

—Sí, veo. Pero no sé qué querés que me fije.

—Si mirás bien vas a ver que hay como un cuadrado de alambre.

—Es el potrero en sí...

Belaúnde chista con impaciencia y vuelve a subir a la caja. Perlassi lo sigue. Belaúnde señala.

—Fíjense —insiste Belaúnde—. Todo alrededor hay trigo recién sembrado. Trigo, trigo, trigo... ¿cierto? Bue-

125

no. En el medio del trigo, esa especie de cuadrado, o más o menos... ¿lo ven?

—Sí —dice Perlassi.

—Más o menos... ahora sí —Fontana, que sigue con los binoculares.

—Oiga, compañero, me parece que usted, con el catalejo, ve menos que nosotros dos que andamos sin nada.

—"Catalejo." Por Dios. "Catalejo." Y lo de compañero te lo podés guardar donde mejor te quepa, camarada.

—Seguí, Belaúnde —insta Perlassi.

—Bueno. En el medio del trigo, ese potrero con vacas. ¿Para qué vas a meter vacas ahí, en el medio de la siembra?

—¿Y cómo hace con el agua? —pregunta Fontana.

—Hay un molino, más allá —señala Perlassi—. Che, en serio no ves un carajo...

—Igual es raro —retoma Belaúnde—. Cuando anduve por acá el otro día, medio siguiendo las indicaciones del albañil, medio improvisando, esto fue lo que más me llamó la atención. Bueno. Para mí que lo de las vacas es para no llegar con el cultivo hasta el centro.

—¿El centro de qué?

—El centro de esto —señala y se impacienta Belaúnde—. ¿Lo ven o no lo ven? Vean bien en el medio del lote de las vacas. Bien, bien en el medio. ¿Lo ven?

—¿Ver qué?

—¿Hay... hay otro alambre o me parece a mí? —indaga Perlassi.

—¡Exacto, Fermín! —convalida, triunfante, Belaúnde—. Adentro del cuadrado con vacas, hay otro cuadrado, más chico. ¿Lo ven? Debe tener dos, tres hectáreas, desde acá no te puedo decir. Árboles, nomás. Montecitos de árboles y esa especie de bosque más frondoso.

—Debe ser para las vacas.

—¡No! Fijate que las vacas ahí no pasan. No las deja ese otro alambre. Está cercado. Cercado por completo.

—¿Y eso para qué?

—Para que cuando viene el personal con la maquinaria, tanto al sembrar como al levantar, queden lejos del cuadrado del medio. Las vacas son como un... anillo de seguridad. ¿Entienden?

Perlassi aguza la vista. Tendrían que estar más altos para ver mejor. Pero lo que dice Belaúnde suena lógico.

—¿Entramos? —pregunta Fontana.

—¿Ahora?

—Más bien que ahora.

—No, no —interviene Belaúnde—. Falta un rato para que oscurezca. La camioneta habría que dejarla acá, porque si entramos se va a marcar la huella. Y entre que vamos, pasamos los alambres y llegamos al cuadrado nos quedamos sin luz. No, tenemos que venir preparados, de mañana.

Con mayor o menor esfuerzo bajan de la caja y suben a la cabina, con Belaúnde al volante. Giran en U, y la chata se bambolea en las zanjas de los lados de la huella. Belaúnde conduce muy despacio, con las ruedas del lado derecho montadas en el pasto. Perlassi comprende que no quiere levantar demasiada polvareda y que pueda vérselos a la distancia.

8

Esta vez Hernán es el primero. No va a volver a pasarle lo del encuentro anterior, cuando llegó a la gomería de Fontana cuando estaban todos y más de uno se volvió a mirarlo con aire de recriminación o de impaciencia. Si quieren compromiso, tendrán compromiso. Van a tener que asombrarse, manga de boludos.

El primer sorprendido es el propio Fontana. Hernán se presenta antes de que oscurezca, cuando la gomería está todavía abierta. Lo hace pasar, le ofrece un asiento frente al escritorio y sigue haciendo su crucigrama.

—Si quiere lo ayudo —dice Hernán, irónico, cuando ve que el otro completa filas y columnas como un autómata perfecto, sin dudar, sin tachar, sin equivocarse.

Fontana sonríe, porque pesca la ironía.

—Qué le vas a hacer, pibe. Algunos hemos sido bendecidos con dones inútiles. El mío es la ciencia de las palabras cruzadas…

Hernán sonríe también. Ese Fontana es un tipo inteligente. Su padre, frente al comentario, sólo se habría enojado. Como si mentarlo lo convocase, Francisco Lorgio es el segundo en llegar. Otro que se sorprende de su puntualidad. Que sigan, no hay problema. Está dispuesto a asombrarlos a todos. Ahora el divertido es Fontana, de todos modos. Parece entusiasmarlo la incomodidad que sienten Hernán y Lorgio. De vez en cuando levanta la vista de su revista y los ojos le sonríen. Pero enseguida vuelve a bajarlos. Hernán repara en el fierro enorme que descansa apoyado en el costado del escritorio más cercano a la pared.

—¿Y ese fierro para qué es?

—Ah, ¿no sabés? —Fontana da un respingo, y se dispone a explayarse, pero en ese momento llegan los demás, todos juntos.

De modo que se cruzan los saludos del caso y Fontana cierra la cortina metálica de la gomería. Rodrigo le pregunta si cambió el huso horario y ahora se maneja por el de Gibraltar, por eso de su inusitada puntualidad. Hernán lo manda mansamente al carajo y se ubican alrededor de la mesa del fondo.

—Por lo que vimos, la cosa es acá —empieza Belaúnde, mientras saca un plano hecho a mano, pero bastante prolijo—. Manzi compró como quinientas hectáreas que eran de Lángara.

—¿Cuál de los Lángara? —pregunta Eladio López.

—¿Vos a cuál conocés de los Lángara? —lo interroga Perlassi.

—A ninguno.

Se hace un silencio. Belaúnde retoma:

—En medio de esas quinientas hectáreas, que planta siempre de soja y trigo, hay un cuadrado en el medio en el que tiene vacas. Son veinte hectáreas, más o menos.

—En una zona donde los campos dan para agricultura —acota Fontana.

—Exacto. O sea que está desperdiciando veinte hectáreas, que podrían darle mucho más.

—Estamos hablando de Manzi, que vive desesperado por sacar un mango de cada boludez que hace —vuelve a intervenir Fontana.

Belaúnde deja que se concentren un minuto en el plano y apoya la lapicera en el centro del cuadrado. En un sombreado más oscuro se ve otro cuadrado, mucho más chico. Ahí apoya la lapicera.

—Y lo más interesante de todo. Acá en el medio de la tierra de pastoreo tiene dos hectáreas sin nada.

—Nada de nada.

—Exacto. Están alambradas, para que no pase el ganado, capaz. Pero es como un... centro. Un centro vacío.

—Por afuera de ese centro —agrega Perlassi— están las vacas.

—Y por afuera de las vacas, el cultivo.

Se hace otra vez el silencio, como si los viejos esperasen que a todos les cayera la ficha.

—El asunto es cómo accedemos al coso ese del medio —parece abrir el juego Belaúnde.

José López carraspea y alza la mano.

—Hay algo que no entiendo.

—Sí, José. Decime.

—Nosotros... ¿las vacas, buscamos?

Se hace un silencio más prolongado.

—¿Pero vos sos pelotudo o te hacés? —lo encara su hermano.

—Ahí saltó el genio. ¡A ver, genio, explicame lo de las vacas, porque no lo entiendo!

—No, no, José —didáctico, Fontana—. No es por las vacas.

—¡Evidente, pelotudo! ¿Cómo vamos a estar buscando las vacas? —Eladio se permite impacientarse.

—¿Y qué buscamos?

—La soja, boludo. ¿Qué vamos a buscar? —socarrón, Eladio golpea la mesa y mira a los demás, con una mueca cómplice.

—No, no, Eladio. La soja no... Buscamos la bóveda.

—¿Qué bóveda?

—¿Ves? ¿Quién es más pelotudo? ¿El pelotudo que pregunta porque no entiende o el pelotudo que se burla del pelotudo? ¿Eh? ¿Eh?

Perlassi se pone de pie, porque teme que los hermanos terminen a las trompadas.

—Momento, momento. Nadie nació sabiendo. No hay problema. Aclaremos: lo que buscamos es la bóveda que le construyó Saldaño a Manzi antes de enfermarse.

La bóveda en la que, suponemos nosotros, guarda la guita para no tenerla en el banco.

—Ese cuadrado en el medio de la nada o, mejor dicho, ese cuadrado de nada, rodeado de vacas y cultivos, ahí es donde tenemos que buscar.

—En el cuadrado del medio hay árboles. Muchos. Formando montecitos. Hay talas, eucaliptus, cipreses de los chatos. Calculamos que debe ser ahí, para que le sirvan de referencia y porque tapa la visión de alguno que pueda querer espiar desde lejos.

Los hermanos López, puestos a asimilar tanta información, se olvidan de seguir enemistados. Miran el plano y de vez en cuando se miran entre ellos con menguante rencor.

—Ahora lo que falta es ver si estamos en lo cierto, ni más ni menos —dice Belaúnde y, como si hubiera terminado de exponer su tesis, se deja caer en la silla.

Fontana va hasta el fondo de la gomería y vuelve con unas tenazas enormes y dos mazas, a las que suma su barra de hierro. Deja todo sobre la mesa, como un arsenal.

—Como no sabemos con qué nos vamos a encontrar: candados grandes, cerraduras, pasadores… llevamos varias cosas. ¿Alguna sugerencia?

—Sí —dice Rodrigo, que estuvo callado toda la reunión—. ¿Cuándo lo piensan hacer?

—Primero pensamos en hacerlo de noche, pero después dijimos que mejor de día —empieza Perlassi.

—Sí. De noche íbamos a necesitar luces, y se ven desde lejos.

—Mejor con luz natural.

—Así que lo haríamos el domingo a la mañana —concluye Fontana.

—No, no. Domingo no —los contradice Rodrigo.

—¿Por qué no?

—Porque lo lógico es que lo hagamos un día hábil, un día de semana.

131

—¿Para qué?

—Porque así podemos ver por dónde anda Manzi. Un domingo lo perdés de vista. No sabés si está en su casa, en la oficina, en el campo guardando guita...

—Claro —coincide Eladio López—. Mirá si justo cuando vas a afanarlo el tipo va para allá a meter más guita.

—O a sacar —se siente en la obligación de objetar su hermano.

Hernán piensa que la buena noticia es que los dos palurdos parecen haber entendido el plan. La mala es que estar de acuerdo con los López nunca es buena señal. Nunca.

—A lo que voy —se impacienta Rodrigo— es a que tenemos que saber en qué anda. Es más: cuando ustedes vayan al campo, yo me voy a la oficina de Manzi.

—¿Cómo a la oficina? —lo interroga su padre.

—Sí, papá. A lo de las plantas. ¿No me mandaron la otra vez a cuidar las plantas?

—Sí, pero vos no querías y nos dijiste que era al pedo.

—Nos sacaste carpiendo —agrega Fontana.

—Sí, bueno, porque no me parecía buena idea.

—¿Buena idea? —interviene Belaúnde—. Nos dijiste que éramos tres viejos enloquecidos con demasiadas películas de espías sobre el lomo.

Hernán nota que su amigo se pone colorado, mientras intenta encontrar las palabras.

—Pero cambié de opinión —dice de repente, como buscando un atajo—. Voy a la oficina de Manzi y se acabó.

Los demás lo escuchan tan convencido que no lo contradicen. Si quiere que sea un día de semana, que sea. Quedan para el lunes. ¿Todos de acuerdo? Todos de acuerdo. Incluso Hernán, que se sigue preguntando las razones del rojo encendido de las mejillas de su compañero de escuela.

9

Rodrigo espía a través del follaje de uno de los ficus. Florencia está linda, lindísima, más linda que la primera vez, si es eso posible. Los cuatro días transcurridos sin verla se la pasó recordándola. Pero a medida que la evocaba tendía a sospechar que en su repaso estaba exagerando. Que era menos linda, que no eran así sus ojos, que no tenía tan buen culo como tendía a atribuirle él en sus pormenorizadas reconstrucciones, que algún defecto se le habría pasado por alto en ese primer encuentro lleno de nervios y sorpresas: una voz chillona, el cabello feo, la dentadura prominente.

Pues no. Hoy Rodrigo llegó a la oficina de Manzi pisándole los talones a la secretaria. Casi la asustó cuando subió los escalones de dos en dos, desde la calle, y ella apenas estaba abriendo la última de las cerraduras de la puerta de blindex. Rodrigo se disculpó por la premura. No podía explicarle que en la reunión del "grupo comando" habían quedado, casi por sugerencia de él, en que buscarían dar el golpe el lunes a la mañana temprano.

Rodrigo consulta el reloj. Son las nueve y cuarto. Mira en el fondo del bolso. Ahí está el teléfono celular que le dio Hernán. Se sintió pobre y rústico cuando el otro le sugirió que estuvieran comunicados a través del móvil. Supone que se le habrá notado, porque Hernán le dijo que le prestaba el suyo y que él, desde el campo, se manejaría con el de su viejo. Ahí está ahora, en el fondo del bolso. Rodrigo no conoce ese modelo de teléfono, pero se consuela pensando que no debe ser demasiado distinto a los que sí ha manejado alguna vez y, más que nada, que si todo sale bien no tendrá que usarlo.

Si sale bien... o si sale mal. Manzi no ha dado señales de vida hasta ahora, y Rodrigo no cometerá la torpeza de preguntarle a Florencia por dónde cuernos anda su jefe. La piensa y no puede evitar volver a mirarla, y volver a decidir que es la mujer más linda que vio en la vida. Y si alguna vez vio alguna más linda, se la ha olvidado. De modo que no cuenta.

—Disculpame —su voz lo sobresalta. Una voz que no chilla, definitivamente—. ¿Se te ocurre algo que podamos hacer con las difenbaquias?

La pregunta de Florencia lo descoloca por completo. Rodrigo no tiene la menor idea acerca de lo que es una difenbaquia. La mira —y sí, es muy pero muy hermosa— y luego intenta seguir la línea de su mirada, que parece ir en dirección de la mesa baja, sobre la que hay cuatro plantas, dos de hojas anchas verdes y blancas, y dos más chicas con una flor violeta minúscula y aterciopelada en el centro. Cuáles serán las difenbaquias, se pregunta Rodrigo.

—Vos... ¿por qué lo decís? —pregunta para ganar tiempo o precisiones.

Su palo de ciego tiene dos resultados inesperados y beneficiosos. Uno: Florencia va hacia la mesa ratona y señala, desde muy cerca, una de las plantas de hojas anchas verdiblancas. Bien. Así que esas son las difenbaquias. Dos: cuando le pasa por delante Rodrigo percibe que usa un perfume perfecto, ni muy fuerte ni muy denso ni muy dulce ni muy frío. Ella, toda ella, es cada vez más perfecta. En dos trancos se pone a su lado.

—¿Ves? Tienen los bordes marchitos.

Rodrigo extrae del bolsillo trasero del jean unas tijeras y, aferrando la hoja con la mano izquierda, recorta el borde marchito de toda la hoja. Florencia lo mira con los ojos muy abiertos. Rodrigo piensa un piropo fácil, vinculado con sus ojos, pero tiene el buen tino de callarlo.

—Suele ser por exceso de riego —aclara, con aire académico.

—Pero si siempre me olvido de regarlas...

—También puede ser por falta de agua —se contradice, impertérrito.

—¿Y no te da miedo?

—¿Qué cosa?

—Tocar así las hojas de las plantas esas. Dicen que son recontratóxicas.

Rodrigo traga saliva, se mira las manos, se pregunta con cuál tocó la puta planta, se aferra al hilo de voz que conserva:

—No pasa nada. Imaginate que estoy todo el tiempo en contacto con sustancias... Después me esterilizo en el... en el laboratorio, ¿sabés?

—¿Laboratorio? ¿Pero ustedes no tienen un vivero?

—Sí, sí. Pero un vivero con laboratorio —responde Rodrigo pensando si completa los requisitos para declararse la persona más pelotuda del planeta o le falta algún ítem—. Vos quedate tranquila que yo me encargo.

Florencia le dedica una mirada que parece significar "no necesito quedarme tranquila, porque ya lo estaba" y se lleva todas sus bellezas de regreso a su escritorio. Rodrigo calcula que si sale disparado hacia el baño a fregarse las manos su imagen de cuidador experto y de hombre cabal se irá por la borda, de modo que se dispone a componer las otras hojas de esa difenbaquia de mierda.

Empieza con la segunda hoja, cuyo borde marchito es más ancho que el de la primera. Cuando recorta el segundo lado la mira con atención: la rebanada del lado izquierdo fue más profunda que la del lado derecho. Empareja entonces este lado, para corregir la simetría, pero cuando lo hace termina en un ángulo más cóncavo. Ahora es el lado izquierdo el que requiere un nuevo retoque. Mejor se dedica a la siguiente. Para peor, detecta un picor creciente en el párpado derecho. Mientras levanta la mano para rascarse recuerda que Florencia calificó a la difenbaquia como "recontratóxica" y detiene el movimiento. Por supuesto, la sensación de picazón se multiplica. El ojo empieza a llorarle.

—¿Vos estudiás en La Plata? —la voz de Florencia, que a esta altura no solo no es chillona, decide Rodrigo, sino tan perfecta como sus ojos y demás sinuosidades y protuberancias, le da una idea. Tiene que concentrarse en la conversación. En eso y en dejar parejas las hojas. Dentro de un rato sí, podrá ir al baño sin despertar mayores suspicacias. Pero ahora, conversar y emparejar. Conversar y emparejar.

—Sí, sí. Arquitectura.

—Qué lindo. Bah… digo yo. ¿Y te gusta?

—Mucho.

—¿Y te va bien?

—Sí… normal, supongo.

Mejor no compartir con Florencia su lúgubre pronóstico acerca de que los finales de Estructuras e Historia del Arte los va a aprobar el día del Apocalipsis.

—¿Pero en esta época no tendrías que estar cursando?

Maldita clarividencia de esa chica para meter el dedo en la llaga. Sí, debería. Pero mejor estar ahí, en Villegas, como falso paisajista, mientras los otros pelotudos se hacen los agentes secretos en el medio del campo. Eso le recuerda que mientras él conversa y arregla plantitas los demás están en el centro de la acción, buscando y saqueando la bóveda del hijo de puta de Manzi. ¿Los envidia? Mira a Florencia, que se ha desentendido de los papeles que la rodean y le dedica toda su atención, con el mentón apoyado en la mano que a su vez descansa en el escritorio. No, no los envidia ni un poco.

—Sí, pero tuve que venir a darle una mano a mi viejo. Enviudó hace poco y anda medio complicado…

No dice más. Qué ridículo. Prefirió decir que su viejo enviudó, como si él no hubiese perdido a su mamá. No es la primera vez que construye las frases así. No recuerda cuándo, pero ya lo hizo varias veces. Un modo de alejar el dolor. Que la pérdida sea de su papá, en lugar de suya. Florencia no pregunta. Lo mira hacer. Hacer qué, valdría la pena preguntarse. Va por la hoja número veinte, calcula, de la maldita difenbaquia.

—Vos decís que la única solución es esa... —dice Florencia, señalando desde lejos la planta—. Hacerla bonsái...

Rodrigo sale de su ensoñación y advierte que, de tanto emparejar, las hojas han reducido drásticamente su tamaño. La difenbaquia parece haber sufrido un ataque de hormigas marabuntas. Se recomienda frialdad.

—No pasa nada. Después crecen... a lo ancho. Se regeneran, ¿sabés?

Acompaña las palabras con un gesto amplio, como de hojas ensanchándose. Florencia lo observa, impávida. Y de repente, a sus espaldas, en la oficina de Manzi, una chicharra estridente comienza a atronar el espacio.

—¿Eso qué es? —pregunta Rodrigo.

—No sé —dice Florencia, espantada—. Pero tengo orden de llamarlo urgente, si llega a sonar. Es una alarma de algo superimportante. Disculpame.

Florencia corre a la oficina y Rodrigo al baño, con el bolso en la mano. Lo abre con el corazón disparado. Saca el celular. Con manos torpes abre el menú: contactos, papá, llamar. El teléfono no tiene señal. Mierda. Entreabre la puerta. Florencia sigue en el teléfono, dando la espalda a la oficina general. Sin pensarlo demasiado Rodrigo se lanza hacia la puerta de blindex, baja la escalera de tres en tres, desde la vereda intenta otra vez llamar a su gente. La alarma no puede significar otra cosa.

10

Hernán piensa que el "grupo comando", así como está, desperdigado por el campo de Manzi, parece salido de una de esas películas en las que algunos rastreadores buscan a un fugitivo en medio de los pastizales. Falta el fugitivo, claro. Y faltan los sabuesos. Y faltan otros veinte rastreadores para que la búsqueda parezca algo más o menos serio, porque el grupo real, tal como se lo ve, seis tipos un poco a la deriva, como quien busca un llavero que se le cayó por un agujero del bolsillo, no da la sensación de que esté capacitado para encontrar absolutamente nada.

Hernán los contempla desde el techo de la camioneta de Perlassi, estacionada en la misma lomita de la vez pasada. Habría preferido ser uno de los buscadores de la bóveda, pero le tocó quedarse de campana porque es el único que sabe cómo manejar el teléfono celular. Los viejos no tienen la menor idea, por viejos. Y los López tampoco, por básicos. Ellos se ofrecieron, pero el resto del grupo prefirió dejarlo a Hernán. En cuanto a Medina, el sexto integrante de ese pelotón desquiciado, no debe tener idea de cómo manejar no ya un celular sino un teléfono de línea, piensa Hernán.

Echa mano al móvil. Lo preocupa lo débil de la señal, aunque ha preferido no decir nada para no preocupar al resto. Según cómo viene el viento la señal es mínima o inexistente. Ahora, por ejemplo, están incomunicados.

Ahí siguen los seis recorriendo el campo. Perlassi los ha puesto a seguir un itinerario más o menos geométrico, que arranca junto al alambrado y va hacia el centro, hacia el más frondoso de los grupos de árboles. Ahí deben confluir en algunos minutos, si siguen a este ritmo. Cuando atravesaron el campo de las vacas los animales se alejaron a la disparada, pero cuando vieron que la cosa no era con ellos volvieron a pastar, indiferentes.

Hernán preferiría estar ahí, buscando con ellos. ¿Y si se les pasa por alto alguna señal que denote que ahí está la bóveda? En una de las reuniones Hernán propuso seguir a Manzi. Partiendo de la base de que sólo él conoce la ubicación de la bóveda, y de que de vez en cuando debe traer o retirar dinero del escondite: ¿no es mejor rastrear al escondedor, más que al escondite? De entrada a los viejos les pareció bien. Incluso a su propio padre. Pero Rodrigo objetó que era muy difícil ir detrás de alguien por el campo sin que se apiolara de que lo estaban siguiendo. Tenía razón, el pelotudo. Pero a Hernán le molesta sentir que cada cosa que se le ocurre a él es una pavada, o que siempre hay una idea mejor que la suya. No es culpa de Rodrigo. No es culpa de nadie, o es de su viejo, que dicho sea de paso no está ahí, entre los rastreadores. Los del grupo mismo son los que le dicen: "No, Lorgio, usted manténgase al margen. Usted no venga". ¿Se merece tanto cuidado? ¿Porque tiene plata? ¿Porque tiene una reputación? ¿Un nombre? Si es por eso, Perlassi también tiene un prestigio. Y sin embargo está ahí, agachando el lomo entre los pastos a ver si encuentra algo.

Vuelve a mirar el teléfono. Ahora, por la brisa que sopla del oeste, o porque sí, la pantalla muestra una barrita de señal. Ojalá siga así. Aunque nada indica que Rodrigo tenga que llamar. Sería una combinación un tanto extraña: que efectivamente ellos hubieran dado con el lugar, que el lugar tenga algún tipo de alarma, que la alarma detecte la presencia de ellos, que Rodrigo pueda tomar conocimiento de esa detección… y recién entonces Rodrigo estaría necesitando comunicarse con él.

Los López discuten por señas, separados como están por casi cien metros. Perlassi debe haberlos ubicado así para evitar que se peleen. Hernán se pregunta si todos los hermanos serán así. Le hubiera gustado, eso de tener hermanos. Ya el grupo está a punto de ingresar al bosque del centro. Hernán no conoce mucho, pero cree que algunos son sauces y otros eucaliptus. Pierde a los hombres de vista y vuelve a descubrirlos, según se mueven entre la vegetación.

De repente suena el teléfono. Atiende de inmediato pero solo escucha el silencio. Mira la pantalla. Está sin señal. Se pone de pie sobre el techo de la cabina, para ganar un metro más. Sigue mudo. Entra al menú del teléfono y descubre, espantado, que la llamada perdida es de Rodrigo. Lo llama, pero salta el contestador. ¿Será que el propio Rodrigo está insistiendo? Desconecta y espera. Porque está subido ahí, por la brisa, o porque sí, el símbolo de la antena conserva una línea. Se queda tan quieto como puede. El teléfono vuelve a sonar. Como si estuviese manipulando una granada detonada, acerca el aparato a la oreja y oprime el botón verde.

—¿Hola?

Sonido de estática, o de viento. Luego silencio. Un par de palabras sueltas. Sin duda es Rodrigo.

—¿Qué? ¡No te escucho, Rodrigo! ¡Movete a otro lado! ¡No te oigo!

De nuevo la alternancia de silencios y sonidos ininteligibles.

—¿¿¿Qué???

—Manzi… Villegas… a… ma…

—¡No te oigo!

—No… ala…

De nuevo mudo. La pantalla dice otra vez "sin señal". Hernán tiene que decidir si la última palabra fue "alarma". Baja del techo de la camioneta, arroja el teléfono dentro de la cabina y sale corriendo tan rápido como le dan las piernas.

11

Estas son las situaciones en las que Manzi se siente solo. Le gustaría tener a alguien con quien compartir su preocupación y su angustia. Sus dudas, al menos, mientras conduce su Toyota Hilux a ciento setenta por la ruta 33 hacia el norte y se pregunta si alguien le ha robado la bóveda.

Pero no tiene a nadie. A nadie en quien confíe lo suficiente como para contárselo. Su hija no cuenta. Su mujer, menos. A sus amigos del club no va a cometer el desatino de contarles. Jamás cometerá un error como el de Fiorentino, aquella vez, cuando pasado de whisky habló en el club de su propio escondite y le dio la idea.

—Es así, Fortunato —venía diciendo aquella vez—. En el banco no se puede tener la plata. Es un peligro.

Manzi no había podido menos que darle la razón. Con el Corralito había zafado justo. Por unos días. Por unos días y por la buena idea del gerente Alvarado.

—Igual nadie dice de dejar la guita en las cuentas, Fiorentino —repuso alguno del grupo—. Para algo están las cajas de seguridad.

—¿Y quién te dice que el día menos pensado no te abren las cajas? —preguntó Fiorentino, y fue palpable el escalofrío grupal que recorrió la mesa—. No... Ni en pedo.

—Hablando de pedo... —otro intentó relajar la tensión del momento, pero nadie se sumó a la chanza.

—Hablo en serio, González —le retrucó Fiorentino al chistoso—. Hay que hacer como en la época de los castillos, nene. Un agujero. Y en el agujero, la guita.

141

Fiorentino hizo un gesto hacia el suelo.

—En el sótano. Ahí te quiero ver. A ver cómo hacés para entrarme al sótano.

De esa conversación a Manzi le quedaron dos sensaciones. Por un lado, que la idea de Fiorentino era brillante. Pero al mismo tiempo, que su amigo era un pelotudo que les había contado a diez personas que tenía todo su dinero guardado en el sótano de su casa. Que él supiese, esa confesión no había tenido consecuencias para Fiorentino. Seguía tan campante con sus campos y sus viajes exóticos, y las casas de repuestos en Venado Tuerto y en Rufino que andaban viento en popa. Pero Manzi está convencido de que los boludos tienen más suerte que la gente inteligente y como él, Manzi, es un tipo inteligente, necesita —además de inteligencia— esfuerzo. El esfuerzo de pensar, primero, y de hacer, después.

Y el esfuerzo de sacrificar, también, que es lo más difícil. El campo comprado a Lángara había sido una ganga desde todo punto de vista. El precio, las condiciones, la ubicación, la calidad de la tierra. Si Lángara no hubiera estado así de ahorcado con las deudas ni loco se lo habría vendido, y menos en esos términos. La primera soja que le hizo la vendió tan bien que recuperó la sexta parte de la inversión. Y ahí es donde Manzi se felicita: porque fue capaz de separar más de cincuenta hectáreas y dejarlas improductivas. O con unas cuantas vacas, que es más o menos lo mismo. O peor, porque les tuvo que construir el molino para el agua y alambrarlo. Y eso cuesta dinero. Pero no le importó.

Uno tiene que ser inteligente y precavido. Y mejor no pensar en la renta que pierde, y perderá en el futuro, dejando esas cincuenta hectáreas sin sembrar. Otro va y las siembra. Todas. Las quinientas. Cuando empezó con el campo, el año anterior, Manzi no tenía ni idea de cómo hacerlo. Ahora tampoco ha aprendido demasiado, pero se las rebusca. Su planteo es conservador, porque él,

Manzi, es conservador. Las tierras son buenas. Muy buenas. Dan como para hacerles trigo y soja. Yendo a menos, puede sacarle 300 dólares por año a cada hectárea. Dejar cincuenta de las quinientas sin sembrar significa resignar 15.000 dólares por año.

Ese cuadrado de cincuenta hectáreas es nada más que eso. Un cuadrado alrededor de lo que realmente importa. Cualquier conocedor del campo podría decir que es un zoológico de vacas. Unas cuantas vacas en estado semisilvestre. Con los cuidados mínimos como para que ningún organismo público le arme quilombo. Por lo demás, vacas inútiles. No importa. Que piensen lo que quieran. Que piensen que es un comerciante que del campo no sabe nada de nada. Mejor pasar por estúpido y por bruto. Además, las otras cuatrocientas cincuenta hectáreas sí que le dan ganancia. No todos los años serán igual de buenos, pero en cuatro o cinco años se paga el campo completo. Y las ganancias ahí, creciendo para él.

Manzi pasa el acceso a Santa Regina y unos kilómetros más allá gira a la derecha, por el camino de tierra que va a Villa Saboya. Ahora deberá ir mucho más despacio o corre el riesgo de volcar y matarse.

Cuando ven a Hernán corriendo hacia ellos con los brazos abiertos como si fuese un molino o un espantapájaros en estado de pánico, y escuchan sus gritos destemplados, se miran sin saber qué hacer y a punto de quedarse paralizados de terror; pero Perlassi da un par de órdenes claras y certeras que los ponen en movimiento. A Belaúnde, Medina y Fontana les grita que rajen para la camioneta. A Eladio le ordena que junte la herramienta, y a José le señala dos postes del alambrado y le dice que los afloje sin romperlos.

Cuando Hernán se los cruza en plena carrera, los viejos le dicen que se apure, porque Perlassi lo necesita. Cuando lo alcanza, Fermín le sale al encuentro con una soga en la mano.

—Vení. Ayudame a enlazar una vaca.

Mientras Hernán intenta determinar si Perlassi está sufriendo un brote psicótico, Eladio López les pasa cerca con la tenaza, la barreta de Fontana y la sierra.

—¡Tirá todo en la camioneta y volvé para ayudar! —le advierte Perlassi.

Van hacia un grupo de vacas que, cuando los ven acercarse, se incorporan y se alejan para ponerse a salvo. Por inercia o por desesperación Hernán y Perlassi siguen corriendo un trecho, aunque es evidente que no van a darles alcance.

—¿Así, Perlassi? —el que pregunta desde lejos es José López, que zarandea un tramo de alambrado de quince o veinte metros que ha conseguido aflojar—. ¡Tuve que aflojar cuatro postes, porque con dos ni se movía!

—¡Perfecto, así... así está bien! —Perlassi responde en un jadeo—. ¡Tiralo al piso del todo! ¡Eso, así está perfecto!

Se encara con Hernán.

—Vamos —y trota hacia otro grupo de animales.

Pero las vacas están sobre aviso, o son mucho menos estúpidas de lo que se supone que son, o ellos dos son demasiado enfáticos en sus movimientos, pero los animales se espantan y huyen más rápido todavía que los anteriores. Perlassi se detiene, agitado a más no poder.

—Así... así no vamos a ningún lado —suelta.

—¿Pero vos tenés idea de cómo enlazar una vaca? —pregunta Hernán, apenas más compuesto que el viejo.

—Ni la más puta. Pero necesitamos que algunos de estos bichos entren en el potrero del medio. Si no, cagamos.

Hernán cree comprender. Perlassi pretende fingir que fueron los animales los que entraron e hicieron sonar la alarma. Vuelven a ponerse en movimiento mientras Hernán se pregunta si toda esa locura no será al pedo. ¿Y si lo que asustó a Rodrigo, en la oficina de Manzi, fue otra alarma? Difícil, pero posible. ¿De dónde sacan ellos que la única alarma de Manzi tiene que ver con la dichosa bóveda? Porque, dicho sea de paso, Hernán ni siquiera sabe si la bóveda existe, y si la encontraron.

—Che, Perlassi... la bóveda: ¿la encontraron?

José López pasa como una exhalación a su lado, distrayéndolos.

—¡Pará, José! ¡Vení a ayudarnos! —grita Perlassi, pero el otro ni siquiera se vuelve a mirarlo.

Se detiene recién cincuenta metros más allá, y empieza a hacer gestos a su hermano, quien, doscientos metros adelante, viene de regreso de dejar las herramientas en la Ford F100. El otro le responde con gestos igual de herméticos y abundantes.

—¿Y estos dos? —pregunta Hernán, que no puede evitar pensar en esos tipos que dan instrucciones a los aviones, mediante señales, justo antes de estacionarse junto a las mangas de los aeropuertos.

Perlassi está tan en babia como él. Después de mover afirmativamente la cabeza, al unísono, los hermanos empiezan a trotar describiendo una diagonal, José hacia su izquierda y Eladio hacia su derecha.

—¿Qué hacen estos dos boludos? —murmura Perlassi.

Hernán observa que ambos se están acercando, desde las antípodas, a una vaca que pace sola, alejada del resto.

—Van hacia la vaca de allá —arriesga Hernán, señalando a ese animal.

Cuando están a cincuenta pasos, la vaca deja de comer y alza la cabeza, pero no se aleja. Hernán se pregunta qué extraño magnetismo emanarán los López, que les permite aproximarse sin que el animal se alarme. Así los hermanos se acercan a treinta, a veinte metros del rumiante. Entonces alzan los brazos y empiezan a los alaridos.

—¿Pero qué pretenden estos dos pelotudos? —se desespera Perlassi.

La vaca agacha la cabeza y corre, y entonces Hernán y el viejo se percatan de lo que sucede: en el sitio ha quedado un ternero blanco, que duda entre el terror y la huida. Eladio aprovecha el instante de perplejidad del cachorro y le aferra una pata trasera. El ternero se lanza a corcovear para zafarse, mientras avanza unos pasos en la dirección en la que corrió su madre. José llega en auxilio de su hermano y aferra al ternero primero del cuello, y después de las patas delanteras. Eladio aprovecha a sujetar la pata trasera restante, y entre los dos, y con mucho esfuerzo, alzan al ternero por las patas. Una vez en el aire el animal deja de patalear y se limita a lanzar un mugido lastimoso. La vaca, que se había detenido a una treintena de metros, sale de su pasmo y se aproxima al trote. Los hermanos, temiendo una embestida, dejan de correr y empiezan a los gritos. La vaca se detiene un instante.

—¡Vamos! —grita Hernán, que cree comprender cómo puede ayudar a los López.

Perlassi lo sigue. Hernán sacude la soga sobre su cabeza, con tan mala suerte que le pega un chicotazo a Perlassi, que se detiene con un quejido, tapándose la mejilla. Los López caminan tan rápido como pueden hacia el potrero del medio, pero todavía están a unos buenos cien metros del alambrado vencido que preparó José. La vaca agacha la cabeza y se aproxima a embestirlos. Hernán emprende otra vez la carrera pero no llega a tiempo. La madre le da un topetazo a Eladio, que se derrumba con un grito y arrastra en su caída a José y al ternero, que apenas se ve libre sale corriendo detrás de su madre.

13

Manzi, sin detenerse, saca la pistola 9 mm de la guantera. No le quita el seguro, porque con los barquinazos que pega la camioneta en la huella despareja corre el riesgo de que se le escape un tiro en cualquier momento. Se la ajusta bajo el cinturón, a la espalda, mientras se pregunta si será capaz de usarla. Se considera buen tirador, y estuvo practicando. Pero no es lo mismo en la tranquilidad del polígono que con la tensión del momento. Habrá que ver. Claro que todavía existe la posibilidad de que sea una falsa alarma.

Sucede eso de que las alarmas se disparen solas. El tipo que se la instaló, Seoane, insistió en que no. Con sus alarmas, eso no pasaba. Pero quién sabe. El anuncio llegó por partida doble. A su celular y a su oficina. Como está previsto. Por eso lo llamó su secretaria, según las instrucciones que le dio cuando empezó a trabajar con él, hace unos meses.

¿Habría sido mejor que no supiera nada, la chica? Por un lado sí, para mantener la información lo más guardada posible. Pero por el otro lado... ¿y si la alarma suena con él en la calle y en un sitio sin señal de celular? Mejor que suene en su oficina de Villegas, y que la piba le avise. Total, ella no tiene ni idea de a cuál de sus negocios corresponde. Hará lo que hizo hace un rato. "Hola, señor Manzi, acaba de sonar la alarma." "¿Hace cuánto que suena?" "Hace menos de un minuto." "Gracias." "No hay de qué." Fin. La chica no tiene modo de saber más.

Alguna vez lo leyó, no sabe dónde. Esa idea de la "compartimentización". ¿Así se decía? Cree que sí. Uno sabe una cosa, otro sabe otra, otro sabe otra más. Ninguno sabe todo. Solamente él. A un playero de la estación de servicio le pagó para hacer el pozo. Ese pozo ridículo en el medio del campo.

—¿Tres por tres por tres, jefe?

—Sí, tres por tres por tres. Una pileta.

—Una pileta así… cuadrada.

—Sí. En realidad los que van a hormigonarla después toman bien las medidas.

—Yo pensé que los que hacían la pileta hacían también el pozo —dirá el playero.

—Sí, pero así me sale más barato.

Y ese instante, ese segundo de ojos brillantes en el playero. En el playero que piensa "Tacaño. Sos un tacaño, Manzi". Y Manzi feliz, porque le encanta conocer a la gente. Conocer es anticiparse. Y el playero piensa que su jefe es un tacaño y un boludo. Perfecto. Como mucho lo comentará con los imbéciles de sus compañeros de la estación de servicio, que concluirán lo mismo. Después fue el turno del albañil, Saldaño.

No lo eligió porque sí. Lo eligió por turbio, por borracho, porque todo el mundo le habló mal de él. Al albañil tenía que encargarle las paredes y la loza para una habitación enterrada.

—¿Es una pieza?

—No. Tengo que poner unas bombas de agua. ¿Vio las vacas?

—Ajá, las vi.

—Para las vacas. Para el agua. Y tengo miedo de que en la superficie me las afanen.

—Claro.

—Y acá abajo las voy a tener con 50.000 voltios. El que toque se achicharra.

Y los ojos abiertos del albañil, pero ojos de entender, ojos de "Claro, quién va a ser tan boludo de prenderse fuego por unas bombas de mierda". Y eso fue todo. Hasta llevó unos folletos de esas bombas, y le hizo pasar unos caños corrugados por las paredes.

—¿Para la electricidad? —preguntó Saldaño.

—Para la electricidad —confirmó Manzi.

La compuerta del techo se la encargó a un herrero de Lincoln. Bien lejos de Villegas, el encargo. Compartimentar todo. Esa es la cuestión. Y como hay que pensar en cada detalle, antes de amurarla la camufló en el garaje de su casa. Tres fines de semana de trabajo, pero valió la pena. Una red de hilos fuertes, formando una malla con agujeros sosteniendo una capa de resaca para hacerla más liviana, pero de material orgánico para que pronto le crezca pasto.

El último sábado de trabajo su mujer terminó por preguntarle:

—¿Y eso que és, Fortunato?

—Nada —dijo él.

Ella no preguntó más. No por lo que respondió. Por el tono. Los tonos importan más que las palabras.

Para completar el trabajo de distracción, a Saldaño le hizo pasar unas cañerías que morían cuarenta metros más allá, en medio de la nada.

—Para conectar con la perforación —le explicó a Saldaño.

—Claro —dijo el tipo.

Simplemente para hacer más sólido el cuento. Plata bien gastada. Cuarenta metros de caño enterrados al pedo ahí en el campo. Lo último fue encargarles el molino a unos tipos de Laboulaye. Pero eso no fue una pantalla. Fue para asegurarles agua a las vacas. Lo hizo levantar ciento cincuenta metros más allá, lejos de todo. Un mes después de que el albañil terminara el trabajo.

Pega el volantazo para tomar bien cerrada la curva en la bifurcación que lo lleva, ahora sí, a sus quinientas hectáreas. Dentro de cinco minutos las cosas serán a suerte y verdad: la suma de todos los argumentos que viene repasando desde que salió pitando de Villegas es o una sólida red que lo protege o un cúmulo de nada.

14

Hernán llega sacudiendo la soga sobre su cabeza. La idea es que salga corriendo y el ternero sea incapaz de seguirla. Pero la madre no se decide a moverse. Hernán toma una decisión arriesgada. Se lanza sobre la vaca y la golpea en el costado. El animal ahora sí corre aterrorizado. La cría queda paralizada de terror el tiempo suficiente como para que los López vuelvan a abalanzársele y a levantarla en upa. De ahora en más los hermanos siguen en su torpe carrera con el animal alzado en vilo, mientras Hernán gira la soga, amenazante, para mantener a la madre a raya, y Perlassi lo secunda pegando alaridos ululantes y moviendo los brazos como aspas.

Así llegan hasta el sitio donde José derribó el alambrado.

—¡Sigan hasta el fondo! ¡Hasta la otra punta! —ordena Perlassi.

Ahora se complica porque no es un campo de labranza y está lleno de pastizales, arbustos y raíces de árboles, y la soga que sostiene Hernán se enreda a veces con las ramas. La vaca aprovecha cada oportunidad para acercarse, pero Perlassi la mantiene a raya con sus aspavientos y sus aullidos. Esquivando los montes, los López llegan al lado opuesto y sueltan al ternero, que se aleja tan rápido como puede. La vaca, al ver libre a su cría, corre para cubrirla y ponerla a salvo. Una vez juntos, se quedan quietos, madre e hijo, pegados al alambre, veinte metros más allá. Perlassi apenas deja a los otros recuperar el aliento.

—¡Vamos! —grita.

Los demás lo siguen pero, de repente, Perlassi tuerce hacia un costado.

—¡Es por acá! —le advierte Hernán.

—¡Ya voy, ya los alcanzo! —responde sin darse vuelta.

Salen del potrero central saltando el alambre vencido y cruzan el campo de las vacas a todo lo que les dan las piernas. Más allá, en la camioneta, Belaúnde y los demás les hacen señas. Hernán se pone al volante y enciende el motor.

—Esperá, esperá que falta Perlassi —le advierte Medina, golpeando el techo de la cabina desde la caja.

—Ya sé...

Mira el reloj. No tiene ni idea de cuánto llevan en todo el asunto. Se le ocurre un modo de averiguarlo. Empieza a manipular el teléfono para dar con la hora de la llamada de Rodrigo. Pasaron dieciséis minutos. ¿Dónde estará Manzi? Intenta pensar por dónde les conviene salir del campo. Vio varios senderos, desde que dejaron el pavimento cerca de Ameghino.

—¡Ahí, ahí viene! —el que grita es Fontana, y a Hernán se le hiela la sangre.

Pero se refiere a Perlassi, que viene con la lengua afuera y una cámara de fotos en la mano. Es la cámara de Lorgio padre, de hecho. Perlassi se trepa a la caja con ayuda de los López. Hernán pone primera y arranca.

—¿Por dónde te parece rajar? —pregunta Fontana.

—Yo digo de salir para la ruta 7. Calculo que Manzi vendrá desde Villegas. O viene por el sur o por el oeste. Yo digo de salir para arriba. ¿Le pregunto a Perlassi?

Mira por el espejo retrovisor y, sorprendido, no ve a nadie. Está a punto de detenerse: ¿puede haberlos perdido a todos en un volantazo? Gira el cuerpo y a través de la luneta ve que están todos echados en el piso de chapa de la caja. Ve que Fontana sonríe.

—A este Perlassi no se le pasa una —comenta.

Hernán piensa que es cierto. No es lo mismo, llegado el caso de que se crucen con alguien, toparse con siete tipos en una camioneta que ver únicamente a dos. Retoma la cuestión de la ruta.

—Yo digo que salgamos a la 7.

—¿En Rufino?

—Mejor en Aarón Castellanos. Más chico, menos gente.

Fontana asiente, mientras se palpa el bolsillo de la camisa, buscando un cigarrillo.

15

Si cuando atraviese los lotes sembrados, y abra la tranquera del potrero de las vacas, y pase el alambrado del *núcleo* (como le gusta llamar a las cuatro hectáreas del medio), y camine hasta el bosquecito de eucaliptus y talas donde está la bóveda, se la encuentra abierta, o se la encuentra cerrada pero vacía, todas sus precauciones habrán sido inútiles. Y él, un imbécil. Pero es un imbécil no por lo que piensan en Villegas: que es un comerciante bruto que compró unos campos y no sabe cómo manejarlos. Sino porque alguien se le anticipó. Y eso sí que sería una desgracia. Porque es uno el que tiene que anticiparse. Siempre. En los negocios y fuera de los negocios. Y pensar en lo que van a pensar los demás, y ganarles de mano.

Abre la tranquera de acceso al cuadro de los animales. No se molesta en cerrarla. Si se pierde alguna vaca, pues que se pierda. Vuelve a la camioneta y avanza el último tramo de camino.

Hay que conocer. Conocer para anticiparse. Anticiparse para estar tranquilo. Y la clave en este caso es que no haya nada que ocultar. O que parezca que no hay nada. Apenas un sucucho para ocultar bombas de agua. En un campo de un comerciante bruto y tacaño. Eso es todo. Para colmo de bienes Saldaño tuvo la estupenda idea de morirse de cáncer unos meses después. Casi como si le quisiera hacer un servicio a él, eso de morirse. Y sellar el silencio.

Cuando llega al núcleo le da una vuelta al perímetro de las cuatro hectáreas. En el tercero de los lados se topa con un tramo del alambrado caído. Deja la camioneta ahí. Se apea y corre. Saca el arma de la cintura y le quita el seguro. Va directo al bosquecito. La tapa está en su sitio, cubierta de pasto. Respira aliviado. Todo está en su lugar.

De repente duda. ¿Y si lo robaron y cerraron la compuerta? Corre esos últimos veinte metros y levanta la cobertura de resaca y yuyos. Ahí está la compuerta de hierro, cerrada con sus cinco candados de acero inoxidable. Otro suspiro de alivio.

Nuevo sobresalto. ¿Y si le robaron y volvieron a poner los candados? Difícil, pero posible. Echa mano al llavero y, con dedos torpes de nervios e impaciencia, abre los cinco candados, los hace a un lado, levanta la compuerta, se agacha a encender la luz, baja los doce peldaños de la escalera, mira alrededor. Nuevo suspiro, porque están todas las cajas de zapatos. Pero todavía queda la posibilidad de que estén las cajas pero no su contenido. Por eso levanta las once tapas de las once cajas, una por una, y todo está intacto.

Ahora sí, el alivio es definitivo. Las once cajas están ilesas, con sus fajos de dólares o de pesos bien ordenados. Todo está ahí. Todo está perfecto. Nadie entró, nadie vino, nadie vio, nadie sabe.

Únicamente él. Únicamente Manzi.

16

En la vereda, Rodrigo se queda mirando el teléfono, sin saber qué hacer. Está seguro de que Hernán lo atendió, pero desconoce si comprendió el mensaje. Oyó algo sobre la señal, pero por lo que ve su teléfono tiene toda la que corresponde. Las cinco rayitas. Debe ser el de Hernán el que no la tiene. Prueba de volver a llamar. Dos veces salta el contestador. De pronto repara en que salió disparado hacia la calle y Florencia puede estar preguntándose qué bicho le picó. Duda entre volver arriba e insistir con Hernán.

Guarda el teléfono en el bolsillo, se rasca la cabeza, se pasa los dedos por la barba de dos días que lleva sin afeitar. Son los gestos que hace siempre cuando quiere pensar o ganar tiempo, pero no se le ocurre nada. Finalmente vuelve hacia la escalera. Cuando llega arriba se topa con Florencia.

—Ah, estaba por salir a buscarte. Como dejaste todo tirado…

—No, no, lo que pasa es que recibí un llamado de… La Plata, y tenía que atender.

Le da la espalda como para ponerse a trabajar de nuevo. La alarma ha dejado de sonar, pero no se atreve a preguntarle a Florencia ni qué era la alarma, ni si habló con Manzi, ni si Manzi va a ir a la oficina o al campo o a donde carajo sea que Manzi deba ir si suena esa alarma.

—¿Qué te pasa? —pregunta Florencia, con aire compasivo.

—¿Por? ¿Tengo aspecto de estar preocupado?

—No. Tenés aspecto de tener toda la cara hinchada.

Rodrigo se toca en la mejilla, casi en la barbilla, donde le indica la chica. Siente la piel levantada, como si tuviese hinchado. Y adormecida, además. De pronto comprende: sus gestos de pensar, tocándose la cara, y la reputísima madre que la parió a la difenbaquia y sus toxinas.

17

Esta vez la reunión es en la estación de servicio de Perlassi y los ánimos están caldeados. Llegaron casi todos directamente desde el campo de Manzi, después del largo rodeo, y los únicos que tienen que agregarse son Rodrigo, que viene desde Villegas, y Lorgio, con quien acordaron que los esperase ahí.

Cuando entra Rodrigo les echa un vistazo a todos, uno por uno.

—Estamos todos —dice Fontana, como adivinándole el pensamiento—. No quedó ninguno en cana.

—Menos mal —responde, por todo saludo, y se deja caer en la silla libre.

Han juntado varias mesas del parador y Perlassi abrió dos cervezas, pero casi todos los vasos están llenos o por la mitad, como si nadie tuviera ni demasiadas ganas ni demasiada sed. Rodrigo toma un trago del vaso que le ponen delante y los mira, como esperando que alguno empiece a hablar.

—¿Cómo fue que te avivaste?

Rodrigo se apresura a quitarse mérito. No fue ninguna adivinanza. La alarma suena en la oficina de Manzi. No demasiado fuerte, tampoco. Desde la vereda ya no se escucha. Es su turno de preguntar:

—¿Los vio alguien?

Su padre niega con la cabeza. Está seguro de que no. El rodeo que dieron para volver fue gigantesco. Y en los primeros kilómetros, apenas salidos del campo, está seguro de que no se toparon con nadie. El primer auto lo cruzaron sobre el asfalto, ya en la ruta 7.

—Yo propongo algo —dice Medina, el único que se tomó su vaso de cerveza y pidió repetir.

Perlassi y Rodrigo se miran.

—Diga, don Medina —lo anima Perlassi, paciente.

—Si el día en que vamos a robar la bóveda cuatro de nosotros se van a lo de Manzi, ¿no' cierto? Y se le meten en la casa, y lo agarran, y lo tienen ahí atado, ¿no' cierto? Y los otros se van al campo y le saquean el escondrijo, ¿no' cierto? Y recién cuando los del campo se volvieron y se escondieron lo sueltan, a Manzi. Ahí no va a poder hacer nada, ni llamar a la policía, ni nada, ¿ no' cierto?

—Eh… no es mala idea —titubea Perlassi—. Pero lo que pasa, don Medina, es que tarde o temprano se va a avivar de quiénes fueron los que lo secuestraron.

—¿Y por qué?

—Porque estos son pueblos chicos, ¿vio?, y mal que mal nos conocemos todos, don Medina —Hernán se muestra menos paciente—. Y no vamos a hacer ni dos kilómetros que ya vamos a tener a la policía atrás.

—¿Vos decís porque nos reconozca el tipo? —Medina se acomoda en su sitio.

—Claro.

Se hace otro silencio, más largo.

—Ya lo arreglé —arremete otra vez Medina—. De noche.

—¿De noche qué?

—Vamos de noche, y no nos reconoce. La noche que vamos a robar la bóveda cuatro de nosotros se van a lo de Manzi, ¿no' cierto? Y se le meten en…

—Hagamos una cosa —lo frena Fontana—. Vamos a intentar encontrar otra solución que nos permita robar sin que suene la alarma. Si no se nos ocurre… vemos el plan suyo, Medina. ¿Le parece?

—Me parece —Medina asiente pero alza un dedo—. Pero cuidado: el plan que yo digo es el de la noche. No el del día. ¿Estamos?

—Estamos.

—Perfecto.

Por cansancio, o porque el novedoso plan de Medina los aliviana un poco, se sueltan a conversar. Rodrigo cuenta de su sobresalto, su desesperación, su carrera bajando la escalera de tres en tres escalones para ubicarlos a tiempo. Su posterior carrera a la farmacia a inyectarse un antihistamínico porque tenía el rostro convertido en un globo aerostático. Belaúnde cuenta en detalle la maniobra de los López de meter un ternero a upa. Hernán asiste al relato con cierta expectación. Quiere que digan algo sobre el momento en que él le pegó un topetazo a la vaca para recuperar el ternero.

—Y acá Hernán estuvo bien, también —dice Fontana, y Hernán se lo agradece—. Parecía un jugador de rugby, el tipo. Se le tiró encima a la vaca y la hizo recular, que si no…

Alguno se ríe, recordando el momento. Hernán sonríe mientras sospecha estar poniéndose colorado. Querría mirar a su viejo, pero no se anima. Ojalá esté escuchando.

—¿Te golpeaste mucho? —le pregunta Perlassi.

Hernán, restándole importancia, se corre la remera para mostrar el hombro derecho, que tiene un magullón encarnado.

—A la mierda —comenta Fontana—. Debe doler…

—Más o menos —responde Hernán aunque sí, le duele mucho—. Nunca había chocado a una vaca…

—La cuestión es lo que haremos de aquí en adelante —habla Lorgio, mirándolo a Perlassi.

Hernán siente casi el corte físico del aire bajo la guillotina de las palabras de su padre. Listo. Se terminó. No se hable más de Hernán, ni de lo bien que estuvo con la vaca, o de lo rápido que reaccionó al llamado de Rodrigo. No. A ver si el guacho de mierda de su viejo se ve obligado a decir algo bueno de él. La puta madre. Hernán disimula su desencanto yéndose al baño. Se tomará unos minutos ahí, a salvo de los ojos de su viejo. Esos ojos que están ahí aunque no lo miren, o sobre todo cuando no lo miran. Cuando regresa del baño la conversación parece haber caído en un pozo.

—Tengo una duda, Fermín —el que habla es Belaúnde—. No tiene que ver con esto. O sí, pero no con lo que vamos a hacer, sino con lo que ya hicimos. Con lo de hoy.

—¿Qué cosa?

—¿Me podés decir por qué nos hiciste ir a todos con mocasines?

Perlassi vuelve a llenar los vasos medio vacíos.

—Porque Manzi anda siempre en mocasines, mi amigo. Y si dejamos huellas, pues que por lo menos se parezcan a las suyas —suelta por fin.

Alguno mueve la cabeza, asintiendo y aprobando. Hernán mira a su padre, que no le devuelve la mirada.

18

Manzi sube los escalones, ajusta la compuerta, cierra los cinco candados, cubre todo con la manta de camuflaje, mira alrededor con los brazos a la cintura, sintiendo cómo el alma le vuelve al cuerpo poco a poco.

Camina de regreso hacia el alambrado caído. Los postes están vencidos, pero los alambres no están cortados. Debe ser culpa del imbécil del puestero al que le encargó alambrar ese cuadrado. Que fue uno distinto del que le alambró el de las vacas. Otra compartimentación, claro. ¿Existe o no existe, al final, esa palabra? No importa. Lo que importa es que el puestero fue un imbécil. O un piola, porque cobró un trabajo que hizo mal, que hizo a medias.

Se trepa a la Toyota y, mucho más despacio que antes, se pone a recorrer el perímetro de doscientos metros de lado que encierra el montecito de la bóveda. Casi llegando al final del tercer lado los ve: una vaca que deja de pastar y retrocede dos pasos, con un ternero que la sigue y le busca la teta. Manzi apaga el motor, baja de la Hilux, pasa por encima del alambre. La vaca trota unos metros con el ternero detrás. Debe haberse pasado el ternero y la vaca, desesperada, debe haber derribado el alambre a topetazos. Si sucedió eso es porque los parantes estaban flojos.

Al principio, cuando empezó a guardar el dinero, iba todas las semanas a controlar que todo estuviera bien. Después pensó que esos viajes al medio de la nada podían levantar sospechas si se cruzaba con alguien. Aunque más no fuera con los de la maquinaria agrícola que le hacían el servicio en el resto del campo. Por eso espació las visitas a una cada catorce días, los jueves.

Cada vez que entra a la bóveda y ve las cajas de zapatos alineadas ahí, casi todas con sus dólares, algunas llenas de pesos, se siente bien. No podría decir feliz. Feliz es una palabra que no entiende. Que le parece siempre una exageración. Pero se siente bien. Se siente seguro. Eso. Seguro. Mucho más que cuando sus ahorros eran un simple numerito en un estado de cuenta bancario. Mucho más que cuando no eran ni siquiera eso, porque carecía de ellos.

Se felicita por no haberse precipitado a llamar a la policía. Llamarla significaría tener que abandonar ese escondite. Eso es definitivo. Sin secreto, la bóveda no sirve.

Por eso tampoco lo sabe su mujer. Ni lo sabe su hija. No tiene la menor intención de decírselo. Pero jueves por medio Manzi se sube a su camioneta, viaja más de media hora, quita la manta de resaca, abre los candados, mueve la compuerta, baja la escalera y enciende la luz. Le gustaría dejarla siempre así, porque la bóveda a oscuras le hace pensar en una tumba. Antes de dormir muchas veces la evoca y la imagina con la luz encendida. Y sus temores retroceden. Que si la estación de servicio va a dar como para pagar la cuota del crédito. Que si el ministro se va a zarpar con su tajada. Que si viene una inundación o una sequía y todo se va a la mierda. Que si ponen otro Corralito que deje a todo el mundo en la vía. Que pase lo que tenga que pasar. Ahí están los dólares escondidos del mejor modo: en un sitio donde nadie sabe que están.

Hay un sobre, sí, que el escribano tiene que abrir si se muere. Ahí se enterarán Ester y Romina. Tampoco es estúpido, y representarse la posibilidad de que, a su muerte, toda esa guita pueda quedar para siempre enterrada y desconocida le parece un sacrilegio. O peor que peor: él se muere, esas tierras se venden y el que las compra decide, con mucha lógica, incorporar para la siembra esas cincuenta hectáreas junto a las otras cuatrocientas cincuenta. Y al segundo día de trabajo se topan con todo eso.

Escupe con rabia. Esas ideas lo inquietaron. Vuelve hacia la camioneta. Guarda la pistola en su sitio, en la guantera. Tendrá que mandar a alguno a que saque esos dos animales y repare el alambrado. Vendrá él también, a supervisarlo. Se detiene, preso de un súbito resquemor. Vuelve sobre sus pasos, hasta las inmediaciones de la bóveda. Mira las huellas de pisadas que hay alrededor de la compuerta. Son un puñado. Y él no es ningún experto como para analizarlas. Pero seguro que sí: definitivamente pertenecen a sus mocasines.

19

Con la excusa de que tiene que fumigar y preparar las plantas para la naciente primavera, Rodrigo se presenta en la oficina de Manzi día por medio por espacio de dos semanas. Busca algún dato sobre la alarma de la bóveda.

Sin embargo no tiene ni idea de por dónde empezar la búsqueda. En la oficina hay una computadora, pero la usa Florencia. Y Florencia está siempre presente. Eso es, para Rodrigo, una mala y una buena noticia. Mala porque no puede recorrer la oficina a su antojo. Y buena por todo lo demás.

Hay más plantas que los primeros días. Según Florencia, "ahora que hay quien las cuide" se anima a incorporar ejemplares nuevos, porque como ella no sabe nada de cómo cuidarlas, antes temía que se secaran todas. Rodrigo sabe que su confianza es infundada. Ahora que él las cuida algunas se secan, otras se pudren y las restantes se abichan. Pero todas terminan igual de marchitas. Su única salvación es el vivero de la viuda de Llanos.

Cuando una planta exhibe las inequívocas señales de que está a punto de morir, Rodrigo le dice a Florencia: "Esta mejor me la llevo para tratarla en casa", a lo que ella responde con su sonrisa y su caída de ojos y todo lo demás. Después Rodrigo la lleva al vivero y busca otro ejemplar de la misma especie lo más parecido posible en color y tamaño y trasplanta la planta nueva a la vieja maceta. Su conocimiento de las ciencias agronómicas alcanza para eso: para sustituir un vegetal por otro. El resultado es, en general, aceptable.

Rodrigo toma la precaución de dejar pasar unos días antes de aparecer con el ejemplar "sanado". Florencia no cabe en sí de alegría, aplaude, lo felicita, elige un lugar nuevo y mejor para lucir la planta y Rodrigo se deja admirar.

Su lado neurótico le dice que, a este ritmo, la cuenta corriente que tiene el "grupo comando" en el vivero está ascendiendo a una deuda astronómica. Pero poco tiene que hacer ese lado neurótico cuando el otro lado, o todos sus lados, son invitados por Florencia a sentarse un rato, a tomarse un café, a dejar un poco esos trapos y esos aerosoles y esas palas y sí, la verdad que la jardinería es un apostolado, y a conversar un rato con ella.

En esas situaciones a Rodrigo le cuesta recordar cuál es el objetivo de su presencia en la oficina. Espiar a Manzi, claro. Buscar algún dato sobre la alarma, por supuesto.

En la última reunión, cuando se calmaron los ánimos, Fontana les hizo un dibujo bastante detallado de lo que habían encontrado. El cuadrado con las vacas, el cuadrado virgen dentro del otro cuadrado, el montecito de árboles y la compuerta con los candados. Después agregó unos palitos cortos, inofensivos en el papel, y dijo que eran los sensores de movimiento. Que Perlassi los había fotografiado antes de rajar, el día en que casi los descubren.

Por eso Rodrigo sabe que no pueden hacer nada si no encuentran la manera de neutralizar la alarma. Y si no la conocen, mal pueden detenerla. Eso suponiendo que haya un modo, y un modo al alcance de un grupo de brutos como ellos. Pero hay que buscar. Los otros problemas habrá que resolverlos después.

Es muy raro que Manzi aparezca antes de las once. Por eso Rodrigo va puntual a las nueve: con Manzi en la oficina cualquier movimiento es imposible. Aun así no tiene modo de escaparle a la mirada de Florencia. Muy, muy de vez en cuando, ella se toma unos minutos para ir al baño. Rodrigo aprovecha esas pocas ocasiones, pero: ¿qué es aprovecharlas?

166

La primera vez que dispone de esos minutos a solas, Rodrigo entra en la oficina de Manzi y recorre con la vista los ficheros. Es un tipo ordenado. Una serie de biblioratos con etiquetas celestes que dicen "Proveedores", "Cuentas corrientes", "IVA Compras" "IVA Ventas" y cosas así pueblan el estante que tiene detrás del escritorio. Rodrigo abandona la oficina a las apuradas, justo cuando escucha correr el agua en el baño, y a duras penas agarra una herramienta y se encara con un helecho antes de que Florencia esté de regreso.

La segunda vez camina menos, y escudriña en el escritorio de Florencia. Abre los dos cajones con paciencia de relojero, mueve algunos papeles cuidando de no alterar el orden, los vuelve a su sitio sin que toda la tensión y el riesgo le sirvan para nada.

En una tercera ocasión se dispone a enfrentar su computadora, hasta que advierte que la conexión a internet por *dial up* va a meter un batifondo imperdonable en la oficina silenciosa y aborta el procedimiento justo a tiempo.

Le causa cierto remordimiento que pasen los días, que los otros le pregunten, que ningún hallazgo aparezca en el horizonte, y que él disfrute como loco de lo que está pasando. Cada vez que fracasa es un café nuevo con Florencia. Es escucharla hablar, reírse los dos con los chistes tontos que él le propone. Y a la inversa: si encuentra algo se acabará el paraíso. Se quedará sin excusas. Fontana, o Belaúnde, que son inteligentes y cuidadosos, le dirán que deje de ir para no despertar sospechas.

Una noche cualquiera, un miércoles, quedan para verse con Hernán a tomar una cerveza y le cuenta. Hernán lo escucha y no sabe qué decirle. Ni qué desearle. Para aflojarlo le dice que no se preocupe, que mejor lo deje a él, que Hernán está más que dispuesto a cuidarle las plantitas a Florencia y a dejarla requetecontenta. Rodrigo se sonríe y se quedan callados.

La vez siguiente, que es su sexta visita en dos semanas, Rodrigo vuelve a aprovechar los dos minutos de Florencia en el baño para meterse en la oficina de Manzi. Ahí están los biblioratos. Tiene una corazonada. Echa mano al que dice "IVA Compras". Lo abre y busca. Facturas del combustible. Florencia abre y cierra una canilla. Facturas de los proveedores del minimercado de la estación de servicio. Florencia aprieta el botón. Facturas de lubricantes. Los dedos de Rodrigo se arrebatan repasando papeles. Sabe que le quedan diez, quince segundos. Factura de "Seoane Seguridad", fechada en enero de 2003, con un escudito que parece de la Policía o el FBI, y en el concepto dice "Por instalación de sistema de alarma". Rodrigo guarda todo volando y levanta de un zarpazo la macetita que llevó hasta la oficina. Florencia sale del baño y se queda mirándolo, tal vez sorprendida de verlo ahí. Muestra la macetita.

—¿Vos qué decís? ¿Le ponemos un poco de verde a la oficina de tu jefe?

Florencia lo mira directo a los ojos y Rodrigo no sabe si llorar de los nervios o de gratitud.

—Mejor esta —dice por fin Florencia, mientras se acerca con una plantita achaparrada, de flores amarillas, de la que Rodrigo ignora hasta el nombre—. Esa dejala en mi escritorio, que me gusta más.

20

—Una ponchada de guita. Eso es lo que tuvo que haber pagado Manzi por la alarma. No hay duda. Y la pagó fortunas porque no hay por dónde entrarle.

Esa es la primera frase que pronuncia Hernán en la reunión más importante que la banda ha sostenido hasta el momento. Y empieza así porque no encuentra un comienzo mejor. De todos modos, la frase más señalada de esa reunión, la que quedará para la historia de la banda, no es la primera, sino la última. Y no estará a cargo de Hernán, sino que la pronunciará Perlassi.

El comienzo del encuentro tiene las características habituales: el anfitrión espera con cerveza y una picada modesta, los viejos llegan primero y los más jóvenes después. Y Hernán cierra el pelotón de rezagados y se liga una mirada reprobatoria de su padre.

En esta ocasión, por añadidura, Lorgio es quien recibe a los demás, por primera vez. El mitin se realiza en la empresa, en un rincón del enorme tinglado donde está la mesa de tablones y caballetes en la que almuerzan Lorgio, los empleados y los choferes, a un lado de la parrilla que hoy nadie tiene pensado usar.

No es casual que se haga en la empresa. Los Lorgio, padre e hijo, son los encargados de informar al resto de lo que pudieron averiguar sobre la alarma, que de verdad es mucho. No están seguros de si son buenas o malas noticias. Suponen que son malas, pero es mejor esperar a que todos las conozcan antes de pronunciarse al respecto. Los Lorgio presiden la mesa. De pie, uno junto al otro, parecen, por una vez, bien avenidos.

—Pues bien —arranca el padre—. Los convocamos aquí porque tenemos algunos datos que queremos compartir con ustedes. Sobre la alarma que instaló Manzi y que casi nos cuesta el pellejo el otro día. Pero voy a dejar que sea Hernán quien les cuente...

Ahí es donde se hace a un lado y Hernán dice eso de que la alarma le tiene que haber costado una fortuna. Para situarlos. No instaló cualquier porquería. Nada de eso.

—Fuimos a la oficina de Seoane con la excusa de que queríamos instalar una alarma en la quinta que supuestamente piensa hacerse papá en las afueras de Junín.

Hernán hace una pausa, mientras desea que su padre haya escuchado bien cada palabra. A propósito dijo "que piensa hacerse papá". Aunque la historia con la que se presentaron en lo de Seoane haya sido ficticia, a Hernán le parece adecuado hablar como si fuese de verdad. Y, en ese caso, hay que decirlo como lo dijo, porque nada de lo que tiene su viejo es también de su hijo. Cada cosa que le ha dado en la vida... precisamente eso: se la ha dado. Su padre nunca pudo compartir nada con Hernán con naturalidad, con la sencillez básica de "Lo mío es tuyo". Siempre la ceremonia, el "Mirá bien lo que te estoy dando" y el consabido "Espero que sepas agradecérmelo". Por eso no podría ser la quinta que supuestamente piensan hacerse ambos. Sería la quinta de papá como es la empresa de papá, el auto de papá, el esfuerzo de papá.

Mejor seguir adelante. Basta de distracciones. Pone sobre la mesa el manual de uso de la alarma UK16-VF.

—Esta es la alarma que instaló Manzi. O una muy parecida. Tiene sensores infrarrojos: si cruzás por delante, suenan. Están calibrados por el volumen de lo que cruza. Si es un pájaro, o un cuis, no suenan. Pero si cruza algo del tamaño de un perro sí. También tiene sensores de presión, como si fueran minas de esas que uno ve en las películas de guerra. Si los pisás, suenan.

Mientras Hernán habla, Perlassi pone también encima de la mesa un sobre marrón del que saca algunas fotos. Ahí están algunos de los sensores infrarrojos que se ven en el manual. Los señala en silencio, para que los demás reparen en ellos, sin interrumpir a Hernán.

—Si alguien cruza, salta la alarma. Si alguien pisa, salta la alarma. Es una alarma de aviso. Eso quiere decir que no tiene un mecanismo de cierre de nada, o de bloqueo.

—¿Cómo "de bloqueo"?

—Me refiero a las de los autos, que cuando suenan bloquean el encendido del motor. Acá no. Lo que hace la alarma es sonar y llamar por teléfono. Suena en la oficina y hace un llamado. Eso fue lo que vio Rodrigo. Y seguro que pasa lo mismo en la casa de Manzi, y en su celular.

Vuelve a detenerse. El folleto va y viene sobre la mesa, a medida que cada uno le echa un vistazo más o menos somero. Belaúnde desliza las fotos hacia Eladio López, que está a su izquierda, mientras pregunta:

—¿Y cómo se desactiva una cosa así?

—La alarma tiene un código de seis dígitos. Se activa y se desactiva con ese código. El tablero de control está, seguro, en la bóveda. Cuando la alarma detecta movimiento o presión, empieza a contar un tiempo determinado. Eso lo decide el usuario. Un minuto, un minuto y medio, dos. Si no se desactiva en ese tiempo, suena. Lo mismo al revés.

—¿Cómo "al revés"?

—Claro. Suponete que el tipo va a la bóveda. Al irse tiene que dejarla activada. Pone el código y el sistema tiene que darle el tiempo para que salga, cierre y se aleje. ¿Entienden?

Las caras son de que sí, de que entienden. Aunque también de pesadumbre. De no tener ni idea de cómo proceder.

—No olvides la alimentación… —murmura el padre.

—Ya va, papá. ¿Querés explicar vos?

Lorgio hace un gesto de disculpa o de desagrado, pero se queda callado. Hernán retoma el hilo:

—La alarma es eléctrica, claro. Tiene que tener una alimentación que la haga funcionar. Y es eléctrica.

Hernán despliega en la mesa un plano del campo de Manzi y sus alrededores. Están marcadas la ruta 33 y la ruta 7, y las huellas de tierra que pasan cerca. Lo sacó del catastro, en Villegas, para poder trabajar en una escala detallada. Sobre el plano provincial Hernán trazó el perímetro del campo de Manzi y el doble cuadrado concéntrico, el de las vacas y el de la bóveda. Señala el centro.

—Cuando le dijimos al tal Seoane que nos orientara, le planteamos a propósito que pensábamos instalarla en un lugar muy distante de la red eléctrica. Para ver qué nos decía.

—¿Y qué les dijo?

—Arrancó comentando, muy entusiasmado, que hace un tiempo atendió a un cliente con el mismo problema: esto de no tener el tendido eléctrico cerca. Y que en un caso así hay dos posibilidades. O alimentación por paneles solares o llevar la electricidad desde donde haga falta.

—¿Paneles solares? —pregunta Belaúnde.

—Suponemos que paneles no puso. ¿Alguno de ustedes vio paneles, cuando andaban buscando? Tendrían que tener un metro de alto, más o menos, y una superficie…

Hernán hace el gesto de un plano de unos sesenta o setenta centímetros de lado. Todos niegan. Nadie vio semejante cosa.

—No creo que haya puesto energía solar —interviene Fontana—. Un poco por los paneles, que son muy buchones. Y además debe ser caro.

—Sí… —Hernán duda—. Ojo que llevar electricidad desde lejos también es caro, eh. Pero coincido con vos. Los paneles demostrarían que están alimentando algo en la zona. Y si el plan de Manzi es que nadie sepa que existe la bóveda… Podemos suponer que la alimentación es eléctrica. De la red.

172

Hernán busca otro plano, en papel de calcar, que superpone al anterior. Tiene solamente dos líneas rectas.

—Hay dos líneas de media tensión que pasan más o menos cerca del campo de Manzi. Las dos vienen de O'Connor, porque la planta de transferencia la tenemos acá.

—Una va para Villa Saboya y la otra para Blaquier —acota Belaúnde.

—¿Y ustedes piensan que toma la electricidad de una de las dos? —pregunta Perlassi.

Padre e hijo se miran.

—En realidad, calculamos que de las dos.

—¿Cómo de las dos?

—Este Seoane nos sugirió que armemos dos circuitos independientes para alimentar la alarma. Se coloca un conmutador automático, y si falla una línea pasa a funcionar la otra.

—Eso es por si se corta la luz —deduce Rodrigo.

—Sí, pero peor. Porque además del doble circuito de alimentación, el bicho ese tiene una batería que dura cuarenta y ocho horas. Y si la carga de la batería baja a menos del cuarenta por ciento, suena la alarma. Seguro que la de Manzi cuenta con el mismo sistema.

El silencio se prolonga mientras Francisco Lorgio retira las botellas vacías y busca otras dos cervezas frías en la heladera.

—En resumen… —dice por fin Fontana—. La alarma tiene dos líneas eléctricas de alimentación. Si se le corta una, pasa a la otra. Si se le cortan las dos, pasa a la batería. Si se agota la batería, suena. Y cuando suena, Manzi se entera de inmediato por teléfono. ¿Digo bien?

Hernán asiente. Nadie más parece tener nuevos comentarios. De repente, José López levanta la mano.

—Yo tengo una idea.

Se acomoda para quedar más erguido en su silla. Hernán siente un atisbo de emoción. Por más que todos pongan la mejor predisposición, los roles en el grupo están muy marcados. Los que "saben" son Perlassi y Fontana, y en menor medida Belaúnde. El que sostiene los gastos es su padre. La "joven promesa" es Rodrigo. Los demás, incluyéndolo a Hernán, parecen de relleno. La tropa de infantería que siempre es necesaria, por encima de las chambonadas que pueda cometer. Y de repente José López tiene una idea. ¿Y si el modo de salir de esta encerrona en que los ha metido la UK16-VF viene de uno de esos tipos en los que nadie tiene cifrada la menor esperanza?

—Dale, José. Te escuchamos —lo alienta.

—Tenemos que conseguir el código de la alarma y desactivarla —dice José, y los mira serio, asintiendo.

—Y… ¿cómo lo conseguimos? —se atreve Hernán a preguntar.

José vuelve a mirar alrededor y sus ojos se detienen en su hermano, que habla por fin.

—Tenemos que meternos en el sistema de la alarma, como hacen en las películas, y sacar el código de ahí. Una vez que lo tengamos… —chasquea los dedos, como dando a entender que lo que resta es coser y cantar.

—¿Y ustedes tienen alguna idea de cómo haríamos para meternos en el sistema de la alarma? —pregunta Rodrigo, con voz neutra.

Los López se miran en el colmo de la inocencia. Responde José:

—No.

En el silencio subsiguiente Francisco Lorgio sirve las cervezas que trajo. No se escucha otro sonido que el del líquido llenando los vasos.

Ahora el que levanta la mano es Eladio López. Perlassi, casi con dulzura, le habla directamente a él:

—Antes de que ninguno proponga secuestrar a Manzi les recuerdo que la única manera en la que podemos hacer esto es sin que Manzi se entere, porque la idea es seguir viviendo acá y no fugarnos a Siberia. Así que secuestrar a Manzi y obligarlo a darnos el código para que vayamos hasta allá, desactivemos la alarma, vaciemos la bóveda y dejemos todo como estaba, no corre.

La expresión de Eladio López, una mezcla de impotencia y decepción, demuestra que ese era exactamente el plan que estaba empezando a tomar forma en su cabeza.

Ahora los vasos de cerveza se empañan sin que nadie los toque.

—Pero entonces es todo un quilombo —son las primeras palabras de Medina desde que entró. Un dechado de concisión, por otra parte.

Parece que Belaúnde está a punto de hablar, pero su iniciativa se desintegra en un largo suspiro.

—Momento —dice de repente Fontana—. Que tienen todos una cara que se la patean, y no es para tanto.

—Ah, ¿no? —escéptico, Hernán siente que su pesadumbre no tiene límites.

—No, boludo. No.

Se pone de pie. Señala el plano y el folleto.

—Ahora sabemos un montón de cosas que no sabíamos. Un montón.

—Espectacular… —Hernán insiste en torpedear toda forma de optimismo.

—Dejate de joder, pendejo. Que hablo en serio. Hace dos meses… ¿qué sabíamos? Nada. Que Manzi nos había cagado a todos. Nada más. Ahora sabemos que mandó construir una bóveda. Que la hizo en el medio de un campo de quinientas hectáreas para que no la encontrara nadie. Y nosotros la encontramos. Y sabemos qué tipo de alarma tiene. Qué modelo. Cuánto cuesta… todo.

—¿Y con eso qué?

—¿Te parece poco? Estamos mucho menos en pelotas que lo que estábamos. Y algo se nos va a ocurrir.

Hernán parece a punto de replicar pero se contiene. No parece motivarlo el convencimiento sino la compasión. Eladio López cruza una mirada con su hermano. Por el momento no disponen de nuevas sugerencias delictivas. Medina se hurga con un alicate bajo las uñas de la mano izquierda. Belaúnde le da vueltas al folleto de la UK16-VF. De pronto Perlassi se pone de pie y extiende la mano hacia el folleto y el plano.

—Dame, por favor.

Belaúnde le acerca los papeles. Perlassi los pliega con premura.

—¿Pasa algo? —pregunta Fontana.

Perlassi se rasca la pelada, echa un vistazo indistinto sobre la concurrencia, guarda los papeles en un pequeño portafolios de cuero gastado. Nadie lo sabe todavía, pero se dispone a pronunciar la frase que pondrá en marcha los sucesos que terminan en la noche de la Usina.

—Ahora me voy a casa, que tengo que pensar.

Saluda con un gesto y se va.

21

En las semanas que siguen nadie hace nada, si "nada" se entiende como encontrar alguna estrategia para asaltar la bóveda de Manzi sin que su dueño se entere. La Navidad los aplasta con un sopor de infierno en el que quedan boqueando como peces varados en el juncal. Recién a mediados de enero el calor afloja lo suficiente como para empezar otra vez a vivir. Todo el mundo supone que, con ese anticipo, el verano será riguroso y a duras penas tolerable. Y sin embargo, como tantas veces, se equivocan. Empieza a llover casi día por medio y parece otoño.

Rodrigo decide volver a La Plata a poner un poco de orden en sus materias adeudadas. A ponerse a estudiar para rendirlas, más bien. Le duele dejar a su viejo, que entiende perfectamente que tenga que partir. Y más le duele dejar a Florencia, a la que se ha acostumbrado a visitar tres veces por semana con la excusa de las plantas. Cuando se lo comenta, como al pasar, el último miércoles, le parece notar en ella una mirada de tristeza. Envalentonado, le propone salir antes de su partida. Ir al cine, a cenar en algún restaurante de Villegas. Pero ella le dice que no, que no puede, que está de novia. Rodrigo pone cara de "acá no pasa nada", pero no pega un ojo en tres días. Y decide que el año 2003 ha sido una reverenda mierda.

Belaúnde concluye que si se queda todo el verano mano sobre mano va a terminar deprimiéndose y encara la pintura de la estación de trenes. Consigue que le envíen una partida de látex blanco y otra de sintético bermellón y no para hasta dejar el edificio pintado de punta a punta. Según Perlassi la estación, de estilo inglés, parece una casa de muñecas de la Unión Cívica Radical. Fontana considera que la estación quedó bellísima precisamente por ese motivo. "Falta Alfonsín asomado por una ventana del primer piso", declara, entusiasmado.

El viejo Medina pasa un verano con cierto sobresalto porque desde el Municipio se presentan para intimarlo, por vigésima vez, a que deje el rancho junto a la laguna y acepte la casa social que le ofrecen en Banderaló. Se niega de plano. Dice que la firma que obra en los papeles no es la suya, que jamás ha estado reunido con nadie, que a ningún funcionario le ha prometido nada. Pone en práctica su viejo axioma de componer una muy sólida expresión de boludo y esperar a que amaine la tormenta. Y la tormenta amaina. Y hablando de tormentas, aunque ese verano llueve tupido, son lluvias parejas y no muy abundantes, y la laguna no hace naufragar el rancho de los Medina en ningún momento. Para colmo de bendiciones, Medina toma parte de los carnavales de Lincoln y por primera y única vez en su vida con su señora se ganan el premio grande de una rifa. Un lavarropas automático, blanco, reluciente. Por un problema con los papeles del premio la casa Planas demora en entregarles el artefacto, pero los Medina no desesperan. Viajan en la camioneta hasta Lincoln y piden permiso para ver el lavarropas en el depósito. Se quedan un rato largo contemplándolo y uno de los nietos de Medina le saca algunas fotos.

Perlassi, por su parte, se hace llevar por Belaúnde hasta el videoclub de Villegas. Un local grande y desvencijado que conoció épocas mejores. Con el dueño, Bárcenas, se conocen desde tiempos inmemoriales. Desde cuando los dos se gastaban las tardes en el cine del pueblo viendo el continuado. Hasta el accidente de la ruta no pasaba una semana sin que Perlassi se dejara caer por el videoclub para alquilar tres o cuatro películas y devolver las anteriores. Esta vez, cuando Belaúnde estaciona frente al videoclub, Perlassi le advierte que tiene para un rato largo.

Se saludan con Bárcenas, hablan diez minutos de bueyes perdidos y después Perlassi va al grano. Le dice que está con ganas de ver películas clásicas de espías, de robos y de la Segunda Guerra Mundial. Bárcenas se mete en la trastienda y vuelve con cincuenta títulos. Los meten en dos cajas de cartón mientras Perlassi saca la billetera. El otro dice que no. Estos alquileres van por cuenta de la casa. Perlassi no insiste. Aprecia tanto a Bárcenas que está a punto de confesarle la verdad: necesita las películas para inspirarse con el plan. Pero no quiere levantar sospechas. Por eso ha sumado las de la guerra. Para despistar. Además de porque le encantan. Se despiden con un fuerte apretón de manos.

Fontana, por su parte, usa el verano para completar crucigramas y sacarle lustre a la barreta de hierro. Cada vez tiene menos confianza en las venganzas sutiles, y más crédito le da al puro y simple ejercicio de la brutalidad.

Los López le demuestran a Lorgio que ha hecho bien en contratarlos. Limpian sin descanso, reparan detalles en el depósito, barnizan las puertas y los postigos de madera sin que nadie se lo pida. Cada vez que Lorgio sale de su oficina los ve trajinando con algo, excepto que algún camión esté maniobrando en el estacionamiento. En ese caso los hermanos, como movidos por una fuerza superior e inquebrantable, dejan cualquier actividad que tengan entre manos y se quedan tiesos, extasiados, mirando las evoluciones de esos monstruos brillantes y estruendosos.

Y Hernán se va desinflando a medida que pasan los días. A la vuelta de su viaje a Buenos Aires para la entrevista con Seoane se había pasado dos noches sin dormir, un poco por la adrenalina de la misión y otro poco anticipando lo que sería la reunión con el grupo de conspiradores. Pero después no sabe cómo seguir y se va cansando.

Vienen las Fiestas, toma de más, se encuentra con quienes no debe, y más de una tarde se despierta, pastoso, en lugares de los que no guarda el menor registro. Para fines de enero está hecho una ruina. Su padre lo va a buscar a casa de unos vagos de General Pinto, a los que Hernán apenas conoce, lo sube al auto casi a empellones y no le dirige la palabra hasta que entran en O'Connor.

—¿Qué te pasa? —le pregunta Hernán, mientras recorren el boulevard asfaltado, un poco para molestarlo y otro poco porque le pesa el silencio.

Lorgio demora un buen rato en contestar. Al fin se vuelve y lo mira a los ojos.

—Desde que salimos de Pinto vengo preguntándome, una y otra vez, cómo fui capaz de equivocarme tanto contigo.

Tercer acto
Audrey, siempre Audrey

1

Rodrigo llega de regreso a O'Connor el 26 de febrero
casi a la medianoche, en el tren de siempre. Belaúnde lo
acerca hasta la estación de servicio y sigue viaje. El silencio se hace más y más profundo a medida que el Citroën se
aleja y retoma la ruta en el empalme. La playa de surtidores está a oscuras. El parador también. A través de las cortinas se ve la luz azulada y cambiante del televisor. Mueve el picaporte. Como siempre, la puerta está abierta. Su
padre parece estar enfrascado en la pantalla pero, apenas
escucha el chasquido del pestillo, hace un gesto hacia él.
—Hola, nene. Pasá. Pasá pero no hagas ruido.
Rodrigo le conoce esa voz. Es la voz de mirar películas, a mitad de camino entre el secreto y el asombro.
Desde que Rodrigo era chico es capaz de identificar esa
inflexión en la voz de Perlassi. Siempre le gustó ver películas con él. Sobre todo, películas que su padre ya ha
visto. Si a Perlassi le gusta una película la ve tres, cinco,
veinte veces. Se aprende los diálogos, los movimientos, los
ritmos y los espacios. Y cuando otra persona la ve junto
con él Perlassi no puede evitar actuar como un anfitrión,
un buen anfitrión. Es una especie de director de orquesta
que, en esa voz baja y cargada de emoción —la voz de
mirar películas—, anuncia los momentos culminantes,
los planos imperdibles, las vueltas de tuerca del guión, las
mujeres hermosas.
Y la que está en pantalla es la más hermosa. Así se lo
enseñó su padre. Audrey Hepburn. Cuando Rodrigo era
chico vieron juntos, un sábado a la tarde, *La princesa que
quería vivir*, aunque su padre le aclaró que el título correc-

183

to era *Vacaciones en Roma*. Mientras eran testigos de cómo Audrey viajaba por la ciudad en la motocicleta de Gregory Peck su padre le advirtió: "Estás viendo a la única mujer por la que yo sería capaz de abandonar a tu madre". Rodrigo entendió que decía la verdad, no solo por la seriedad con que habló sino porque Rodrigo tuvo la sospecha de que él, llegado el caso, haría lo mismo.

—¿No habíamos dicho que me ibas a esperar, para que la viéramos juntos?

El padre sacude la cabeza, reconociendo su debilidad.

—Sí, tenés razón... —acepta y, sin quitar los ojos de la pantalla, arrastra una silla para que se siente a su lado.

—*Cómo robar un millón*. Audrey Hepburn. Peter O'Toole. Hugh Griffith. Charles Boyer también está, pero hace un papelito de nada. Van veinte minutos.

Rodrigo mira la videocasetera. No tiene un contador horario, sino numérico. Si su padre sabe que van veinte minutos es porque ya la vio no menos de quince veces.

—Estoy cansado, viejo. Qué te parece si la vemos mañana. Ahora seguí vos, ya que empezaste, y...

—¡Shh! No, señor. Te quedás acá y mirás con atención.

Y Perlassi hace un gesto absolutamente inhabitual. Deja sola a Audrey durante cinco segundos, mientras ella —tapado fucsia— discute en su convertible con Peter O'Toole, y lo mira atentamente.

—Esta es *la* película.

Recién entonces vuelve el rostro a la pantalla y Rodrigo entiende que su cansancio tendrá que esperar.

—¿Es en París? —pregunta al ver una panorámica de una ciudad elegante.

Su padre asiente.

—Tienen que robar una estatua. Una Venus.

—¿Y vale un millón de dólares?

—No. No vale nada.

—¿Y entonces por qué se llama así?

—*Se supone* que vale un millón de dólares. Pero no vale nada porque es una falsificación. Peter O'Toole lo sabe porque es un experto en arte. Pero se hace el que no lo sabe para ayudar a Audrey.

—¿Y para qué la quieren robar?

—Porque si no la roban se destapa que es falsa, y el padre de Audrey va en cana. El padre es Hugh Griffith.

La película sigue. Audrey conduce el convertible de O'Toole en una carrera enloquecida por calles nocturnas. Llegan al Hotel Ritz. Rodrigo se levanta.

—Necesito comer algo.

—¡Shh! —Perlassi le aferra el brazo, deteniéndolo. Después lo suelta, como si lo hubiese pensado mejor.

—Andá. Pero apurate porque faltan dos minutos para que se besen por primera vez.

Rodrigo va hasta las heladeras. Revisa someramente.

—¿Vos qué cenaste?

La pregunta queda en el vacío. Perlassi observa cómo los protagonistas conversan bajo la recova del hotel. Rodrigo hurga un poco y encuentra algo de carne fría. Lava dos tomates y los pone en el mismo plato. Ocupa la mesa más cercana a la silla de su padre. Se sienta en el momento exacto en el que Peter O'Toole la detiene junto al taxi y la besa. Perlassi suspira. Rodrigo, sin querer, también. Se pregunta si habrán ensayado antes ese beso. Prefiere pensar que no. Que la primera vez que Peter O'Toole besa los labios de Audrey Hepburn es ese. Exactamente ese. La vida de un hombre tiene que cambiar después de algo así. Uno es uno antes de besar esos labios, y es otro después. Uno no puede ser el mismo que era, ahora que sabe lo que es besar esos labios.

La escena que sigue debe ser de transición porque Perlassi se desentiende de lo que ve para decirle que hay flan con dulce de leche, de postre. Como lo ve atareado con la carne y los tomates Perlassi se levanta y va a servirle a su hijo. Se sienta a su lado.

185

—¿Querés que abra una Coca?

—No. No hace falta. ¿Podemos seguir mañana con…?

—Esta es una subtrama, no tiene demasiada importancia —Perlassi señala a un muy joven Eli Wallach que actúa de millonario estadounidense—. Y no. No podemos seguir mañana.

—Oíme, viejo…

—Oíme vos. Llevo vistas cuarenta y cuatro películas y leído treinta y un libros de espionaje y robos.

Rodrigo no sabe si reírse, darle un beso en la frente o gritar de desesperación. Van a terminar todos en cana. Mejor pasar directamente a la estrategia del grito desesperado.

—Mirá esta parte.

Peter y Audrey visitan el museo en el que exhiben la estatua. O'Toole se interesa por un cuartito donde guardan escobas. Toma medidas con una cinta métrica. Irrumpe en la sala de guardias haciéndose pasar por inspector de seguridad. Reta al jefe.

—Esta parte no nos sirve —concluyente, Perlassi.

—¿Pero no me dijiste que mirara esta parte?

—La tenés que mirar para entender la película. Porque es linda y vale la pena que la mires. ¿O ya la habías visto?

—No.

—Por eso. Mirala. Pero lo que a nosotros nos interesa para la bóveda de Manzi viene después.

Rodrigo sopesa la conveniencia de quejarse. Inútil. Mejor relajarse. Ahora Peter y Audrey pasean al sol por París. Rodrigo se pregunta si alguna vez podrá pasear con Florencia por París. Por París o por cualquier lado. Peter O'Toole compra dos búmeran y los prueba en un parque junto a un lago. Rodrigo lleva los platos sucios hasta la pileta de la cocina. Su padre vuelve a su silla y a la película. Rodrigo la ve mientras enjuaga la vajilla.

—Ahora viene la parte importante. Empieza el robo —anuncia Perlassi.

Rodrigo deja vagar la vista por el parador en sombras. Su mamá cocinaba al mediodía para eventuales clientes. Duda que su padre haya podido mantener la costumbre. Sin embargo las mesas lucen limpias y listas. Lo entristece pensar en su soledad.

—Mirá. Mirá.

Rodrigo deja la cocina y vuelve a sentarse junto a Perlassi. Peter O'Toole está de pie en el museo a oscuras, a unos quince metros de la estatua que pretende robar. ¿Qué hace con el búmeran en la mano? Lo lanza, este atraviesa los haces de luz y se dispara la alarma. Rápidamente el protagonista se encierra junto con Audrey en el cuartucho de las escobas. Los guardias salen disparados a recorrer el museo. Llega la policía y revisa también. El jefe de los guardias desactiva la alarma. Los policías se retiran después de chequear que no se han robado nada. Un técnico afirma que no hay ningún cortocircuito. Suena el teléfono: el ministro del Interior le reclama al jefe de guardia porque el batifondo de la alarma acaba de despertarlo. El guardia se disculpa. Todo vuelve a estar en calma. En el cuartucho, Peter O'Toole se encara con Audrey y muestra sus cartas: sabe que la estatua es falsa. Lo supo siempre. Cuando ella le pregunta por qué la ayudó, Peter, en lugar de explicárselo, la besa. Audrey entiende. Rodrigo se pregunta si él, alguna vez, podrá convencer a una mujer —preferentemente a Florencia— de lo que piensa o lo que siente así, simplemente besándola.

—Mirá lo que viene ahora —la voz de su padre lo vuelve a la realidad. Aunque la realidad es bastante poco real: dos idiotas mirando una película vieja para copiarse un método de robo.

Peter O'Toole vuelve a salir con el búmeran y de nuevo hace saltar la alarma. Otra vez los guardias arriba y abajo por el museo. Otra vez la policía. Otra vez la comprobación de que no falta nada. Mientras la policía se retira, vuelve a sonar el teléfono. Ahora el que llama para quejarse del ruido de la alarma es el presidente de la República. El jefe de guardia, aturdido, desconecta la alarma.

—¿Ves, nene? De acá en adelante será facilísimo.

Rodrigo se vuelve hacia su padre, que sigue al detalle los movimientos de Peter mientras se encarama en el pedestal, retira la estatua y pone una botella en su lugar.

—A ver si entiendo. Tu idea es que Manzi mismo sea el que desactive la alarma.

—Ajá. No la vamos a desconectar nosotros. La va a desconectar él.

—¿Y cómo vamos a hacer que la desconecte?

—Ah. Eso todavía lo tenemos que ver. Para eso te necesito a vos. Para que pensemos, ¿viste? Igual hablamos mañana. Si querés andá a dormir. La parte que necesitaba que vieras era esta.

—No, dejá. La termino de ver con vos.

—Ah, te gustó, a fin de cuentas, ¿eh?

—Ajá.

2

Como no quiere generar falsas expectativas, Perlassi no cita al grupo completo, sino únicamente a los hermanos López. Se presentan puntuales, el sábado a la una del mediodía, cuando terminan el turno en la empresa de Lorgio, ataviados con los mamelucos reglamentarios. Así, con la misma ropa, son casi idénticos, piensa Rodrigo, que los recibe en el parador con un apretón de manos.

Intercambian un par de frases corteses. Rodrigo se acuerda de preguntar por el embarazo de la mujer de Eladio. El mayor de los López asegura que su mujer se siente bien, así que seguro es una nena.

—Cuando nuestras mujeres se sienten bien en el embarazo, son nenas —explica José.

—Y si se sienten mal, son varones —completa Eladio.

—Claro, claro —coincide Perlassi, mientras Rodrigo, a quien se le ha ocurrido un chiste sobre la ciencia de la genética y lo superfluo de sus especulaciones, advierte que será mejor callárselo.

Sobreviene un silencio embarazoso, mientras el viejo futbolista piensa cómo entrar en materia.

—Tenemos una idea de cómo desactivar la alarma —empieza Rodrigo, como para darle el pie.

Los López abren mucho los ojos. Los dos. Al mismo tiempo.

—Tenemos que hacerla sonar algunas veces —arranca Perlassi, por fin—. Pero no como la primera vez, estando en el lugar.

—No —interviene Rodrigo—. Necesitamos cortarle la corriente eléctrica.

—Exacto. Ahí empieza a alimentarse con la batería. Cuando baje del cuarenta por ciento, suena la alarma. ¿Me siguen?

Las dos cabezas suben y bajan lentamente, tres veces.

—Sabemos que hay dos líneas de alimentación. No una, sino dos. Independientes.

—Y lo que necesitamos es que ustedes las encuentren.

—Y las cortamos —inteviene Eladio, haciendo el gesto de una tijera con la mano derecha.

—¡No! —se sobresalta Perlassi—. Nomás que las ubiquen. Después vemos cómo seguimos.

—Es que… —Rodrigo busca ser lo más claro posible—. Lo que necesitamos es encontrarlas. Después tenemos que seguirles bien el recorrido.

—Como un mapa —arriesga José.

—Sí, como si hiciéramos un mapa. Y después tenemos que pensar dónde cortarlas. Pero tiene que ser un lugar medio escondido, porque hay que volver a conectarlas.

El ceño de los hermanos se frunce al unísono.

—¿Y para qué las cortamos, si después volvemos a conectarlas? —José pregunta y Eladio aprueba la sólida objeción de su hermano.

Ahora son los Perlassi los que cruzan una mirada. A Rodrigo sólo le falta decir: "Te dije que eran unos caballos". El padre hace un gesto de que tenga paciencia.

—Ya lo van a entender, muchachos. Es un plan con distintos… pasos. Eso. El primer paso es ubicar las líneas.

—Hay dos líneas de postes eléctricos que pueden ser los que alimenten la alarma —retoma Rodrigo, y muestra un mapa del campo de Manzi—. Las dos salen de acá de O'Connor, porque está la planta de transferencia, en la Usina. Una va para Villa Saboya y la otra para Blaquier. En la zona no hay más que esas.

—Pero tienen una ponchada de kilómetros, cada una —tercia Perlassi.

—Hay que ir poste por poste buscando algo así —mientras habla, Rodrigo dibuja el croquis de un poste de electricidad, con su cruz de madera en lo alto y los cables. Agrega un cable que baja pegado al poste, remarcándolo con la lapicera, y agrega un prisma rectangular—. En algún lado, arriba de todo, a la mitad, abajo, puede haber una caja.

—Debe estar medio disimulada, capaz —interviene el padre.

—Sí, es lo más probable. Tal vez baja el cable y la caja está a nivel del piso, o medio enterrada. Que es un transformador, en realidad.

—O no está. Pero no estamos seguros.

—No —confirma Rodrigo—. Por eso hay que mirar arriba, al medio y abajo de cada poste.

Cuando lo termina de decir Rodrigo mira a su padre. Explicado así, con ese detalle, la tarea se evidencia inabarcable. ¿Cuántos kilómetros son? ¿Cuántos postes, en esos kilómetros? Los López se quedan un rato mirando el mapa del campo.

—Yo me encargo de hablar con Lorgio —dice al fin Perlassi—. Si tienen que dedicarse a esto, si aceptan dedicarse a esto —se corrige—, no van a poder ir a trabajar.

Se produce un nuevo silencio, más largo todavía.

—Con sinceridad, muchachos. Si lo ven imposible, lo vamos a entender —termina Perlassi.

Los hermanos se miran un instante.

—Imposible no —dice José.

—Pero va a costar —agrega Eladio.

—Eso. Va a costar —confirma José.

—Yo… nosotros…

—Tenemos que pedirle un favor —dice José, y mira a su hermano para que continúe.

—Eso. Un favor.

—¿Qué favor?

—Que nos enseñe a manejar.

—Eso. Que nos enseñe.

La cara de perplejidad de Perlassi le demuestra al hijo que está tan descolocado como él. ¿Qué tiene que ver ese pedido con lo que traen entre manos? Por otro lado, por la manera abrupta y directa con la que encararon la conversación es evidente que lo tienen hablado a fondo entre ellos, piensa Rodrigo.

—Este… ¿Manejar?

—Sí. Manejar. No sabemos.

—Y queremos saber. Necesitamos aprender, la verdad.

Rodrigo se pregunta si querrán comprarse un auto. Su padre parece haber pensado lo mismo, porque pregunta:

—¿Quieren comprar un auto?

Los hermanos sacuden la cabeza, negando.

—No queremos manejar un auto. Queremos manejar camiones.

—Eso. Los camiones de Lorgio.

—Ah… —Rodrigo cree entender—. Ustedes necesitan el carnet profesional. Tienen registro para manejar auto, pero necesi…

—No. No sabemos manejar nada. Bicicletas, nomás. Por eso necesitamos que tu viejo nos enseñe.

—Queremos ser camioneros.

—Si vamos a aprender a manejar, queremos manejar camiones.

Se produce un corto silencio.

—¿No tienen registro para manejar autos, pero quieren aprender a manejar camiones?

—Eso.

El nuevo silencio es un poco más largo.

—Pero yo… está la camioneta —dice Perlassi, señalando el playón de la estación de servicio. Ahí está su camioneta, es verdad. Pero no la maneja desde el accidente. Y no tiene la intención de volver a manejarla—. Pero no es un camión, tampoco.

—No hay problema. Primero aprendemos con la camioneta. Después pasamos al camión.

Perlassi alza la mirada hacia su hijo.

—Lo que pasa es que mi viejo ya no maneja... —deja el comentario inconcluso. A buen entendedor pocas palabras, dicen.

—Ya sabemos —corrobora José—. No necesitamos que maneje. Necesitamos que nos enseñe. Él nos enseña, nosotros manejamos.

José intercambia una mirada con su hermano y ambos asienten. Están satisfechos, se ve, de cómo se dio la conversación. Es probable que Perlassi no sienta el menor deseo de enseñarles a manejar a los López. Y es probable que la mirada de súplica que dirige a su hijo tenga que ver con esa inquietud. Rodrigo sabe que su padre no piensa volver a manejar. Que se lo juró, casi. Pero una cosa es manejar y otra cosa es que maneje otro. No hay ningún juramento que se lo impida. Además son muchos los kilómetros que los López van a tener que caminar, buscando las bajadas de las líneas eléctricas. Suficiente.

—Hecho —dice Rodrigo y les tiende la mano. Los hermanos apenas sonríen, y se la estrechan. Después hacen lo mismo con Perlassi.

3

Los hermanos López dejan las bicicletas detrás de unos pajonales altos para que no se vean desde la ruta. José se masajea las nalgas.

—¿Cuántos kilómetros hicimos?

—Como veinticinco, treinta —responde su hermano, mientras libera la botamanga de su pantalón, que traía aprisionada bajo la media para que no se enganchara en la cadena.

Se toman un instante para orientarse. La línea de postes cruza la ruta 33 y ahí se bifurca en las dos direcciones que ellos tienen que revisar. Se aproximan al palo más cercano de la línea que corre más al norte, hacia Villa Saboya. Lo observan de arriba abajo, lo rodean, se cercioran de que no baje ningún cable por la estructura, y que no haya ningún transformador ni en el tope ni a media altura ni en la base. Se miran entre ellos.

—Este no es —concluye Eladio.

—No.

Empiezan a caminar hacia el poste siguiente, cincuenta metros más allá. Repiten el procedimiento. Nada arriba, nada bajando, nada al pie.

—Este tampoco —dice Eladio.

Caminan otros cincuenta metros.

—Estuve pensando —dice José de repente.

—En qué.

—En lo de ser camioneros.

—Guarda ahí —señala Eladio un montículo de bosta de vaca. Lo esquivan.

Llegan al poste siguiente. Tampoco hay vestigios de una bajada como la que buscan. Emprenden otra vez la marcha.

—¿Y qué pensaste? —retoma Eladio.

—Que no hace falta que aprendamos a manejar camiones los dos.

—¿Cómo?

—Claro. Que no hace falta que los dos sepamos manejar. Alcanza con que uno sepa, y el otro va de navegante.

Llegan al cuarto poste. Tampoco hay nada.

—¿Qué es eso de navegante?

—Uno maneja y el otro va con los mapas al lado, sabés. Y le va diciendo: "Curva a la derecha, curva a la izquierda…".

—Ah…

Pasan un alambrado, teniendo cuidado de no engancharse en las púas.

—No —dice de repente Eladio.

—¿No qué?

—Eso que decís vos.

—¿Que digo yo qué?

—Eso del navegante, boludo. Eso no es en los camiones. Es en los autos de rally.

Siguen caminando en silencio. El tiempo que les lleva descartar los tres postes siguientes.

—Bueno. Pero igual yo prefiero ir de copiloto. Vos aprendés y yo te voy diciendo —retoma José.

—¿Por qué?

—Porque si los dos nos hacemos camioneros nos van a dar camiones separados. Vos uno y yo el otro. En cambio si vos manejás y yo voy de copiloto vamos en el mismo camión.

Eladio asiente y sigue caminando mientras hace un cálculo. Los postes están puestos cada cincuenta metros. Están a dieciocho kilómetros de Villa Saboya, más o menos.

—¿Sabés sacar una cuenta así, en el aire?

—¿Qué cuenta?

—Hay que dividir dieciocho kilómetros por cincuenta metros, y te da cuántos postes tenemos que revisar. ¿Entendés?

—Sí.

José sigue caminando con los ojos entrecerrados. Con el índice de la mano derecha toca alternativamente la punta de los dedos de la mano izquierda, como calculando.

—Eso es dieciocho mil metros dividido cincuenta. Esa es la cuenta que hay que hacer.

—¿Y? —lo apura Eladio.

—Cuarenta y dos mil postes —responde José, convencido.

—¿Estás seguro?

—Segurísimo.

4

Rodrigo traga saliva mientras da vuelta la esquina de Larrea hacia Pringles. Ahí cerca, veinte metros más allá, está el banco. Hace un esfuerzo para regularizar su respiración y caminar normalmente. Avanza lento a lo largo de toda la cuadra. Deja atrás el banco, la panadería, la tienda y la zapatería. En el café de la esquina de Pringles y Vieytes gira a la izquierda. Intenta ir un poco más lento todavía, pero sin tornarse sospechoso. La ferretería, la casa de artículos del hogar y otra vez está a la altura de la escalera que lleva a la oficina de Manzi. Nadie en la puerta. Nadie bajando la escalera. Mierda.

Avanza con la vista al frente para evitar sospechas, pero ahora lo hace a paso veloz. Tuerce otra vez a la izquierda, en la esquina de San Martín. Ahora le toca correr esas dos cuadras, la de San Martín y la de Larrea, completando la vuelta manzana, para volver a doblar parsimoniosamente en Pringles. Según sus cálculos, si Florencia sale de la oficina hacia el banco tiene que caminar, desde la casi esquina de Vieytes y San Martín hasta Pringles casi Larrea, unos ciento ochenta metros. Rodrigo tiene que cubrir, en el mismo lapso, un poco más de doscientos metros ciegos, para rodear el resto de la manzana. Antes o después deberá encontrársela de frente.

Una vez conseguido ese primer paso —toparse con ella— tiene que fingir sorpresa, sonreír con alegría, no preguntarle por su novio (tampoco es cuestión de pasar por psicópata), sí preguntarle por sus cosas (tampoco es cuestión de pasar por indiferente), proponerle un café para cuando termine con el banco, pero sin insistir demasiado (tampoco es cuestión de pasar por cargoso) y mantenerse altivo si dice que no como la vez que la invitó a cenar, antes de volver a La Plata, a principios del verano (tampoco es cuestión de pasar por caprichoso).

Mientras repasa todos estos sí y estos no, se le va otra pasada completa por Pringles y por Vieytes —las dos cuadras posibles—. Otra vez a correr por San Martín y por Larrea —las dos cuadras imposibles—, hasta la esquina de Pringles. Teme que cuando finalmente la encuentre esté sudado a mares y oliendo a establo, pero no se le ocurre otro modo de fingir un encuentro casual con ella.

Se supone que cuando el plan pase "a la siguiente fase" —palabras de Antonio Fontana— Rodrigo deberá "volver a infiltrarse" —palabras de Antonio Fontana— para "recabar cualquier detalle digno de consideración" —palabras de Antonio Fontana—. Pero por ahora la orden tácita es que no ande por Villegas, ni mucho menos por las inmediaciones de la oficina de Manzi, ni mucho menos en contacto con su secretaria, porque eso aumenta mucho el riesgo de "mandarse una cagada grande como una casa" —palabras de Fermín Perlassi—.

Pero Rodrigo no puede esperar hasta entonces, porque bien puede pasar que los hermanos López no localicen los cables de alimentación de la alarma, y que su papá no encuentre inspiración en otra película de los años dorados de Hollywood a partir de la cual armar un plan alternativo y todo se vaya al carajo. Pues bien, si todo se va al carajo Rodrigo no quiere que también se vaya al carajo lo de Florencia, aunque ese rótulo de "lo de Florencia" suene a que existe, efectivamente, algo concreto, mensurable, plausible de ser perdido, cuando en realidad lo único que tiene son algunas conversaciones amables en una oficina, mientras él se dedica a destrozar sin método ni ciencia la flora autóctona, con un novio de por medio, por añadidura.

En eso está, después de otras dos cuadras de trote ligero, cuando apenas doblada la esquina de Vieytes la ve, jean azul claro, camisa blanca, casi nada de maquillaje, los ojos perdidos en la vereda de enfrente, una carpeta en la mano, y a Rodrigo las ideas se le vuelan como una bandada de pájaros asustados y se olvida de qué callar y qué decir y en qué orden, y a duras penas compone una expresión de "qué sorpresa verte por acá" y un beso en la mejilla, rogando para que Florencia no advierta que está ensopado de sudor después de la vigésima vuelta manzana.

5

El viejo Medina golpea las manos a la entrada del parador. Perlassi sale a su encuentro.

—Ando sin combustible, Medina. Me llega el camión recién a la tarde…

—No, Fermín, vea que no vengo a cargar nafta. Tengo que mostrarle algo.

Mientras el viejo va hacia la parte de atrás de su camioneta desvencijada Perlassi piensa que el tipo está raro. Sonríe apenas, y evita mirarlo directo a los ojos. Con una agilidad que desmiente lo enclenque de su apariencia, el viejo trepa de un salto a la caja de su vehículo y señala una caja de cartón de grandes dimensiones que lleva bien sujeta con varias cuerdas.

—Mire —es todo lo que dice.

Perlassi entiende que tiene que mirar la caja, pero no llega a comprender del todo. El viejo parece advertir su azoramiento, porque con un manotazo rompe el cartón. Como los sunchos le dificultan la tarea, decide soltarlos. Saca una navaja del bolsillo trasero y los corta. Después sí, aferra el cartón y lo rompe con dos zarpazos.

—¿No es lindo? —pregunta Medina, mientras exhibe un lavarropas automático de carga frontal y veinticinco programas. Tiene un cartel que dice "Automático" en letras grandes y plateadas—. Mire, mire lo que dice acá.

Señala una calcomanía enorme, de varios colores: "Waterfresh". Perlassi entiende que el otro espera que le haga honores a ese objeto maravilloso. De manera que sube también a la caja de la chata, aunque sus movimientos son menos ágiles que los del viejo, y se acuclilla junto al aparato.

—¿Puedo? —pregunta, cuidadoso.

El viejo lo anima con un gesto afirmativo. Perlassi desplaza los dedos sobre la superficie brillante del lavarropas, por los bordes perfectos, y roza apenas la perilla de comando. Con más precaución todavía ase la compuerta de ingreso, la abre, la vuelve a cerrar. La compuerta suelta un chasquido mínimo, seco, que a Medina le arranca una risa corta, de algarabía contenida.

—Me demoraron un montón la entrega, no sabe. Pero al final me lo dieron hoy. Ha visto —Medina no puede estarse quieto y camina por la caja de la camioneta, dos pasos para un lado, dos para otro.

—Es… perfecto —sentencia Perlassi, mientras se incorpora. Los dos se quedan un largo minuto contemplando el lavarropas.

—Se lo ganó la patrona en la kermés de Lincoln, para los carnavales… —informa Medina, sin dejar de mirarlo.

—Eso es tener suerte, mi amigo —Perlassi se permite apoyar fugazmente una mano en el hombro del viejo, apenas un instante, como felicitación sentida y silenciosa.

—Ya lo creo que sí —dice Medina, y carraspea, porque se le traban un poco las palabras—. Nunca me gané nada. Nunca me gané una rifa, un sorteo, nada. Y de repente…

La voz se le estrangula levísimamente. Perlassi lo saca del apuro.

—Véngase adentro que tomamos unos mates, para festejar.

—¿Seguro no lo incomodo? Usted capaz está trabajando…

—No pasa nada, Medina. Es un placer. No todos los días pasan cosas como esta.

Medina lo mira con cara de que *ningún* otro día pasan cosas como esta, y se dispone a seguirlo hacia la oficina. Sin embargo se detiene porque algo le llama la atención.

—Me parece que lo buscan, Fermín.

Perlassi se da vuelta en la dirección en la que mira Medina. Desde el pueblo dos bicicletas giran en el empalme y salvan los doscientos metros que las separan de la estación de servicio. Los hermanos López vienen pedaleando sin apuro, uno exactamente al lado del otro, como siameses ligados por uniones invisibles. Cuando llegan saludan con una inclinación de cabeza y dejan las bicicletas contra la pared del parador. Medina se dispone a iniciarlos también a ellos en la contemplación del lavarropas, pero Perlassi lo disuade con un gesto mínimo.

—¿Pasa algo, muchachos?

—Pasa —lacónico, responde José.

—Los encontramos —agrega Eladio.

—Los cables. Los dos —termina José.

Ahora es el turno de que a Perlassi el rostro se le llene de una maravilla difícil de explicar.

6

Los López están encorvados sobre el mapa que les ofrece Perlassi. Medina ceba los mates en silencio. A lo lejos se escucha el sonido de un camión que pasa por la ruta. El dedo de Eladio señala un punto sobre la línea de media tensión que dibujaron hacia Blaquier.

—Uno de los cables sale de un poste que está por acá —explica—. Ya cerca del pueblo.

—El poste es el doscientos setenta y seis —especifica José, y hace una cruz roja con un bolígrafo en el lugar que señaló recién su hermano—. Contando desde la 33.

—Ajá. Y el otro cable... el otro cable... —ahora Eladio pasa el dedo sobre la otra línea, la que parte de O'Connor y llega hasta Villa Saboya—. Por acá, más o menos. Es más fácil mostrarles en el campo que acá, ojo. Pero calculo que es más o menos donde le estoy marcando, Fermín.

—Poste número trescientos uno, también contando de la ruta —dibuja otra cruz José, absolutamente imbuido de su rol de cartógrafo especializado.

—Vimos lo que dijeron ustedes que teníamos que ver. Un cable grueso que baja y, casi enterrado, un transformador.

—En los dos lo mismo.

—No tocamos nada.

—No, no tocamos nada. Anotamos, nomás.

—¿Eso es cerca de Piedritas? —se permite preguntar Medina, señalando una de las cruces.

—No, más bien para el lado de Santa Eleodora —corrige José.

—Para el lado, pero sin llegar —completa Eladio.

A Perlassi lo asalta una duda.

—¿Lo hicieron en bicicleta?

Las dos cabezas niegan al unísono.

—Caminando —explica José—. Había que cruzar alambres, campos, siembras. Con las bicicletas era un lío.

El dueño de la estación de servicio saca algunas cuentas mentales. Observa los números de poste, que José agregó junto a las cruces. A cincuenta metros por poste... esos tipos caminaron una ponchada de kilómetros de ida y otra ponchada de vuelta, en medio del campo, en tres días.

—¿Qué pasa? —la pregunta la hace Eladio, mirando con cierta sorpresa a Perlassi, que cae en la cuenta de que debe haberse quedado con cara de bobo, mirándolos.

—Nada. Nada. ¿Tienen un rato?

Los hermanos se miran.

—Sí —dice José—. Lorgio nos dio libre toda la semana. Igual mañana viernes capaz que vamos a trabajar.

—Total ... —deja la frase inconclusa Eladio.

—Total acá ya terminamos.

—Bárbaro —dice Perlassi—. ¿Tienen ganas de recibir la primera lección de manejo de la camioneta?

Los hermanos abren muy grandes los ojos. Se miran entre ellos. Vuelven a mirar a Perlassi.

—¿Hoy? —con un hilo de voz, pregunta Eladio.

—¿Y por qué no? Lo menos que podemos hacer, después de semejante proeza que acaban de mandarse.

Eladio se mueve en su lugar, como si no pudiera estarse quieto.

—No sé, no... no estaba preparado, ¿vio?

—Igual hoy es una clase teórica —aclara Perlassi—. Me refiero a que hoy no van a andar. Les voy a explicar nomás cómo se meten los cambios, cómo se usan los pedales. ¿Está bien?

Eladio suelta el aire que venía conteniendo, aliviado.

—Igual yo… yo le quería decir —arranca José—…
que hablamos acá con mi hermano, ¿vio? Y el que va a
manejar es él. Yo voy a ser el navegante.

—¿El qué? —pregunta Perlassi, mientras enfilan hacia la playa de los surtidores.

—El navegante. El navegante —repite José, como si
con eso explicara todo.

Medina los sigue a los tres, con el mate en una mano
y la pava en la otra.

7

La reunión es en la estación de trenes. A todos les queda un poco a trasmano, pero cuando Belaúnde se ofreció como anfitrión nadie quiso desairarlo. De modo que han ido llegando poco después de las ocho de la noche. Lorgio, Hernán y Fontana en el auto del transportista. Los demás en la camioneta de Perlassi manejada por Rodrigo. Medina mandó avisar por los López que no podía asistir, aduciendo un problema con la instalación de un lavarropas que lo tenía a maltraer. Nadie le hizo reproches, un poco porque el viejo siempre está a la orden y otro poco porque lo suyo no son esos largos debates circulares como el que parece avecinarse.

Rodrigo hace un breve relato introductorio. Belaúnde le ofrece el pizarrón donde todavía figuran los horarios de los trenes de 1986 (el jefe de estación no quiso quitarlos porque le recuerdan tiempos mejores) y Rodrigo fija con chinches un enorme plano del campo de Manzi y sus alrededores. Ya todos están familiarizados con esas quinientas hectáreas, con su forma trapezoidal más ancha al oeste y afinada al sureste, el cuadro de las vacas en el medio del perímetro y las cuatro hectáreas de la bóveda resaltadas en rojo en el centro de todo. El esquema incluye las dos líneas de media tensión que pasan cerca del campo y dos cruces en rojo señalan la ubicación de los postes que marcaron los hermanos López, de los cuales, según todo parece indicar, Manzi saca la alimentación para la alarma.

—Ahora el problema es… —Rodrigo duda—, son dos. Uno es dónde cortar los cables. El otro es encontrar por dónde pasan.

Alguno lo mira con algo de confusión. Rodrigo entiende que lo planteó del modo equivocado.

—Al revés —se corrige—. Encontrar por dónde pasan, y cortar.

—El cable se mete bajo tierra al pie nomás de los postes —agrega José.

—Pero no se adivina el surco. Se ve que está hecho hace tiempo, y con la lluvia y todo eso está borrado —agrega Eladio—. No hay cómo seguirlo.

—Yo propongo hacer unos pozos de prospección a diez metros del poste —dice Fontana, poniéndose de pie y señalando sobre el plano. Así. Tenemos que encontrarlo fácil. Además, lo más probable es que el cable salga directo hacia el campo de Manzi. No va a andar gastando metros de cable de gusto. De modo que no es una circunferencia, sino un semicírculo el que hay que revisar.

Se escucha algún murmullo de aprobación. Alguno se ofrece a ocuparse de los pozos. Otro ofrece palas.

—Están diciendo una pelotudez atómica.

La voz de Hernán es dura, distante, extrañamente fría. Está sentado un poco hacia atrás, como un alumno díscolo, ignorante o desinteresado. Los brazos cruzados y el hamacarse en la silla adelante y atrás completan la imagen. Sigue hablando:

—Cuando corten la electricidad se supone que va a sonar la alarma. Manzi va a revisar la bóveda. Va a encontrar que se descargó la batería. Tarde o temprano va a revisar los postes. Y si los revisa se va a encontrar no con un pozo, sino con un montón de pozos alrededor del poste.

—Pero si los disimulamos…

—¿Vos te pensás que es tan fácil, disimularlos? Ni en pedo. Se va a avivar de que estuvieron metiéndole mano en el cableado. Es una pelotudez hacerlo así.

Se produce un largo silencio en el que se escucha un golpeteo distante pero creciente. Belaúnde mira el enorme reloj de pared fijado más arriba del pizarrón y después el de su muñeca.

—Hijos de puta… —suelta en un murmullo, se incorpora y sale de la oficina hacia la plataforma.

Los demás se mantienen callados, no tanto por no seguir la conversación sin él como porque no tienen idea de cómo superar el escollo que les presentó el hijo de Lorgio. Mientras tanto el rumor ha crecido y todos entienden que se trata de un tren que termina por frenar en la estación en medio de un batifondo de crujidos metálicos y del enorme motor diesel de la locomotora. A lo lejos se escucha la voz de Belaúnde.

—¡Vengan a la hora que quieran, total!

Le responden, tal vez desde arriba de la máquina, pero no se distinguen las palabras.

—¡Dejate de joder, es siempre lo mismo!

De nuevo la voz de un Belaúnde indignado. Después un abrir y cerrar de puertas en el depósito de cargas, que está al lado del despacho que ocupan. Por fin un largo bocinazo, que más que a despedida suena a sarcasmo de los conductores. De nuevo el estrépito, hasta que el tren se aleja y su traqueteo se convierte otra vez en un murmullo hasta que se disipa. Vuelve Belaúnde, sacudiéndose las manos como si se las hubiese ensuciado.

—Disculpen —dice, mientras vuelve a sentarse—. Pero vienen a la hora que se les canta el culo. A mí me da igual, porque lo único que traen son algunas encomiendas. Pero es un tren de pasajeros… no pueden cagarse así en todo el mundo —señala el reloj de la pared—. Van a llegar a cualquier hora. A cualquier hora.

Los demás se remueven un poco en sus asientos, incómodos, como si no supieran del todo si tienen que acompañar la indignación de Belaúnde con algún comentario o si es mejor mantenerse callados. Belaúnde parece advertirlo, porque hace un ademán de restarle importancia al asunto y pregunta:

—¿En qué estábamos?

—En que no tenemos ni puta idea de dónde cavar para encontrar los cables —se sincera Rodrigo—. Hernán tiene razón. No puede ser cerca de los postes, porque Manzi se va a avivar.

—¡Ya sé! —Lorgio se entusiasma—. Hagámoslo al otro lado. En el otro extremo. ¿Me explico? Alrededor del último alambrado, en el cuadro central, el que contiene la bóveda. Son cuatro hectáreas, dará trabajo pero no es imposible...

—Estamos en la misma, Francisco —lo contradice Perlassi con suavidad—. Lo mismo que a nosotros nos facilita encontrar los cables, a Manzi le simplifica encontrar los pozos.

Rodrigo se acerca al plano que dibujó, como si le fuera ajeno. En un rincón ha puesto la escala, como en los mapas de verdad. A mano alzada marca el segmento de la escala con el pulgar y el índice y marca la distancia resultante a partir de una de las cruces, la que está dibujada sobre la línea que va a Villa Saboya. Con la otra mano imita el segmento y lo apoya a continuación. Sigue con la mano derecha. Otra vez la izquierda, acercándose al cuadrado de la bóveda.

—Son como diez kilómetros de cable. Y eso si fueron directo. Si pegan alguna curva es más todavía. No hay manera de seguirlos si nos alejamos de los extremos.

—¿Qué? ¿Vamos a hacer agujeros en todo el puto campo? —se impacienta Belaúnde, al que le dura la reciente indignación ferroviaria.

—Capaz que marcando al azar... un poco arriba, un poco abajo... —Perlassi deja la frase inconclusa, como si ni siquiera él tuviera la menor confianza en su atisbo de propuesta.

—¿Ya terminaron de hablar boludeces?

Hernán se pone de pie con violencia. Como acaba de dejar de hamacarse, su silla sale resbalando hacia atrás y choca contra la pared. No parece preocupado por arruinarle el mobiliario a Belaúnde. Abandona la habitación a grandes pasos. Se lo escucha abrir el baúl del auto y volver a cerrarlo. Los demás lo miran a su padre, como si estuviera a su alcance brindarles alguna respuesta, pero Lorgio les devuelve un gesto de absoluta perplejidad.

Hernán vuelve a la habitación con un aparato extraño: tiene un largo mango metálico, un tablero de control, un arco que parece de aluminio en el otro extremo.

—¿Y para qué carajos nos va a servir una bordeadora de cortar pasto, me querés decir? —escéptico, Fontana pone palabras al descreimiento general.

Hernán pasea la vista por todos los presentes. Sonríe sin la menor alegría.

—No es una bordeadora, Fontana. Es un detector de metales que acabo de comprar en Junín.

—¿Y...? —Eladio López deja la pregunta inconclusa.

—Se enciende así. ¿Ven? Y uno selecciona. Oro, plata, no es el caso. Cobre. Los cables que puso Manzi son largos. En tanto trayecto, la caída de tensión es grande. Tiene que haber puesto cables bien gruesos. Dos de 16 milímetros, calculo. En total es un socotroco de este diámetro. Todo cobre. Si el cable va enterrado a menos de treinta centímetros, les garantizo que el bicho este nos va a cantar por dónde está pasado, sin necesidad de hacer ningún pozo. Lo único que hay que hacer es ir caminando y dibujando un plano. O dejando alguna marca mínima.

Le alarga el aparato a Rodrigo, para que lo estudie un poco, y se aproxima al pizarrón. Señala en el plano.

—Así como marcaron las líneas de media tensión, ahora habrá que marcar los cables subterráneos. Sin tocar nada. Con esto, nomás. Después elegimos un par de lugares. Dos. Tres, digo yo, en cada línea. Bien lejos de los extremos. Ni cerca de los postes ni cerca de la bóveda. Manzi ni en pedo se va a poner a recorrer siete, nueve, diez kilómetros de cable enterrado.

Observa a la concurrencia. Se detiene en su padre, que lo mira con una expresión indescifrable.

—Algo más. Lo lógico es que los cables vayan enterrados al lado de los caminos de tierra. No deben estar cruzados por el medio del campo.

—¿Por qué? —pregunta Belaúnde.

—Por la trilla, Alfredo. Para no hacerlos mierda con la maquinaria agrícola. También es posible que, bajo los campos de labranza, los cables corran enterrados más profundos. Pero si me preguntás a mí, deben ir como mucho a cuarenta centímetros bajo tierra. La profundidad de una palada.

—¿Más profundo no? —pregunta Rodrigo.

—No creo —duda Hernán—. Si me pongo en la cabeza de Manzi, digo "a esa profundidad está bien". Él, por tacaño, para no gastar demasiado en mano de obra. Yo, por vago, nomás. Que lo mío es la vagancia, como todo el mundo sabe.

Hernán se recuesta sobre el pizarrón y los mira a todos: a Manzi, a Belaúnde, a Fontana, a los López. Al final se detiene otra vez a observar largamente a su padre, que le sostiene la mirada.

—En una de esas, quién te dice —ahora Hernán le habla directamente a él, con voz lúgubre—. Capaz que no te equivocaste tanto como me dijiste la otra vez en el auto. Por una vez este hijo tuyo, que es una mierda, te viene a sacar las papas del fuego, ¿viste? En una de esas.

Lorgio no dice nada. Mantiene los ojos en los de su hijo, que termina por sacudir la cabeza, saludar con un abrupto "Nos vemos" y abandonar la oficina.

8

—La pregunta es esta, mi amigo: ¿hay tantos hijos de puta como uno cree, o la influencia de los hijos de puta sobre sus semejantes es mayor que la de la gente buena, y es por eso que uno cree que son más que los que en realidad son?

Fontana camina con las manos en los bolsillos y la mochila a la espalda y deja que Perlassi cargue con el detector de metales, la brújula y el plano.

—Tendríamos que tener un Movicom —dice Perlassi, más atento a las dificultades prácticas de la tarea que a las elucubraciones filosóficas de su amigo.

—¿Y para qué queremos un Movicom? Si acá no hay señal, y donde están Hernán y Belaúnde tampoco.

Perlassi no puede menos que darle la razón. Pero se supone que tienen que actuar sincronizados, y tiene miedo de retrasarse. Después de todo, son dos viejos siguiendo un cable enterrado por el medio del campo.

—¿Qué decías?

—Nada, nada. Yo te estoy haciendo un tratado sobre la hijaputez y vos estás más preocupado por llegar a horario.

—Hablando de horario, Belaúnde seguro que tiene todo calculado.

—Cierto. Pero nosotros vamos a llegar bien. A ver, dejame ver el mapa.

Se detienen y Perlassi obedece. Fontana recorre con el dedo lo que llevan caminado. Los López hicieron un buen trabajo. Dedicaron dos semanas a seguir el trazado de las dos líneas de cables y a dibujarlo en el mapa. Muy rápido se dieron cuenta de que Hernán tenía razón. Los cables no iban a campo traviesa, sino siguiendo los caminos de tierra. Esa situación les facilitaba a ellos las cosas, aunque los obligaba a ser prolijos tapando los pozos. No permanecerán cubiertos por los pastizales sino que quedarán ahí, junto a los caminos, por más secundarios y borrosos que estos sean.

—Es acá —dice Fontana—. Acá por donde mejor nos parezca. Pero acá.

Perlassi siente cómo le sube la angustia por la garganta. Pensó esta escena mil veces. Pero una cosa es pensar las cosas y otra bien distinta es, por fin, hacerlas. Fontana se quita la mochila de la espalda y saca las dos palas cortas. Saben que el cable no corre a más de treinta centímetros de profundidad, de nuevo como anticipó Hernán Lorgio. Empiezan a cavar.

—¿Sabés cuál es mi duda?

Perlassi habla mientras hunde la pala. Evitan que la tierra que extraen se esparza demasiado.

—Si los tipos como Manzi piensan que los hijos de puta son ellos o son los demás. Los que le hacen la contra.

—No te entiendo.

—Claro. Manzi nos cagó. Eso nosotros lo sabemos. Pero Manzi: ¿piensa que nos cagó? ¿O piensa que hizo un negocio y que, de haber podido, nosotros habríamos hecho lo mismo?

Fontana, que detuvo su labor mientras el otro hablaba, retoma las paladas. Tres, cuatro veces, hasta que siente que la pala ha tocado algo. Le hace un gesto a Perlassi para que se detenga. Con extremo cuidado raspa el fondo del pozo. Ahí está. Un cable negro de más de una pulgada de diámetro. Siguen trabajando alrededor, ensanchando el espacio y el tramo descubierto del cable.

—Ojo. No nos zarpemos con abrir mucho, que después va a quedar demasiado a la vista.

—Tranquilo, Fermín. Ya sé.

Cuando tienen un segmento de unos treinta centímetros liberados dejan de sacar tierra. Fontana hurga en la mochila y saca una tenaza con el mango aislado. Dispone el pico sobre el cable y mira a Perlassi, que a su vez revisa su reloj, un Seiko automático "del tiempo de la inundación", como decía Silvia burlándose de él y de su cacharro.

—Son las diez menos uno —informa Perlassi.

Fontana asiente.

—En eso tenés razón —dice.

—¿En que son las diez menos uno?

—No. En que casi todos los hijos de puta se creen que no son hijos de puta.

—Qué bueno, ¿no?

—¿Qué cosa?

—Eso de ser un hijo de puta y creerse buena gente. Hacés lo que querés. Cagás a medio mundo y dormís como un angelito.

—¿Vos decís? ¿Dormirá como un angelito?

Perlassi vuelve a mirar el reloj.

—Son las diez en punto.

Fontana toma aire, aferra los brazos de la tenaza y hace un corte enérgico. Se escucha el chasquido de los filamentos de cobre al separarse. Eso es todo. No hay chispazos, no hay ruido, no hay nada.

—De una cosa estoy seguro, Fermín —dice Fontana mientras se incorpora. Tanto tiempo de rodillas hace que le duelan las articulaciones—. Este hijo de puta de Manzi no va a dormir más como un angelito. Te lo garantizo.

De inmediato comienzan a tapar el pozo.

9

Al día siguiente Rodrigo se presenta en la oficina de Manzi a las dos y media de la tarde. Esta vez está mucho más nervioso por lo que tiene que suceder dentro de quince minutos que por estar, otra vez, cara a cara con Florencia.

La chica lo recibe con una sonrisa. No se ven desde que se cruzaron en la vereda del banco, a la vuelta, unas semanas atrás. Rodrigo no menciona ese encuentro supuestamente casual. Florencia le muestra que uno de los ficus tiene las hojas apestadas.

—¿Esto qué es, Rodrigo? ¿Hongos?

Rodrigo se aproxima y observa las hojas con una expresión que intenta pasar por la de un entendido. No tiene la menor idea de qué son esas manchitas negras, como hollín, que tienen las hojas del lado del revés.

—Yo diría que es cochinilla —dice, porque cuando estuvo en el vivero, hace unos días, para pedirle a la viuda de Llanos que le avisara a Florencia que de nuevo él iba a ocuparse del mantenimiento, escuchó a la viuda referirse a esa plaga mientras conversaba con una clienta.

—¿Seguro? —pregunta Florencia.

Lo único seguro es que te partiría la boca de un beso, piensa Rodrigo, momentáneamente ajeno al verdadero motivo de su presencia. Pero en el fondo, cuando ella lo mira: ¿cuál es el verdadero motivo de su presencia?

—Seguro —confirma, y se pone a revisar en su bolso en busca del vaporizador.

Decide que va a fumigar el ficus con el funguicida que le dieron en el vivero, aunque no tenga la menor idea acerca de si eso servirá para algo. Mira su reloj. Tres menos veinticinco. Según los cálculos que hicieron a partir del folleto de la alarma, la UK16-VF tiene que empezar a sonar faltando doce minutos para las tres. Echa un vistazo a unos potus que estuvo podando en su última visita. Las pobres plantas, obedeciendo al impulso vital de la naturaleza, han largado hojas nuevas y están frondosas y relucientes. Pobres de ellas. Acá volvió el exterminador, chicas. Mil disculpas. Estira un brazo hasta el estante superior de la biblioteca donde hay una planta parecida al potus en la forma de la hoja, pero de un verde más claro y sin manchas blancas. Eso de las manchas blancas tiene un nombre científico —está seguro—, aunque tampoco se lo acuerda. ¿Nervaduras? No. Las nervaduras son otra cosa. Retira esa planta para emprolijarla junto con las demás, en el balcón, pero no cuenta con que también ese ejemplar ha disfrutado de un verano próspero lejos de sus manos asesinas. Y así como tiene una larga rama que cuelga hacia adelante, la "planta-verde-claro-que-parece-un-potus-pero-no-es" tiene otra rama igual de larga que, al tironear de la maceta, se enreda apenas en un adorno de cerámica y lo lanza al piso. En un intento casi futbolístico de solventar la catástrofe Rodrigo adelanta un pie para ponerlo en la trayectoria del objeto (es un florero, una urna, algo así) y amortiguar la caída. Pero sólo consigue que le pegue un lindo golpe en el empeine, cambie levemente su trayectoria y se estrelle sobre el piso de cerámicos color beige con un estrépito de demolición. ¿Cómo puede un objeto tan chico meter un ruido tan enorme? Lo peor es que en el giro rápido de su cuerpo se le zafa la maceta y la planta va también al piso, guiada por idéntico principio gravitatorio.

Desde la oficina principal se asoma Manzi.

—¿Pasó algo? —pregunta.

Cuando sus ojos se cruzan con los de Rodrigo hacen un gesto vago de saludo, que el muchacho retribuye con idéntica vaguedad.

—¡El cordatum! —exclama Florencia, pero enseguida suaviza el tono—. Yo lo dejé mal apoyado y se cayó.

Rodrigo está un poco confuso. Por un lado agradece la solidaridad de Florencia, que bien pudo haber dicho que el cordatum lo tiró el estúpido del cuidador del vivero. Pero por el otro lamenta la pena que dejó traslucir Florencia al mencionar al cordatum. Ahora bien. ¿Qué corchos es el cordatum? ¿El coso de cerámica o la planta? Por si acaso, Rodrigo se queda inmóvil mientras Florencia se aproxima. Según hacia dónde dirija sus cuidados, eso será el cordatum. Tiene que ser en latín —reflexiona Rodrigo—. Cordatum es sustantivo neutro, supone. Pero... ¿sustantivo neutro para plantita verde claro o para cacharrito de cerámica hecho polvo?

La chica levanta la planta y revisa que esté completa. Así que ese es el cordatum: la plantita. Buen dato, piensa Rodrigo. Perdió un poco de tierra en la caída, pero por lo demás parece estar bien. El que no goza de tan buena salud es el cacharro de cerámica (debe haber sido de color azul y celeste, a juzgar por los fragmentos), que yace estallado en un radio de dos metros a la redonda.

Florencia, en cuclillas, deja el cordatum a un costado y empieza a juntar los pedazos más grandes. Y Rodrigo comprueba, extasiado, dos asuntos de profundísimo interés: por un lado, el perfume de la chica es nuevo y tan perfecto como el que venía usando hasta ahora. Ni muy dulce, ni muy cítrico, ni muy raro. Sencillamente exacto. Y por otro, los dos botones superiores de la camisa de Florencia están, gracias a Dios, desprendidos, y en esa posición Rodrigo puede extasiarse en la contemplación de una buena porción de sus senos, de su corpiño y del borde de encaje del susodicho corpiño. Alguna neurona que permanece en guardia, en lo más periférico de su sistema nervioso, le recomienda que cierre la boca y quite de ahí los ojos y modifique la cara de estúpido embelesado que sí o sí tiene que tener en este momento. Pero como

217

la mayoría de sus neuronas están dándose un banquete visual y olfativo de proporciones pantagruélicas, Rodrigo sigue exactamente como está. Y como Florencia parece muy entusiasmada juntando pedacitos de cerámica (qué bueno que el cacharro se haya roto en semejante miríada de partículas), con los ojos bajos, no se percata del absoluto enamoramiento del aprendiz de viverista, ni de su penetrante observación de lo más selecto de su anatomía. Pasan dos minutos o cinco años. Rodrigo no lo sabe.

Sólo sabe que lo que lo saca de su ensoñación es el sonido estridente y abrupto de la alarma de la bóveda. Ahí los dos al unísono levantan la cabeza, a tiempo de ver a Manzi salir de su oficina y bajar a la calle como una exhalación.

10

Manzi toma la ruta 33 en el empalme a noventa kilómetros por hora, y en pocos segundos pone la camioneta a casi ciento ochenta.

Se equivocó. Hizo mal las cosas. Tendría que haberlo pensado de otro modo. Hacer la bóveda en su casa. En el fondo. Debajo de la pileta de natación. Algo. Como hizo Florentino. Fortunato Manzi se las dio de inteligente, de distinto. "El campo es el mejor laberinto, como lo es el desierto en el cuento de Borges." Esa imagen fue de Seoane, no suya. Él nunca leyó a Borges.

Bueno. Al pedo, se las dio de distinto.

Esta vez tienen que estar robándolo. No puede ser que la alarma suene sola dos veces. Y si esta vez el riesgo es de verdad, construir la bóveda donde lo hizo es un error imperdonable. Ahora tiene más de cincuenta kilómetros de asfalto y diez de tierra para arrepentirse. Que con la Hilux no tiene problema porque es un fierro, pero igual. A la velocidad que lleva, el tramo de pavimento lo hará en poco más de diez minutos. Y después hay que ver cómo encontrará la huella. Pero otros seis, siete minutos más va a llevarle.

Mientras sobrepasa una hilera de tres camiones que van casi paragolpe con paragolpe, y obliga a un auto que viene de frente a bajar a la banquina para no topárselo de frente, intenta calcular cuánto pueden demorar en abrir la bóveda.

Los sensores establecen un perímetro de diez metros. Ahí los ladrones tienen que haber tardado algún minuto más en ubicar la compuerta, hacer a un lado la manta con la resaca, romper los candados. Son candados fuertes, difíciles. Hay que ver con qué herramienta cuentan. Pero igual. Después tienen que bajar las escaleras, encender las luces, revisar las cajas, vaciarlas.

A esa altura pierde la cuenta del cálculo del tiempo porque lo gana el horror. Estuvo en la bóveda el jueves pasado. Como siempre cada dos semanas. Ahí está. Es un pelotudo. No tendría que haber ido con esa regularidad. Cualquiera puede haberlo seguido. Se supone que no. Se supone que revisa. Se supone que frena cada kilómetro, en la huella de tierra, para asegurarse de no tener nadie atrás, adelante, a los costados. Pero, ¿si se equivocó? ¿Si lo siguieron? Sale del asfalto a más de ciento cincuenta por hora pero son tales los saltos que pega la chata, que aminora la velocidad para no volcarla. El camino da una vuelta a la derecha, entre dos alambrados. Ya está en sus campos. Pero no puede acelerar porque es donde peor está el camino. Insulta a los gritos para aflojarse los nervios, pero no consigue serenarse. Otra vez lo asalta la imagen de unos tipos vaciando las cajas de zapatos, tirándolas en los rincones, pasando los fajos de dólares a unos bolsos negros. Lo ha soñado dormido, y despierto lo soñó más todavía. Mira el reloj. Van trece minutos. Al fondo ve el alambre que cierra el camino. Al otro lado están las vacas. Embiste el alambrado a casi ochenta kilómetros por hora. Escucha el chasquido de los alambres que se cortan y de un par de postes que golpean contra el costado de la Hilux. No frena. Unas vacas que están pastando huyen despavoridas. Un poco más allá el otro alambrado, el último, el que guarda las cuatro hectáreas más importantes de su campo y de su vida. También se lo lleva por delante. De nuevo los chasquidos y los golpes. No ve a nadie. Sin aminorar la marcha abre la guantera y saca la pistola 9 milímetros, aunque todavía no le quita el seguro. Al frente tiene el montecito de árboles. Sigue sin ver a nadie.

¿Pueden haber hecho tan rápido como para cargar 800.000 dólares y mandarse mudar en menos de catorce minutos?

Frena en seco y se baja con la pistola en la mano. Ahora sí desplaza el seguro. Mira alrededor. Le da una vuelta por detrás a la camioneta. Recién cuando se cerciora de que no hay nadie cerca corre los quince metros que lo separan de la bóveda. La cobertura está en su sitio. La quita a los manotazos. Los candados están en su sitio. Lanza un gemido que mezcla la angustia y el alivio. Con manos temblorosas manipula el llavero. Se le cae dos veces sobre la portezuela metálica. Por fin abre los cinco candados. Levanta el portón, enciende la luz y baja la escalera. Ahí están las cajas en su sitio. Pega un grito de inconfundible alegría. Se acerca. Abre una. Dos. Tres. Están intactas y llenas de fajos de billetes.

Se deja caer en el piso frío de la bóveda mientras intenta recuperar el aliento. Recién en ese momento se da cuenta de que el corazón le late desbocado, que suda a mares, que respira con dificultad. Pero no se inquieta. Mira las cajas de zapatos en sus tres estantes y sus tres hileras. Calmarse es cuestión de tiempo.

11

—Hacete unos mates, José.

—¡Shh! ¡Bajen la voz, quieren!

El que pide mate es Eladio López y el que lo hace callar con un chistido nervioso es Hernán Lorgio. Los tres están echados cuerpo a tierra, protegidos entre el follaje de un monte de cipreses achaparrados distante unos setecientos metros de la bóveda, desde el que vieron llegar la pickup saltando por el camino y derribando alambrados. Hernán lo sigue a través de unos binoculares mientras Manzi baja a los tumbos de la Hilux, trajina con la compuerta y desaparece bajo tierra.

—¿Vos te pensás que nos puede escuchar a esta distancia? —pregunta Eladio.

Hernán no está dispuesto a conceder que tal vez su precaución sea excesiva. Sigue mirando por los binoculares hacia el bosque de la bóveda. Contraataca:

—Te pasás el día tomando mate. ¿Te vas a morir, acaso, por dos horas sin el puto mate?

Ahora son los dos hermanos los que le clavan la mirada, uno desde cada lado. Habrá sido el calificativo de "puto" aplicado al mate el que los ha ofendido o intranquilizado. Hernán chista y sigue atento a los árboles distantes.

—Ahí sale —anuncia por fin en un murmullo.

Los tres, sin darse cuenta, pegan todavía un poco más la panza contra la tierra.

—Tiene el teléfono en la mano —informa Hernán.

—¿Tiene tapita? —pregunta José.

—¿Qué cosa?

—El teléfono: ¿tiene tapita?

—¿Y yo qué sé, José? Apenas lo distingo, desde acá. ¿Por?

—A mí me gustan esos con tapita, por eso.

—Uh, esos son lindos… —en la voz de Eladio parecen mezclarse la envidia y la ensoñación.

—Shh… Está saliendo. Quédense quietos —advierte Hernán.

Otra vez los tres se aplastan todo lo posible.

—Debe estar buscando señal —especula Hernán, porque ve a Manzi salir de lo más frondoso del bosquecito, estirar el brazo con el teléfono en alto, mirar la pantalla, llevarlo de vez en cuando al oído, caminar hasta la camioneta, trepar a la caja, repetir el movimiento de alzar el celular, negar con la cabeza. Termina por guardarlo en el bolsillo y quedarse mirando el campo, con las manos a la cintura, como si intentase decidir sus próximos pasos.

—Está pensando qué hacer —interpreta en voz alta para los López, que fruncen los ojos intentando distinguir los detalles a la distancia—. Eso es bueno.

—¿Es bueno por qué?

Hernán se distrae y no responde. Es bueno porque sus acciones se corresponden con las que Hernán imaginó y ha venido anticipando.

Manzi llegó despavorido. Corrió a la desesperada desde la camioneta hasta el escondite de la bóveda y la abrió a los manotazos. Cuando comprobó que no faltaba nada tiene que haberse tranquilizado. Por eso después, cuando volvieron a verlo, sus movimientos eran mucho más pausados. Desde la caja de la pickup estuvo mirando alrededor, las cuatro hectáreas del cuadrado. Seguro comprobaba que el alambrado estuviera intacto y que no se hubiesen colado vacas, que es lo que terminó creyendo la primera vez. Ahora volvió a bajar a la bóveda. Hernán supone que estará chequeando el tablero de control para anotar cualquier anomalía y poder explicarle al ingeniero, después. Si hizo eso, habrá notado que la batería debe estar en un treinta y siete o treinta y cinco por ciento. Y se lo dirá al ingeniero Seoane apenas tenga señal en el teléfono.

—Yo quiero un Movicom con tapita —enuncia Eladio, cuyos pensamientos han seguido una muy distinta dirección.

—¿Ah sí? ¿Y para hablar con quién? —retruca José, a quien tal vez lo pone celoso que su hermano sueñe con el mismo teléfono que él.

Eladio se revuelve en su sitio, incómodo.

—¿Cómo con quién?

—Claro, boludo. Con las únicas que hablás desde el celular son mamá y tu mujer. ¿Para qué carajo querés uno con tapita?

Hernán desatiende un segundo el largavista para mirar a Eladio, cuya expresión ha virado al ofuscamiento. José hace una mueca hacia la lejanía y Hernán presta atención. Buena vista, el tornero. Manzi acaba de emerger del bosquecito sacudiéndose la tierra del pantalón, como dando por terminada la fajina. Sube a la camioneta y arranca. Casi enseguida se detiene y baja. Se inclina bajo el chasis.

—¿Qué hace? —pregunta Eladio.

—Se le enredó un alambre. Se le quedó enganchado cuando se lo llevó puesto, a la ida —aclara Hernán.

—También, con la piña que le pegó…

Manzi vuelve a la cabina de la Hilux y se aleja a buena velocidad, dando tumbos. Solo aminora la marcha cuando cruza los dos alambrados que destrozó en el viaje de ida. Mandará a alguien a repararlos pronto, seguro. Al llegar a la huella acelera y se aleja en medio del polvo. Cuando se pierde en la distancia Hernán se incorpora. Es su turno de sacudirse la tierra de la ropa. Los López lo imitan. Los tres trotan hacia unos arbustos, doscientos metros más lejos del bosque, y recogen las bicicletas. Las de los López tienen amarrada al manubrio, cada una, una mochila.

—¿Tienen todo? —pregunta Hernán.

Los hermanos revisan los morrales. Se alcanzan a ver alicates, cinta aisladora y unas herramientas cuyo funcionamiento Hernán ignora, que les dio Belaúnde para empalmar otra vez los cables sin correr el riesgo de electrocutarse. Los López asienten.

—Métanle pata —sugiere, aunque sabe que es innecesario. Son de fiar.

Los hermanos se despiden con un gesto y empiezan a pedalear.

—Yo lo único que digo es que quiero un Movicom con tapita. Ya veré después para qué lo uso —retoma Eladio, en el tono de una declaración de principios—. Asunto mío.

José no le responde. Irán juntos un tramo corto, hasta que tengan que separarse cada uno hacia una de las líneas de tendido eléctrico. Hernán calcula que tienen varias horas, o hasta un par de días, hasta que Manzi pueda volver al campo con el ingeniero de la alarma. Pero para entonces la instalación debe estar reparada y la batería al ciento por ciento de su carga. Por eso es tan importante que se apuren. A la distancia ve que, antes de separar sus caminos, se dan la mano, ceremoniosos y distantes. Hernán guarda los prismáticos en su propia mochila y se dispone a pedalear de regreso a O'Connor. Les echa un último vistazo. Con o sin celular con tapita, los López son de fiar.

¿Y él? ¿Es de fiar? No sabe qué responderse.

12

Manzi se deja caer en uno de los sillones del living. Ya superó el pánico de hace tres horas, cuando salió disparado al campo creyendo que lo estaban robando. Ya comprobó que todo estuviera en su sitio, y hasta pudo verificar —él, que no es ingeniero ni técnico ni una mierda— que el problema es que la batería estaba a medias descargada. Apenas salió a la ruta 33 recuperó la señal del teléfono y Seoane lo atendió enseguida. Manzi le explicó que había saltado la alarma, que no faltaba nada. No, esta vez no había vacas en el "perímetro de control". No había nada. Ni habían forzado nada. Ni faltaba nada ni había nada fuera de su sitio. Cuando el otro le pidió una "lectura de tablero", Manzi superó la impaciencia que le generaba la jerga de especialista del fulano y le leyó sus anotaciones. Claro, claro. Es la batería. "Claro, claro las pelotas", respondió Manzi, abandonando la fría urbanidad de la primera parte de la charla. El asunto es por qué se descarga la batería. Ahí Seoane había abandonado los circunloquios y pactado con Manzi un encuentro en el "perímetro de control" para el día siguiente a las ocho. Manzi cortó sintiendo que su malestar, en lugar de disminuir, crecía.

No le gusta nada que Seoane vaya solo, por sus propios medios, hasta el terreno de la bóveda. Es un remilgo inútil, pero no puede evitarlo. Es cierto: sería ridículo que Seoane pretenda hacerse el olvidado con respecto a su localización. Si estuvo trabajando ahí durante dos semanas, lo lógico es que sea muy capaz de llegar sin su ayuda. Pero a Manzi no deja de inquietarlo que el tipo sepa perfectamente cómo ir. Se supone que la alarma tiene una clave de seis dígitos "inviolable". Inviolable porque la tuvo que poner Manzi, solo en la bóveda, mientras el otro esperaba arriba. ¿Y si Seoane tiene manera de neutralizarla? ¿O de decodificarla?

Para qué mierda le puse alarma, piensa Manzi. Para que no me roben, se contesta. Pero no hay sistema infalible. No hay manera de que no queden cabos sueltos.

Mañana, por ejemplo. No sólo va a tener que bajar con Seoane a la bóveda. El tipo también verá toda la guita que tiene guardada. ¿Pero cómo evitarlo? ¿Sacándola hoy a la noche? ¿Para llevarla dónde?

Cuando, hace casi dos años, Manzi pensó en lo de la bóveda, sintió que acababa de alumbrar una idea genial. Una de esas ideas que le servían para ponerse a salvo de la angustia. El aviso que le había dado el gerente Alvarado lo había salvado del Corralito y de la devaluación. Lindo milagro, porque había hecho un montón de negocios fenomenales desde la posición ventajosa de sus dólares contantes y sonantes. Pero había tenido que poner su dinero en una caja de seguridad. Y eso también le daba miedo. En los meses siguientes muchas veces había corrido el rumor de que el gobierno iba a incautarlas. Y cada vez Manzi se lo había creído. Había hablado con el gerente (el nuevo, porque Alvarado se había mandado mudar, y lo bien que había hecho, por el bienestar de ambos). Y, más allá de sus palabras apaciguadoras, Manzi no se tranquilizaba. ¿O acaso esas mismas palabras apaciguadoras, pero dichas a otros más estúpidos que él, no eran las que le habían servido en bandeja 400.000 dólares al precio de un peso cada dólar? Si él había ganado, otros habían perdido. Y ahora podía pasar lo mismo, aunque cambiasen las víctimas.

Lo de la bóveda había sido una iluminación súbita y nocturna, motivada por los comentarios de sus amigos del club. Y había funcionado. Hasta ahora, había funcionado. Porque si empezaba a darle problemas la angustia volvía y nada tenía sentido.

De hecho, mañana, con Seoane: ¿qué hacer? ¿Tapar las cajas de zapatos con una lona?

Manzi se levanta del sillón, camina hasta el bar y se sirve una medida de whisky. Una sola. Como cada tarde. Hasta en eso es disciplinado. Debe hacer veinte años, treinta, que no se emborracha. Y no deben haber sido más de tres o cuatro veces en toda la vida. No odia el alcohol, pero odia perder el control, y odia a la gente que pierde el control.

Como si sus pensamientos la hubieran convocado, escucha el motor del auto de Ester. Guarda el vaso de whisky, ya servido, en un estante. No quiere tener que ofrecerle uno, que se le siente al lado a hablar boludeces. Mejor apurar rápido la ceremonia del reencuentro vespertino. Hola, cómo estás, qué tal el día, cansadísimo, sí, cualquier cosa está bien, claro, ahora te alcanzo.

Perfecto. Ahí va Ester escaleras arriba. Manzi recupera el whisky y vuelve al sillón. No tiene sentido sacar el dinero. Seoane va a concluir que es un estúpido, y estará en lo cierto. ¿Gastarse lo que se gastó en construir esa bóveda, y en instalarle semejante alarma, para tenerla vacía?

No. Hay que aceptar los costos. Siempre se lo dice. En los negocios también. Le cuesta. Le cuesta mucho. Odia los costos. Odia pagarlos. Una vida sin costos. Eso sí que valdría la pena. Pero no se puede. Hay que aceptar los costos, se repite. Ganar mucho por encima de los costos, pero aceptar pagarlos. El dato y la maniobra del gerente del banco fue un costo y vaya que hubo que costearlo. Pero valió la pena. Las coimas para la estación de servicio hubo que pagarlas. Y también sirvió. Y los sobornos en el Ministerio para que aprobaran el asfalto largo, hasta la ruta 7, y que la estación de servicio tuviera sentido fueron siderales. Siderales. Pero también valieron la pena.

Y si ahora le da bronca, o miedo, o algo indefinible, que Seoane entre a la bóveda y vea las cajas de zapatos, es precisamente porque todos esos costos valieron la pena y

228

los dólares entraron a raudales. Si no, no habría cajas de zapatos.

Pero no puede evitar la mezcla de bronca y de angustia. ¿Y si todo fue inútil? ¿Y si se ha pasado estos dos años juntando ese fangote de guita para que venga Seoane y se lo sople? Le viene a la cabeza una imagen infantil. Horrible. Imperecedera. Está en segundo, tercer grado, en la escuela de Villegas. Es un recreo. Todos los chicos juntan figuritas. Unas redondas, de fútbol. Ya no recuerda los detalles. Manzi tiene un pilón enorme de figuritas repetidas. Compró muchos paquetes. Las ganó jugando contra otros pibes. Las robó. Hizo de todo. Unos chicos de quinto juegan con las mismas figuritas pero un juego distinto. No es el espejito ni el chupi. Hacen unos montones enormes y los apuestan al número de la camiseta del jugador que sale a continuación de la pila. Manzi se mueve, nervioso, mientras mira. Lo invitan a jugar. Dice que no. Le insisten. Manzi ve la pila del que está sentado en las baldosas del patio, esperándolo. Tranquilamente ahí están diez o doce de las figus que le faltan. Manzi sueña. Se representa dentro de tres minutos, cuando haya ganado el pilón. La exclamación admirada de sus compañeros, la rabia muda de los de quinto. Se sienta, prepara el pilón, pierde. Le lleva más tiempo recordarlo que lo que le llevó vivirlo. Los de quinto son los que gritan y felicitan al ganador. Manzi tiene una rabieta. Se abalanza sobre el pibe, le pega dos, tres, cuatro piñas. El pibe demora en reaccionar y se ve que le duelen los golpes, porque pega un chillido. Pero enseguida se repone y sus amigos lo ayudan. De todas maneras Manzi sigue pegando, pateando y mordiendo hasta que unos brazos adultos y fuertes lo alzan en vilo. Después vienen los castigos de los mayores, que son menos aparatosos pero mucho más efectivos.

Su mujer lo llama desde la planta alta. Manzi hace como que no la escucha. El recuerdo no ha hecho sino aumentarle la angustia. ¿Y si lleva dos años juntando figuritas que otro va a ganarle? La puta que lo parió a Seoane. Mal rayo lo parta. Pero lo necesita. Está jugado. Tendrá que esperarlo mañana en el campo. Eso. Va a esperarlo. Un modo de marcarle la cancha. Cuando llegue Seoane él, Manzi, va a estar esperándolo. El dueño de casa. El patrón. El que manda. El jefe es él. El empleado es Seoane. El que tiene que explicar por qué mierda saltó la alarma, por qué carajos se descargó la batería. Lo demás se verá.

13

Seoane camina hacia su camioneta, una Amarok gris plata, baja la portezuela de la caja y se sienta. Manzi lo alcanza unos minutos después, lo que le ha llevado activar otra vez la alarma, cerrar el acceso a la bóveda y caminar hasta el alambrado donde dejaron los vehículos.

—Es difícil decir, así, qué pasó —Seoane suena dubitativo. Muy lejos de la seguridad con la que le vendió la alarma, en su oficina de Buenos Aires, hace más de un año.

Manzi espera. No quiere enemistarse con el ingeniero. No tiene sentido. No le conviene, en realidad.

—Lo que sabemos es que se descargó la batería. Y si se descargó la batería es porque se cortó el suministro eléctrico.

—Pero en Villegas no hubo corte de luz estos días —objeta el comerciante—. Y en O'Connor tampoco, que es de donde vienen las líneas.

—Sí, sí, eso está claro.

Está claro las pelotas, piensa Manzi, pero se mantiene callado.

—Por eso tenemos que haber tenido un problema en las líneas de alimentación.

—¿En las dos?

Seoane abre mucho los ojos y demora en responder.

—Y sí, ya sé que suena raro. Pero acabo de desmontar el tablero y revisar todos los circuitos, y todo funciona perfecto.

Es verdad. Lleva tres horas trabajando. Y Manzi perdiendo el día, de pie como un edecán, a su lado. Y sintiéndose ridículo, con las cajas de zapatos sobre los estantes, a sus espaldas.

—Lo que podemos hacer es revisar las bajadas, en los postes. A ver si están recibiendo el voltaje correcto. Acá llega bien. Ahora, llega bien. Le propongo que revisemos las bajadas, como para quedarnos tranquilos.

"Quedarnos", piensa Manzi. Seguro que estás nerviosísimo, la puta que te parió. Seguro que no dormís a la noche, pensando en mi alarma, turro.

—Y sí. Supongo que habrá que revisarlo.

—Porque la otra es revisar todo el tendido.

—¿Cómo, el tendido?

—Claro. Desde los postes hasta acá vienen las dos líneas —Seoane se deja caer a tierra y traza unas líneas con un palito—. Un cable viene desde aquel lado —Seoane señala al norte— y el otro desde allá —marca un punto vago hacia el sudoeste—. Pero son una ponchada de kilómetros.

Es verdad. Manzi recuerda la tortura que significó enterrar poco menos de veinte kilómetros de cable. Y enterrarlo por tandas, empleando a gente distinta en cada tramo, para que ninguno tuviera ni remota idea de lo que estaba haciendo. Los últimos quinientos metros los hizo él. En los dos extremos de las dos líneas: del lado del bosquecito y del lado de las líneas de media tensión. Dos kilómetros de zanja con sus propias manos y su propia pala, hijos de puta. Y tanta precaución para ahora tener esos sobresaltos.

—Por eso yo digo de revisar las bajadas de los postes. Que funcionen bien las bajadas y los transformadores. Puede ser que tengamos una falla ahí. ¿Qué le parece?

"¿Y a mí me preguntás? Se supone que el experto sos vos, me cacho."

—Y sí, me parece. Sígame que le indico.

Manzi se acuerda de los postes. Menos mal. Como para olvidarse, también, con el laburo que le dieron esas zanjas. Arranca con su camioneta y Seoane lo sigue en la suya. Levantan una linda nube de tierra que se ve desde lejos.

14

—¿Los seguimos? —pregunta Fontana, desde el mismo montecito de cipreses bajos en el que ayer se escondieron Hernán y los hermanos López.

—No, no —dice Perlassi—. Nos pueden ver. No conviene. Dejémoslo así por hoy. Igual todo marcha como debe. Por algo se lo trajo al de la alarma hasta acá.

Fontana asiente, complacido. Perlassi se incorpora y suelta un quejido.

—¿Qué te pasa? —se interesa su amigo.

—Nada. Me duele todo de estar ahí tirado.

—Estamos viejos —responde Fontana mientras se palpa con precaución la cintura.

—Estamos —coincide Perlassi, pensando que si ahora le duele todo el cuerpo del modo que le duele, lo que le dolerá después de pedalear en bicicleta de regreso hasta su estación de servicio—. ¿Cuánto decís que tenemos, de acá al pueblo? ¿Veinticinco?

Fontana sujeta la botamanga derecha de su pantalón bajo la media para que no se le enganche con la cadena.

—Treinta, más bien, me parece.

Flemático, Perlassi sujeta su propia botamanga, levanta la bicicleta y alcanza a Fontana. Pedalean sin apuro, para no cansarse, en dirección contraria a la que tomaron las camionetas.

15

Esta vez piensa disfrutarlo. Nada de distraerse pensando en otra cosa, consultando relojes o considerando si la cacerola con agujas que usa su viejo tendrá una hora parecida a la de su propio reloj. Si funcionó bien la primera vez, no hay razones para que vaya a fallar la segunda.

Por eso sube los escalones de dos en dos, silbando, y cuando llega arriba se topa con la sonrisa de Florencia, que le dice algo así como que lo reconoció por el silbido. Rodrigo no lo puede creer. Esa chica no sólo es la más linda del mundo, sino que sabe reconocerlo a él entre el resto de los mortales. Sabe algo de él que mucha gente ignora. Sabe que silba cuando está solo y va a algún lado. Eso lo sabe su viejo y lo sabía su mamá. Y ahora lo sabe Florencia. Y si lo sabe es porque lo notó. Y si lo notó es porque se tomó el trabajo de observarlo.

Claro que también puede ser que haya reparado en eso porque es observadora, nada más. Porque le gusta mirar alrededor y enterarse de lo que sucede con la gente. Puede ser eso y punto. Pero Rodrigo no está dispuesto a dejarse vencer en su optimismo. No, señor.

Nada de pensar en que la alarma tiene que volver a sonar en un rato, y él tiene que verificar que suceda según lo planeado. No, señor. Ahora va a pensar en Florencia, en cómo sacarle charla, en cómo convencerla de que él es un chico lindo, bueno y simpático, y que lo mejor que puede hacer es largar a ese novio pelotudo que tiene de una vez por todas.

Difícil, tal vez, la empresa. Pero para eso están los grandes hombres. Para las grandes empresas. Para las empresas imposibles. Su lado neurótico duda de que sea un gran hombre. Y duda también de que esté listo no ya para acometer dos grandes empresas, sino siquiera una de las dos. Y acometerla y tener éxito... demasiado.

Algo le está preguntando Florencia en este mismo instante. ¿Qué? Algo del jazmín del balcón. La sigue hacia allí sin poder quitar los ojos de sus curvas. Como ella camina adelante, Rodrigo puede darse un banquete de suposiciones. Y pensar que hay un idiota suelto por ahí que puede trocar esas suposiciones en certezas.

Otra vez la cara de Florencia interrogante: ojos abiertos, poco pestañeo, una suerte de sorna, una especie de "¿Qué mirás?", pero apenas, nada demasiado evidente. Si es de injerto o es de gajo. ¿Qué? El jazmín. "¿Qué pasa con el jazmín?" "Eso, que si es de injerto o es de gajo." Y mientras Rodrigo se mira en sus ojos grandes como espejos se pregunta para qué corchos quiere saber eso, aunque se cuida de cambiar los términos de la pregunta para que suene menos impropia. Porque le dijeron que los de gajo dan más follaje y menos flores, y los de injerto dan menos ramas y más flores, y ella quiere saber porque ese jazmín lo plantó él la segunda vez que vino a cuidar las plantas, y eso es todo.

Rodrigo siente que el pecho se le infla por segunda vez en diez minutos. No sólo lo reconoce por el silbido cuando sube la escalera, sino que recuerda qué planta trajo la segunda vez que vino. "Qué raro que te acuerdes", dice él, pretendiendo ser incisivo, audaz e inteligente, y ella lo mira con absoluta inocencia, pero no la inocencia que esconde segundas y terceras intenciones, sino inocencia y punto, y le dice que se acuerda porque le gustan los jazmines, y Rodrigo se siente un estúpido y un crédulo y un iluso porque claro, lo más lógico del mundo, a la chica le gustan los jazmines y se acuerda de cuando lo trajo, y para más datos Florencia le dijo que se acuerda de que trajo la planta la segunda vez porque ella se lo pidió la primera.

Nada más razonable, por otra parte, la puta madre. Y Rodrigo, ya derrotado, ya sin ganas, ya sin aire dentro del pecho, que se pregunta cómo distinguir un jazmín de gajo de un jazmín de injerto, y mira la planta y piensa que diga lo que diga tiene un cincuenta por ciento de posibilidades de acertar, un porcentaje nada despreciable, nada despreciable y mucho más alto que el que tiene de que alguna vez Florencia acepte salir con él, que debe rondar entre un dos y un menos tres por ciento. De injerto, dice él. Qué bien, contesta ella. Así tendremos más flores.

Y es justo en ese momento que empieza a escucharse la alarma, pero Rodrigo está tan triste que casi le importa un comino que suene, que estalle o que deje de sonar.

16

—Viene más calmado —dice Perlassi, desde atrás de los prismáticos.

—¿Cómo sabés? —pregunta Belaúnde, que también tiene los suyos.

—Guarda. Agachate bien.

Ambos se agazapan todavía un poco más.

—Porque el otro día se llevó puestos los dos alambrados para hacer más rápido, me dijo Hernán.

Belaúnde asiente. Manzi baja de la pickup junto al alambre que separa el campo de siembra del de las vacas, donde termina la huella.

—Ojo que igual lleva la pistola en la mano. ¿Te fijaste, Perlassi?

—Y sí. Tampoco va a confiarse tanto…

Manzi se lanza a un trotecito moderado a través del potrero de las vacas, que se levantan y se alejan al verlo. Cuando llega al otro alambrado lo atraviesa, encorvado, entre el cuarto y el quinto alambre. Pero antes guarda el arma en la cintura. Cuando se incorpora, al otro lado, vuelve a empuñarla.

—Tipo cuidadoso, este Manzi… —murmura Perlassi.

—¿Por qué?

Perlassi niega y no responde.

—Lo perdí —comenta Belaúnde.

—Allá atrás. ¿Ves que hay un árbol petiso a la izquierda de dos mucho más altos?

—Sí.

—Bueno, ahí debajo. Lo vas a ver encorvado, moviéndose en el suelo.

—Sí, sí. Ahí lo enganché.

—Debe estar sacando la tapa. ¿Podés seguir fichando vos, que tengo los ojos a la miseria?

—Seguro —responde Belaúnde.

Perlassi baja los binoculares y se restriega los ojos. Demasiado tiempo forzando la vista, con ese sol inclemente que hace brillar todo hasta enceguecerlo.

—Me fumaría un puchito... —suspira Belaúnde—. Ya sé que no se puede.

Perlassi se percata de que debe ponerse insoportable muy a menudo, si Belaúnde se anda con tantas precauciones. Sonríe sin ganas.

—¿Qué pasa? —pregunta Belaúnde.

—Que el ser humano es un estúpido. Si las cosas no salen como uno espera, se pone mal porque las cosas no salen. Y si las cosas sí salen como uno espera, también se pone mal porque le agarra miedo de que en cualquier momento se tuerzan y dejen de salir.

Belaúnde saca un cigarrillo y, sin encenderlo, se lo coloca entre los labios.

—El ser humano no, Perlassi. Algunos seres humanos.

—Tenés razón —Perlassi lo asume como un regaño.

—No, no. Guarda que yo soy igual —aclara Belaúnde—. En todo caso seremos dos estúpidos.

Perlassi mira el cigarrillo apagado en la boca del jefe de estación. Él mismo dejó de fumar hace... ¿cuántos años? Ya perdió la cuenta. Silvia se lo pidió una vez y él le hizo caso. Ella le dijo que dejara, que no quería quedarse viuda. Se había salido con la suya, al final, Silvia. En eso de no enviudar.

—Ahí sale —Belaúnde interrumpe sus pensamientos.

Perlassi alza los prismáticos. Ahí va Manzi. Ya no trota. Camina. La pistola tiene que estar guardada a la espalda, sujeta por el cinturón. Cruza el alambrado más próximo al bosquecito. Cruza el segundo. Se trepa a la caja de la pickup.

—Guarda —dice Belaúnde, y los dos se aprietan más contra el suelo.

Manzi mira hacia todos lados y se rasca la cabeza. Perlassi piensa que son buenos esos binoculares que consiguió Rodrigo. Están a unos cuantos cientos de metros y aun así ve como el otro se rasca la cabeza.

—Me gusta verlo así —confiesa Perlassi.

—¿Verlo cómo?

—Así. Con el culo lleno de preguntas.

17

—Lo que yo le propongo es una revisión prospectiva de todo el tendido. De poste a terminal, sobre la línea 1 a Villa Saboya, y de poste a terminal sobre la línea 2 a Blaquier.

Manzi siente crecer su enojo a medida que escucha las palabras de Seoane, pero se contiene. Sólo se permite un largo suspiro. Quiere dejarlo terminar.

—¿Y eso qué costos tiene?

—Y... —Seoane duda—. Planos del trazado del soterramiento... ¿no hay, no?

Manzi cree entender. Ha caído en manos de uno de esos estúpidos que consideran que pueden aumentar los precios si dicen cosas sencillas con palabras grandilocuentes. Algo que se llama "planos del trazado del soterramiento" es, sin duda, mucho más caro que "un dibujo de por dónde están pasados los cables". Mucho más, seguro. Aunque signifique lo mismo.

Y Manzi se odia por estar en esta situación. La de haber quedado en manos de un boludo pretencioso. Nunca. Nunca, jamás, hay que caer en manos de un boludo. Porque si uno termina en manos de un boludo significa que uno también es un boludo. Un boludo más boludo aún que el boludo en cuyas manos cayó. ¿Y en qué se basa Manzi para concluir que, en esa escala del más boludo, él, Manzi, ocupa el peldaño superior (que en este caso es cualquier cosa menos un mérito)? En la simple circunstancia de que el boludo que fija los precios es Seoane, y el boludo que paga esos precios es Manzi. Incógnita despejada.

—No —responde por fin—. Planos no hay.

Seoane suspira. Manzi sabe que, en su papel de boludo supremo, lo que le toca es callar. Pero el suspiro com-
pungido lo saca de sus casillas.

—No hay planos porque usted no los hizo cuando
armó la instalación.

El ingeniero pestañea. Varias veces. Después viene un
silencio largo. Incómodo.

—Igual todavía no me dijo lo que va a costar esta…

—Revisión prospectiva —completa Seoane.

Claro. Para qué decir "sacar los cables afuera a ver si
hay alguno en cortocircuito" si uno puede decir "revisión prospectiva" y sacudirle el cañazo en consecuencia.
Seoane tira una cifra escandalosa. Manzi no deja traslucir
ninguna emoción. Eso sí lo sabe hacer. Escuchar imbe-
cilidades sin inmutarse. En los negocios. En la comisión
directiva del club. En su casa.

Seoane agrega algo sobre unos detectores de metales, planteamiento de cartografía, trabajo de quitamiento,
análisis y reposición, costos operativos. En plan defensivo,
agrega que el trabajo tuvo que cotizárselo porque no está
amparado en la garantía. Y no lo está porque las condiciones de instalación fueron… excepcionales. No son alarmas pensadas para que se las instale a muchos kilómetros
del tendido eléctrico, sino en áreas pobladas que cuentan
con ese servicio. Y la revisión puntual de la alarma y de la
batería dio como resultado un funcionamiento idóneo. Y
según el contrato, hasta ahí llega la obligación de Seoane
Seguridad.

—Técnicamente, lo que está fallando es la alimentación eléctrica del equipo. No el equipo —completa Seoane, y calla.

Técnicamente, piensa Manzi, este sería el momento
de mandarlo a la mierda. Este. Ahora. Ahora que lo tiene
delante y en actitud de escucha. Pero como Manzi no
contesta, Seoane se ve en el compromiso de agregar que
su empresa está dispuesta a trabajar al costo, sin ánimo

242

alguno de lucro, porque lo que importa, lo que realmente importa, lo único que importa, es que Manzi se quede conforme. Y que esa cifra que acaba de pasarle es, ni más ni menos, el costo del trabajo.

—¿Y cuánto tiempo demandaría el trabajo? —pregunta Manzi, monocorde.

—Unos diez días, como mucho. Ocho, creo yo.

—¿Y cuánta gente trabajando?

—Y… cuatro operarios… Con cuatro estamos bien.

—Entiendo. Cuatro.

Así que el costo desquiciado que le pasó corresponde al jornal de cuatro operarios durante ocho días. Buenísimo. Manzi tiene la oportunidad de contratar a los cuatro jornaleros mejor pagos de la historia de la Humanidad. Lo piensa pero no lo dice. No tiene sentido pelear. No gana nada. Ninguna pelea lo bajará a él del más alto pedestal en la pirámide de los boludos.

Manzi quiere pensar. Quiere quedarse solo. Quiere que Seoane se lleve de la oficina su imbecilidad y sus certezas. Por ahora, con eso le alcanza.

18

Después de estacionar, ni Hernán ni Rodrigo hablan durante un buen rato. En el trayecto desde O'Connor hasta Villegas sí, vinieron conversando. También durante el largo rodeo que, por precaución, propuso Rodrigo. No entraron a Villegas por el acceso más directo, el de la ruta 33, sino por el más distante, el de la ruta 188. Cuando Hernán preguntó el motivo, Rodrigo le dijo que si iban a estacionar precisamente en el acceso de la 33, los otros conductores, los muchos que iban a encontrar estacionados en el mismo sitio, podían preguntarse qué hacían esos dos tipos entrando a la ciudad y quedándose ahí, en el acceso, sin ir más allá.

—Villegas es mucho más grande que O'Connor —se quejó Hernán, mientras obedecía el pedido—. Acá no creo que sepan de quién es cada auto que aparece.

—Cierto —concedió Rodrigo—. Pero los que estacionan acá seguro que están pendientes de que nadie los joda. Así que en una de esas prestan más atención de la normal. A los que llegan, digo.

—¿Te parece? —terminó Hernán, señalando el auto detrás del cual terminaron estacionando, en la oscuridad de la banquina—. A estos no los veo demasiado atentos a lo que pasa afuera del auto, che…

Señaló hacia adelante. El auto más próximo, como todos los demás, tenía las luces apagadas y los vidrios empañados. Y si uno se detenía a mirar con atención advertía un ligero movimiento ascendente y descendente de la carrocería. Rodrigo soltó una risita. Hernán tenía razón. Demasiadas precauciones para acampar en "Villa Cariño".

Hernán mira la hora y Rodrigo pregunta:

—¿Qué hora es?

—Una y cuarto.

—Esperemos que funcione.

—¿Y por qué no va a funcionar? Digo… Las dos primeras veces funcionó perfectamente, ¿no?

—Sí —concede Rodrigo—. Pero no me puedo sacar de la cabeza que somos… ¿vos viste lo que somos?

Hernán sonríe y asiente. Rodrigo, que tiene las piernas sobre la guantera del auto para desentumecerlas, empieza a enumerar, contando con los dedos de la mano izquierda.

—Fontana. Belaúnde. Los López. Vos.

—¡Y vos! ¿Qué te creés? Tu viejo. Mi viejo…

—¡Y Medina! ¡Medina! ¡No te olvides, te pido por favor, que estamos intentando dar el golpe del siglo con el viejo Medina!

Ahora se ríen a carcajadas. Cuando se calman, Hernán vuelve a hablar.

—Igual me pasa algo raro, con todo esto.

—¿Con qué?

—Con esto, boludo, todo esto que están armando. Hay veces que me parece una estupidez. Lo pienso y pienso que en el mejor de los casos va a salir mal y nos vamos a dar cuenta de que invertimos un montón de tiempo y de esfuerzo al pedo.

—¿Y ese es el mejor de los casos?

—Sí, bolas, porque en el peor de los casos terminamos todos presos. ¿O vos no lo pensás?

Los dos han dejado de sonreír.

—Sí. Seguro que lo pienso. O peor. Manzi nos descubre y nos caga a tiros.

Hernán pone cara de "precisamente a eso me refiero". Sigue:

—Igual a lo que voy, a lo que iba, es a que a veces no me parece una estupidez. En general sí, pero a veces no. A veces pienso que no es una imbecilidad. Salga como salga.

Y hasta que puede salir bien. Y que es algo… útil. Algo que… encastra.

Acompaña sus palabras con un gesto de las manos como si ambas conformaran un mecanismo de rosca.

—¿Cómo "que encastra"?

—Sí. Que encastra. Que cierra bien. Y en mi vida, flaco, nunca, o casi nunca, me pasa eso de sentir que las cosas encajan. Con mi viejo no. Ni esto ni nada nos va a hacer encajar. Pero con los demás… No sé. No me sale explicarlo mejor. Pero es eso. En esta locura siento como que las cosas… encajan.

Repite el gesto de las manos. Rodrigo mira por el parabrisas y vuelve a reír. Señala el auto de adelante.

—Hablando de encajar…

Hernán mira también. El auto ha reiniciado el leve movimiento ascendente-descendente. Otra vez ríen los dos. Y en ese momento una pickup Hilux azul pasa como una exhalación a su lado, dejando atrás la ciudad para encarar la ruta.

19

En la cabeza de Manzi rebota, una vez y otra vez, la pregunta de cómo llegó a este punto. Porque la clave, la razón de todo, de todo esto, era la tranquilidad, el sosiego, el estar en paz. Y en este momento es la una y veinte de la mañana de un jueves y él está manejando por la ruta 33, rumbo al norte, a ciento cincuenta kilómetros por hora.

Hace doce minutos estaba dormido como duerme siempre, en su cama de siempre, con su mujer al lado y el televisor mudo pero encendido. Sonó el teléfono y atendió al segundo timbrazo. La voz grabada de Seoane. "Atención. Disparo de Alarma. Hora una y ocho minutos."

En ese momento Manzi gimió. Solo eso. Gimió. Y como demoró en colgar el tubo, la voz de Seoane repitió: "Atención. Disparo de alarma. Hora una y ocho minutos".

Su mujer, que no se había sobresaltado con el teléfono, sí se revolvió en la cama con su protesta lastimera.

—¿Qué pasa?

—Nada. Sonó la alarma de la oficina.

—¿En la oficina? ¿Qué alarma?

Manzi no le respondió. La voz de Ester venía cargada de una pesadez mórbida. Le dio un par de palmadas suaves en la espalda, como quien induce a un chico a regresar a sus sueños. Se vistió en tres movimientos y en dos minutos estaba sacando la Hilux del garaje. Aceleró fuerte recién a la salida de Villegas, a la altura del acceso.

Ahora el reloj del tablero indica la 1.22 a.m. Es jueves y Manzi corre a verificar si la tercera es la vencida. Las dos primeras veces, por lo menos, fue de día. Esto es peor. Mucho peor. Mierda.

La Hilux da un viandazo en el pavimento desparejo de la 33 y Manzi corrige la marcha con un volantazo firme. Lo único que le falta es ponerse la camioneta de bonete. Digno final pelotudo para un pelotudo. Baja la velocidad, o esa ruta de mierda terminará matándolo. Ciento veinte.

Duda. Y a Manzi no le gusta dudar. A la velocidad a la que va ahora va a demorar varios minutos adicionales en llegar al bosque de la bóveda. Y si alguien está desvalijándola le dará más tiempo para escaparse con sus dólares. Entonces debería acelerar, para evitarlo, aun a riesgo de terminar volcando.

Pero lo más probable es que llegue al alambre de las vacas, deje ahí la camioneta, saque la linterna y la pistola de la guantera, pase el alambre, trote a través del potrero, llegue al alambre del cuadro central, lo atraviese también, y encuentre su búnker tan tranquilo y tan seguro como siempre. Y que para cuando termine de abrir, bajar, revisar, anotar que el lector de la batería dice treinta y siete o treinta y seis por ciento, sean las dos y media de la mañana. Y que no esté de regreso en su cama antes de las cuatro.

¿Con cuál de las dos realidades se encontrará cuando llegue? Está casi seguro de que será con esta última. Pero entonces... ¿para qué va? ¿Por qué no colgar el teléfono apenas identifica que es la voz de Seoane con su puto mensaje de "Atención, disparo de alarma"?

Por eso. Porque es *casi* seguro. Pero no seguro. A la distancia, Manzi intenta identificar si la sombra que hay adelante, en medio de la ruta, es un bache, el parche de alquitrán que dejan cuando arreglan un agujero, un hipopótamo echado o vaya uno a saber qué.

Y sigue con la pregunta martillándole la cabeza. Cómo. Cómo se metió en semejante quilombo.

20

—Se va a hacer mierda él, o nos vamos a hacer mierda nosotros —murmura Hernán, con las manos aferradas al volante.

—¿A cuánto vas?

—No tengo la menor idea, boludo, si no veo nada.

Como llevan las luces apagadas, el tablero del auto también está a oscuras. Hernán se guía como puede con la claridad de una luna menguante y la pintura desvaída que, de tanto en tanto, conserva la ruta. Rodrigo, una o dos veces, ha frenado el impulso de decirle que se detenga. Las luces traseras de la Hilux están cada vez más lejos y corren el riesgo de perderlas.

—¿Cuánto falta? —pregunta Rodrigo.

—¿No tengo ni puta idea de a cuánto voy y pretendés que sepa dónde estamos? —retruca Hernán.

Tiene razón. Mejor callarse y agarrarse fuerte. De vez en cuando se escucha el topetazo de una cubierta contra el fondo de un pozo. Con tal de que no revienten ninguna…

—¡Mirá, mirá! —señala de repente Hernán, entusiasmado.

Las luces traseras de la Hilux adquieren una intensidad mayor, y desaparecen de inmediato. Rodrigo comprende que acaba de frenar para torcer hacia el camino de tierra. Listo. Misión cumplida.

Hernán aminora la marcha y se acerca al empalme que ya les resulta familiar, de tantas veces que han tenido que tomarlo. Muy allá a lo lejos, las luces rojas aparecen, intermitentes, semiocultas por los barquinazos y por el polvo que levanta la camioneta a medida que avanza por la huella.

—¿Ahora qué hacemos? —pregunta Hernán.

—Esperamos dos horas, que más no le va a llevar. Después vamos a reparar los cortes.

—¿Cómo vienen los tiempos, hasta ahora?

—Los López le pusieron treinta y cinco minutos menos que mi viejo y Belaúnde.

—¿Treinta y cinco?

—Ajá.

—Les pasaron el trapo.

—Son buenos.

Se han turnado para cortar los cables y volver a empalmarlos. La primera vez fueron los López. La segunda, Perlassi y Belaúnde. Los torneros fueron mucho más rápidos que su viejo y el jefe de estación. Fontana fue el de la idea de hacer una vaquita de cincuenta pesos cada uno, viendo quién lo hace mejor. La pareja que gane se queda con el dinero. Hernán y Rodrigo son el tercer turno. Si hace falta una cuarta dupla, le tocará a Fontana con Medina, o con quien se designe en lugar de Medina (al viejo no le tienen demasiada fe con cuestiones eléctricas, tomando en cuenta que casi le prende fuego al rancho cuando intentó, por las suyas, instalarle una llave térmica al lavarropas automático de veinticinco programas).

Rodrigo busca en el asiento de atrás y aferra las mochilas que contienen, además de las herramientas, una linterna con pilas nuevas, cada una.

—Igual a nosotros nos tendrían que considerar que vamos a trabajar de noche —dice Hernán—. Nos va a llevar más tiempo.

—Ojalá se vean bien los palitos que nos armó Belaúnde.

El jefe les pintó unos palitos de helado con pintura fosforescente de la que se usa en las señales ferroviarias. Cuando cortaron los cables, la mañana anterior, señalaron el sitio con varios de esos palitos.

—Con el asunto de la luna Fontana tuvo razón —dice Hernán señalando la luna, que arroja una claridad mínima pero evidente.

Rodrigo asiente. Eso le da una mínima tranquilidad. Fontana y su viejo no eligieron porque sí esa noche para generar la tercera falsa alarma. La eligieron tomando en cuenta la luna y el cielo despejado, para que pudieran guiarse en la ruta con las luces apagadas y ahora, cuando deban caminar por el campo en tinieblas, cada uno hacia uno de los empalmes que debe reparar. Saca del bolsillo de la mochila los palitos de helado que le sobraron. Brillan, como prometió Belaúnde. Iluminados por la linterna, cuando llegue al sitio correcto, los que colocaron deberán brillar más todavía.

—¿Pongo en marcha el cronómetro? —pregunta Hernán.

—Esperá que estemos en la posición de partida. Si no, les damos ventaja.

21

—Sopesemos —dice Manzi.

Habla en voz alta aunque está a solas, como hace a menudo cuando necesita tomar una decisión difícil. No es que desarrolle largos monólogos. Suelta una frase, una sentencia mínima, una palabra, como en este caso. A veces es un "Ni lo sueñen". O un "Hay que hacerlo". O también: "Ocupate vos".

Hilando fino, en realidad, cuando llega al punto de soltar esas frases en voz alta significa que la decisión la tiene tomada. Decirlo es decírselo. Pero falta un último paso. Un repaso final de las razones, los argumentos en pro y en contra. Pero la decisión está tomada.

En el caso actual esa decisión no se trasunta en el "Sopesemos", que más daría la impresión de ser una invitación a seguir pensando. Manzi ya sopesó. Dudó. Ensayó y descartó. Y la decisión es un hecho consumado.

Está en su oficina. Si no hubiera nadie en la parte delantera, saldría al balcón, a mirar la calle, a dejar vagar la mirada sobre los autos y los transeúntes. Pero está Florencia, su secretaria, y el pibe que viene a cuidar las plantas dos veces por semana. Por eso Manzi se queda encerrado en su oficina para terminar de "sopesar".

Busca una aspirina en el primer cajón de su escritorio y la toma sin agua, masticándola. Odia ese sabor ácido, pero está convencido de que así le hace efecto más rápido. El dolor de cabeza es atroz. Siempre le duele así cuando duerme mal o duerme poco. Y vaya que ha dormido mal la noche pasada. Volvió del campo a las cuatro, y era mayor el fastidio por la nueva falsa alarma que el alivio por

252

comprobar que no faltaba un solo billete. Encima Ester lo escuchó acostarse y le cuestionó la tardanza. No alcanzó con que Manzi le dijese que todo estaba bien y que la alarma se había disparado sola. Su mujer quiso saber por qué había demorado tres horas en hacer quince cuadras hasta la oficina y volver. Buen punto.

—Lo que pasa es que hay un corto en la batería —improvisó Manzi sirviéndose, en parte, de la verdad—. Y se activa sola, pero me obliga a ir a revisar. Las otras veces se disparó conmigo ahí. Pero esta vez…

—¿Y el que te la instaló qué dice?

—¿Qué va a decir? —Seoane y la puta madre—. Que la alarma funciona bien.

—¿Y por qué se dispara?

Manzi pensó que, si lo supiera, su vida sería mucho más sencilla.

—Dormite. Mañana veremos —terminó.

Esta mañana llegó a la oficina con la cabeza hecha un bombo, los huesos molidos y un humor de perros. Se encerró con un café y la segunda aspirina de la mañana y se puso a sopesar.

¿Está dispuesto a gastar la fortuna que le pidió Seoane por revisar metro a metro los cables de alimentación? No. Porque además ha estado pensando algo. Los dos cables proveen una alimentación independiente. Puede ser que uno de los cables esté en corto, pero… ¿los dos? No, señor. Seguro que es un problema de la batería. Pero para Seoane es mucho más negocio decirle que son los cables. Si es la batería tiene que cambiarla, a cargo de su empresa. Si son los cables, no sólo no paga Seoane sino que le cobra a Manzi una fortuna por revisarlos. Además ha llegado a una idea que le parece esclarecida. *Superadora*, como les gusta decir a los políticos y a los periodistas.

Lo que le está trayendo problemas no es la alarma, sino la batería. La primera vez que sonó, hace unos meses, fue por esas vacas que se pasaron desde el potrero. Eso significa que la alarma, la única vez que tuvo que reaccionar a una intrusión, funcionó perfecto. Cuando tuvo que sonar, sonó. Esta seguidilla de disparos, en cambio, no los provoca la alarma, sino la batería. Si desconecta la batería, la alarma va a seguir funcionando. Si la central queda conectada directamente a los cables de alimentación externos, la alarma sigue armada como siempre. La batería sólo sirve para cortes de luz prolongados. Y ahí en Villegas… ¿cuándo les cortan la luz más de veinte minutos? Nunca.

Todos esos argumentos le indican que es mucho más sano para su descanso desconectar la batería, y para su bolsillo no intentar repararla. Pero hay un argumento más importante y definitivo que cualquier otro. No existe ninguna persona que sepa que él tiene una bóveda. Y mucho menos existe alguien que pueda decir dónde está. Una sombra se cierne sobre esa idea luminosa: Seoane sí. Seoane sabe las dos cosas. Pero el trabajo de Seoane es saber sin saber. Por algo se lo recomendaron en el club. Si el tipo quiere seguir trabajando en seguridad sabe que no puede mandarse ningún moco con sus clientes. De modo que puede sentirse seguro por ese lado.

Otro argumento adicional: de tanto ir al campo a cualquier hora, manejando a las chapas, alguien puede terminar avivándose de que tiene algo escondido ahí. ¿Y si son sus propias equivocaciones las que terminan delatándolo?

"Sopesemos", repite. Pero ya ha sopesado. Basta de hacerse mala sangre. Ahora se va a su casa, come con Ester, se tira un rato a dormir, y a la tardecita se vuelve al campo y desconecta la batería como le vio hacer a Seoane. Y deja el sistema con alimentación directa. Y si se corta la luz, ya verá. Y a estar tranquilo.

Sale de la oficina y le avisa a Florencia que si llama alguien avise que no vuelve hasta mañana. También saluda con una inclinación de cabeza al pibe de las plantas, que le devuelve el gesto.

22

Fontana, con el detector de metales en mano, camina unos pasos más hasta asegurarse del sitio en el que la señal es más fuerte.

—Acá —le señala al viejo Medina, que hace una cruz con una rama.

Las otras parejas de saboteadores han trabajado separadas, con un integrante dedicado a cada línea. Pero Fontana no confía en que Medina se arregle sin ayuda. Por eso prefiere que lo hagan juntos.

Eso significa que no tiene chances de ganar la apuesta que él mismo propuso. Los López siguen siendo los más rápidos. Hernán y Rodrigo estuvieron cerca del tiempo de los hermanos. Pero no pudieron superarlos. Adujeron que habían trabajado mitad a la noche y mitad al amanecer, y que eso los había perjudicado. Pero el resto del grupo fue inflexible. "Jódanse", concluyeron, Fontana incluido. De modo que ahora no puede pretender despertar su compasión. Cincuenta mangos tirados a la basura. Paciencia. No quiere sacar el reloj del bolsillo por miedo a que se raye el vidrio con tanta tierra.

—¿Qué hora es, Medina?

Medina levanta la vista hacia el sol.

—Nueve y cuarto —sostiene el viejo, conciso y certero.

Fontana duda. Hurga un poco en el bolsillo, lo suficiente como para que se asome la esfera del reloj. Son las diez y media pasadas. Buenísimo. Conforma dúo con un verdadero astrónomo. Y no van a llegar a cortar la segunda línea antes de las doce o doce y cuarto del mediodía. Entonces se abrirán dos posibilidades. Si Manzi prefirió dejar la batería conectada, la alarma sonará mañana hacia las cinco de la tarde. Pero si lograron colmarle la paciencia gracias al "Plan Audrey Hepburn" de Perlassi, se disparará de inmediato el aviso de corte de energía, apenas Medina le meta el tijeretazo al segundo cable. Y en ese caso habrá que poner en marcha, a los rajes, el "Operativo Señuelo". Fontana sabe que los demás se burlan de su manía de bautizar con nombres llamativos los planes, las acciones y sus variantes. Pero lo tiene sin cuidado. Si es por él, que se vayan a la mierda.

—Vamos apurándonos —dice.

Medina saca una pala y empieza a cavar.

—Dejemos la tierra lo más junta posible, Medina. Después tenemos que volver a tapar.

Medina obedece. Con unas cuantas paladas más descubre el cable negro y grueso de la alarma. Alza la pala con las dos manos, apuntando al cable.

—¡Nooo! —grita Fontana.

—¿No lo quería cortar?

—¡Sí, pero con el alicate grande, Medina! ¡Así se va a electrocutar!

Medina compone un gesto de escepticismo y chista ladeando la cabeza, como si su humanidad estuviese más allá de esos riesgos, pero deja la pala. Busca la herramienta que indica Fontana y corta los gruesos cables de cobre. De inmediato se pone de pie para empezar a palear.

—Momento, momento —lo ataja Fontana. Con mucho cuidado envuelve los extremos cortados en cinta aisladora—. Ahora sí.

Entre los dos terminan de devolver la tierra al pozo y disimulan la superficie.

—¿Usted dice que habrá sonado, don Fontana?

—No, no Medina. El sistema conmuta automáticamente a la línea que sigue funcionando.

Medina le dedica una mirada escrutadora, levemente desconfiada. Se ve que el verbo "conmutar" no se encuentra entre sus preferidos.

—Me refiero a que al cortar esta línea se alimenta de la otra. Recién cuando cortemos la segunda, se dispara —agrega Fontana.

—Ah...

—Métale, amigo. Vamos.

Medina encabeza la marcha al trotecito. Fontana se apresura a seguirlo y a alcanzarlo. Desde sus tiempos de jefe en Vialidad tiene la teoría de que todo jefe debe ser capaz de hacer las cosas rápido, bien y sin cansarse. Doscientos metros más allá, complacido, deja atrás a Medina y domina la marcha el resto del trayecto.

23

Rodrigo toma posición en el único café de la cuadra a las diez de la mañana. La oficina de Manzi está en la vereda de enfrente, cuarenta metros más allá. Y su camioneta está estacionada casi delante del café.

Trajo un libro para leer y unos apuntes de la facultad para estudiar, aunque en la primera media hora lo único que hace es mirar hacia la vereda de la oficina. Florencia debe estar trabajando. Rodrigo no va desde la semana pasada. Hoy le habría tocado, pero charlando con su viejo decidieron suspender. Si la batería sigue conectada, la alarma sonará recién mañana. Y para entonces, sí, Rodrigo estará rociando las plantas de la oficina con funguicidas e ignorancia. Por eso optaron por que se apostase en el café. Ayer le avisó a Florencia que iba a ausentarse. Le habría gustado encontrar pena, desilusión, cualquier cosa en la voz de la chica cuando se lo dijo. Pero lo único que encontró fue una burocrática simpatía que le revolvió las tripas. Sí, cómo no, ningún problema, te agendo para mañana.

Mierda.

A las diez y media intenta ponerse a estudiar. Instalaciones. Bien. Qué carajo se acuerda él de la cursada de Instalaciones. Nada. Nada de nada. Florencia está a treinta metros. De eso sí se acuerda. Al pedo, pero se acuerda. Y si el cuaderno que tiene enfrente parece escrito en arameo, hay algo en él que tiene que estar muy extraviado. Porque esa materia la dejó regular con nueve. Con nueve. Y ahora no es capaz de sacar ni una hilacha de idea de las primeras doce páginas. ¿En qué se equivocó? Porque en algo, algo grande, se tiene que haber equivocado para que su vida se haya convertido en ese puñado de cosas inabarcables que no funcionan. ¿Fue en obedecer el llamado de su viejo? ¿Debió quedarse en La Plata? ¿Explicarle? ¿Disuadirlo? ¿Fue en engancharse con esa chica que ni siquiera le dio calce pero que lo tiene sujeto de la nariz como a un ternero? ¿Fue que se equivocó de carrera y la Arquitectura no es lo suyo? Pero... ¿qué es lo suyo? ¿Dar el golpe del siglo con un amigo que tiene la cabeza quemada y un grupo de viejos que se creen de la CIA?

A las doce cambia todo de repente. Porque de pie en la vereda de enfrente, de la nada, como si acabase de aterrizar de regreso desde el espacio exterior, está Florencia. Jeans, una camisa verde que no le conoce, un blazer azul, la cartera al hombro. Rodrigo baja la vista hacia sus Instalaciones. Supone que el reflejo de la vidriera lo pone a salvo de ser visto. De todos modos toma precauciones cuando decide alzar un poco la cabeza y mirar. Florencia está cruzando la calle directamente hacia el café. Rodrigo siente el corazón latiéndole en la garganta.

¿Qué va a decirle cuando la vea? ¿Y si está enojada porque se ausentó de la oficina y sin embargo está ahí, enfrente, perdiendo el tiempo? Ojalá. Sería hermoso que estuviera enojada. Perfecto. Rodrigo piensa rápido. Cuando ella entre al café, él alzará la mirada. Un vistazo casual, propio de quien escapa del tedio de las cinco curioseando a ver quién viene. Sonreirá al reconocerla. Inocente, apenas interesado. Ella vendrá con sus reclamos, tal vez su enojo. Él dirá que estaba muy atrasado con el estudio, que por eso se tomó el día, esas cosas, pero lo hará con cara de "No te alteres, chiquita, que no es para tanto".

Rodrigo baja la vista para ponerse en su "posición inicial". Florencia abre la puerta. Rodrigo alza la mirada, dispuesto a componer la mirada de "Qué sorpresa, ínfima pero levemente agradable". Pero Florencia ni siquiera lo mira. Avanza por el café dos, cuatro, cinco mesas más hacia el fondo, y se besa levemente en la boca con un flaco que se levanta a recibirla. Después se sientan. Rodrigo se hunde otra vez en el puto cuaderno de las putas Instalaciones. No lo puede creer. Ni su candidez ni su decepción. Y no sabe cuál de las dos le da más bronca.

Un iluso. Un iluso pelotudo. Cuando hace meses él la invitó a salir ella le dijo clarito: gracias pero tengo novio. ¿Qué parte no entendió? Lo que acaba de suceder es sencillísimo. La piba salió a almorzar y se encuentra con el novio, que la espera en el café de enfrente. El novio. No el idiota que le cuida las plantas al jefe, le saca charla sobre los jazmines y se envenena con las difenbaquias. El idiota que se creyó que ella venía a recriminarle que la hubiera dejado plantada. Ahora se siente acorralado. Querría salir corriendo, pero no hay otro café en la cuadra. Y no va a quedarse en la vereda esperando a ver si Manzi sale corriendo para el campo. Tampoco quiere levantar la mano y llamar al mozo, porque el bar no es demasiado grande y tampoco hay tanta gente, y seguro que Florencia y el pelotudo del novio, como cualquiera, van a mirarlo si chista y alza el brazo. ¿Y qué va a decir? "Hola, Florencia, preséntame a este flaco alto y fachero que tiene lo que yo nunca voy a tener y me muero por tener." Y al pibe: "Hola, soy el pelotudo de Rodrigo, encantado".

No. De ninguna manera. De hecho, tiene ganas de ir al baño pero no va a ponerse de pie porque el resultado sería el mismo. ¿Fingir la sorpresa (otra bien distinta a la que había planeado, pero igual sorpresa e igual fingida), saludar, besito acá, apretón de manos allá, qué casualidad, bueno los dejo que voy para el baño, sí, nos vemos un día de estos, tengo que llevarte unos crisantemos para el balcón?

Tampoco.

A las doce y veinticinco, de repente, Manzi aparece en la vereda, al pie de la escalera de su oficina. Corre los veinte pasos que lo separan de su camioneta, se sube y sale pitando. Rodrigo está tan triste y tan enojado que ve la situación como si él estuviese afuera. No siente ansiedad, ni alivio, ni lo entusiasma comprobar que el plan avanza otro peldaño. Con la misma serenidad melancólica comprueba que Florencia (que no lo ha visto entrar, o que se hace la que no lo vio mientras está de arrumacos con su novio, para el caso da lo mismo) atiende el teléfono, contesta un par de frases breves y sale disparada hacia la oficina. Claro, Manzi debe haber dejado todo abierto en el apuro.

Cuando lo pasa por delante tampoco lo mira. De todos modos Rodrigo ya está atento a lo que le toca hacer. Y lo que le toca es llamar por celular a Hernán.

—Hola, Hernán. Acaba de salir. Armá lo de la camioneta.

—¡No! ¿En serio? ¿Salió para acá?

El tono de Rodrigo es tan sombrío que contrasta todavía más con la alegría expectante de su amigo.

—Sí. Prepará todo. Y metele porque está en camino.

Corta la comunicación y deja el teléfono sobre la mesa. Vuelve al cuaderno de Instalaciones al que, si fuera por su deseo, le prendería fuego. Al cuaderno, al mantel, a la mesa, al bar, a Villegas, a O'Connor y así sucesivamente.

24

Manzi lleva dos kilómetros manejando en medio de una nube de polvo, desde que abandonó la ruta 33 y tomó la huella de tierra.

Otra vez lo gobierna una angustia que es casi desesperación. Desactivó la batería suponiendo que el problema era ese. Que desactivándola se detendrían las falsas alarmas y los sobresaltos. Y pasó una semana tranquilo, una semana durante la cual se fue convenciendo de que todo estaba solucionado. Y de repente hoy, hace diez minutos, le sonó el celular y apareció la voz de Seoane: "Precaución. Corte de suministro eléctrico en el sistema". Y otra vez la ruta 33 a doscientos kilómetros por hora y un nudo de piedra en la garganta.

Toma la siguiente curva a más de cien, porque ya conoce el terreno y a esa altura la tierra está bien asentada y no hay peligro. Pero al final de la curva tiene que aminorar de repente: un poco más allá hay una camioneta casi cruzada sobre el camino. Está detenida donde el sendero se junta con la línea de media tensión. Dos operarios trabajan sobre el tendido eléctrico. Uno está trepado a una larga escalera de aluminio apoyada contra el poste más cercano, y el otro se la sostiene y le da indicaciones desde abajo.

¿Será posible? ¿Será posible que la realidad termine siendo tan sencilla y tranquilizadora? Aminora la marcha y se detiene junto a la camioneta de los operarios. En la puerta luce un cartel que dice "Al servicio de la Cooperativa Eléctrica de O'Connor, Provincia de Buenos Aires".

El operario que sostiene la escalera ve que quiere hablarle y se acerca. Hace un módico saludo tocándose su casco amarillo. Usa unos grandes lentes de sol espejados. Manzi oprime el botón que baja el vidrio del asiento del acompañante, para hacerse oír.

—Buen día, jefe. Ya le saco la camioneta, si le estorba —se le adelanta el trabajador.

—No, no… ¿qué están haciendo?

A Manzi la pregunta le sale abrupta y seca, pero no es intencional.

—Salió de servicio un transformador de media. Estamos reparando.

—Ah… —Manzi suspira—. ¿La luz está cortada en toda la zona?

—Sí —dice el operario—. No, no, de la ruta para acá. En el pueblo tenemos luz. Es acá, el problema. Pero en un rato ya damos servicio.

—O sea que de acá para allá …

Manzi señala el campo. El campo que el operario eléctrico conoce y la bóveda que ignora.

—Exacto, jefe. Pero enseguida restablecemos.

Manzi no puede evitar otro suspiro.

—No hay problema, no hay problema. Si no hay apuro. Gracias por la información, mi amigo.

Manzi levanta el vidrio del acompañante. Enciende el motor y saluda con un gesto al tipo de casco amarillo, que se queda mirando cómo el comerciante avanza con cuidado para no rozar la camioneta de la Cooperativa. Por otra parte, qué vergüenza que la empresa eléctrica de O'Connor use vehículos como ese, una chata desvencijada del tiempo de Ñaupa. Cuando hable con Vázquez, el director, se lo va a comentar. No como crítica, pero que se fijen un poco, también.

Avanza unos quinientos metros muy despacio, para no levantar tierra y llenar de polvo a los tipos de la cuadrilla. ¿Qué hacer? ¿Vuelve al pueblo o se llega hasta la bóveda para quedarse del todo tranquilo? Está seguro de que no pasa nada. Es un corte de luz normal, por eso le

263

avisó el sistema. Otra buena noticia, piensa Manzi. Aun sin la batería, la alarma funciona perfecto.

Y bueno, ya que se vino hasta acá, no le cuesta nada seguir hasta la bóveda. Hoy es miércoles, y mañana le tocaba la visita quincenal. No hay nada malo en salirse un poco de la rutina.

Tal como previó, encuentra todo perfecto. Todo está en su sitio, y la electricidad está restablecida. Los botones rojos, azules, amarillos y violetas brillan, algunos fijos, otros intermitentes. Como debe ser.

En el camino de vuelta se siente tan bien y tan a gusto que se permite tararear un par de tangos de cuando era joven, un placer secreto que nadie conoce ni tiene que conocer jamás.

Como suponía, la cuadrilla de la Cooperativa ya se ha retirado. Le habría gustado agradecerles. Es bueno cuando a uno le dicen que un trabajo va a estar terminado en cierto plazo, y le cumplen. No importa. Seguro que alguna vez se los cruza por ahí.

25

Rodrigo estaciona su Fiat Uno rojo semidestartalado en el playón de la estación de servicio. Es de noche y se ve, por las luces encendidas, que su viejo está en el parador. Mientras camina esos veinte metros recuerda los pizarrones de los menúes que su mamá escribía con tizas de tres colores y su hermosa letra cursiva de maestra normal. La ausencia de su vieja lo asalta así: desde los rincones inocentes y superfluos.

Golpea y pasa. Su viejo está viendo una película. Gira la cabeza calva y sonríe. Le hace un ademán para que se acerque. Rodrigo no le hace caso. Sigue de largo hasta la heladera industrial del parador. Abre una de las grandes puertas plateadas.

—Vení, sentate —invita Perlassi, en el susurro vehemente de su voz de mirar películas—. Seguro que la vimos, pero necesito sacarme una duda.

La película es *Scaramouche*, con Stewart Granger, y Rodrigo ya sabe cuál es la duda, pero no está de humor para seguirle el juego. Saca tres empanadas horneadas de una fuente que contiene una docena. Piensa. Si las pone en el horno van a demorar un rato largo en calentarse. Si las pone en el microondas se entibiarán rápido pero saldrán blandas, babosas. Las pone en el microondas.

—Contame si salió todo como debía, viejo. Pará la película.

—Linda hora, para preguntar. ¿Dónde te metiste, todo el día?

Buena pregunta, piensa Rodrigo. Después de su amargura del café a mediodía se pasó la tarde tirando piedras a la laguna y odiando al mundo. En eso se le fue el resto del día.

—Además —agrega Perlassi, señalando la pantalla—, en este momento imposible: lo tengo a André Moreau a punto de ser ensartado en la espada del Marqués de Maynes. Pero ahora el profesor de esgrima, que es un revolucionario oculto, lo salva a André abriéndole la puerta de un pasadizo secreto.

—Pará la peli. Después seguís.

A Perlassi parece convencerlo sobre todo el tono lúgubre de su hijo y oprime la tecla de Stop en el control remoto.

—¿Qué pasa? Pensé que te iba a ver contento, hijo.

—No me des bola —Rodrigo hace un gesto como si pudiese borrar, con ese ademán, su decepción y las imágenes del café, todo junto. Prueba la primera de las empanadas. La masa reblandecida y acuosa no colabora a que se sienta mejor.

—¡Qué me contás! ¿Viste? Conseguimos que Manzi desactive la batería —los ojos de Perlassi brillan de entusiasmo cuando los fija en los de su hijo.

—Manzi volvió a la oficina a las tres de la tarde y trabajó normalmente hasta las siete. Y ahí se fue a su casa, calculo —Rodrigo intenta sonreír. Un modo mínimo, aunque sea, de devolver algo de ese brillo.

Perlassi se pone de pie. Camina hasta la parte de la cocina. Vuelve. Va hasta los ventanales que dan a la playa de la estación de servicio. Regresa hasta donde está Rodrigo.

—Tenemos que juntar al grupo. Ahora viene la segunda parte del plan. Nos llevó mucho más tiempo que a Peter O'Toole, pero conseguimos que desconecte la alarma.

—La alarma no. La batería, que no es lo mismo.

—Tenés razón, hijo. La batería. La realidad es mucho más ardua que el cine.

—Bueno —Rodrigo se levanta con su plato para tirar las migas a la basura y enjuagarlo—. Me voy a acostar. Estoy fundido.

—Te pasa algo, a vos. Estás raro.

—No, no me pasa nada. Estoy cansado. Fueron un montón de horas, no te olvides.

Se acuerda del resto del grupo. De la "cuadrilla eléctrica", sobre todo.

—¿Los demás volvieron todos bien? —pregunta.

—¿Bien? ¡Bien es poco! El único problema… en realidad los problemas son dos. El viejo Medina se niega a sacarle a su camioneta el cartel que le pintamos de la Cooperativa. Dice que le queda precioso, y no hay Dios que lo convenza.

—Supongo que se ocupará Fontana.

—Suponés bien. Le dijo que si mañana no le repintó las puertas, le prende fuego a la camioneta de mierda esa.

—Bien Fontana —concluye Rodrigo—. Pero dijiste que eran dos, los problemas.

—Ja —Perlassi sonríe—. El otro son los López. No sabés el agrande que tienen. Se pasaron la tarde acá, tomando cerveza y relatándome con pelos y señales la charla con Manzi. A Eladio lo escuchás y, según él, es James Bond.

Rodrigo, casi a su pesar, suelta una risita.

—Encima Belaúnde les daba manija. No sabés. Les decía que trabajar como "agentes infiltrados" no es para cualquiera. Y estos dos no pasaban por las puertas, te imaginás.

—Ahora los López son del Mosad.

—Del Mosad, la KGB, alguno de esos.

Rodrigo suspira. Listo. Eso es todo el esfuerzo que puede hacer hoy para estar a la altura de la alegría de su viejo. Mañana será otro día.

—Buenísimo, viejo. Te veo mañana.

—Quedate a ver la película, nene. Que tengo que consultarte algo.

—No, pa. En serio. Estoy fundido. Me voy a acostar.

Seca el plato que acaba de lavar y lo pone en su pila. Se seca las manos y tiende el repasador sobre el borde de la mesada. Perlassi prefiere no insistir con preguntas y vuelve a la película. Rodrigo abre la puerta que comunica con las habitaciones pero se vuelve a mirar a su padre. Esa película la vieron juntos como cinco veces.

—Además ya sé cómo termina.

—¿La película? —pregunta Perlassi.

—No. Lo que querés ver. La duda que te querés sacar.

—¿Ah sí? ¿Y qué es lo que quiero ver?

—Si te quedarías con Janet Leigh o con Eleanor Parker.

Perlassi, sabiéndose descubierto, no puede evitar la risa.

—¡Ja! ¿Y entonces? ¿A ver? ¿Con cuál me quedo?

Rodrigo sonríe, casi a pesar suyo, y se va por el pasillo. Habla casi a los gritos, para que su viejo lo escuche.

—Con Audrey Hepburn, papá. Siempre te quedás con Audrey.

26

El Citroën de Belaúnde se estaciona a media cuadra de la entrada del predio del Campamento de Vialidad. Son dos hectáreas abandonadas donde hay un barracón largo al que le rompieron todos los vidrios a piedrazos, un playón de pavimento cuarteado lleno de yuyos altos y flacos, y un galpón de chapas que funcionaba como garaje para la maquinaria.

Fontana observa los dos candados que cierran sendas cadenas, sobre el portón de acceso. Saca un manojo de llaves y, casi sin dudar, elige las que corresponden. Perlassi lo mira con cierta suspicacia.

—¿Esto no es propiedad del Estado nacional?

—Del provincial.

—¿Y por qué tenés las llaves?

—Porque me gusta venir de vez en cuando. A ver.

—¿A ver qué?

Fontana, después de cerrar otra vez los candados, y mientras caminan por entre los yuyos, avanza mirando a los costados, reconociendo ese lugar en el que trabajó tanto tiempo. Finalmente responde:

—A ver.

Y sigue caminando. Cuando llegan al galpón trajina con otros dos candados que cierran una enorme puerta corrediza. Cuando la abre se escucha un revoloteo súbito: algunas palomas escapan por un agujero del techo. A un gesto de Fontana, los otros dos trasponen el umbral. En los rincones hay neumáticos, un par de carcazas de vehículos difíciles de reconocer, un tanque rodante para transportar líquido con las ruedas desinfladas, y el motivo

269

que trajo a los tres hombres hasta aquí: una topadora bull-dozer amarilla enorme, en pésimo estado de conservación, provista de una pala metálica también desmesurada. Belaúnde se aproxima a las ruedas altísimas y desinfladas. Se trepa a la cabina. Acciona algunas palancas y comandos, con gesto escéptico. De vez en cuando lo mira a Fontana, que le sostiene la mirada desde abajo. Por último sale de la cabina y levanta el chapón que cubre el motor. Se vuelve otra vez hacia Fontana.

—Debe ser joda, ¿no?

—No —responde el antiguo jefe del Campamento.

—¿Vos te das cuenta de que esta porquería debe llevar diez años, mínimo, acá parada?

—Doce años, le calculo.

—Y que si no se la llevaron debía ser más complicado, y más caro, arreglarla que abandonarla.

—Pero por suerte la dejaron —interviene Perlassi.

—Este… Ustedes saben que yo estoy para lo que necesiten. Desde el principio. Pero esto… Yo no soy mecánico…

—No te echés abajo, Belaúnde. Tenés ese Citroën 2CV hecho puré, que todavía camina por milagro. ¿Cuántos años tiene?

—Es del 65. Sacá la cuenta.

—Bueno. Mantenés con vida ese cascajo de casi cuarenta años. Y ni Ruiz, el mecánico, entiende cómo hacés.

Belaúnde menea la cabeza y vuelve al motor. Murmura algo sobre las diferencias enormes que hay entre su Citroën y ese monstruo amarillento.

—No podemos mandarla a reparar. Eso y ponernos un cartel en el cuello que diga "fuimos nosotros" es más o menos lo mismo.

—Eso ya lo sé, Fontana.

—Y bueno. Pensá que esta topadora es nuestro ventral —interviene Perlassi.

—¿Nuestro qué?

—Nuestro paracaídas ventral.

—Explicame, si sos tan amable, qué cuernos es eso del ventral.

Fontana se trepa también a la topadora, pero se queda en la cabina, tocando aquí y allá el tablero de comandos.

—Hay una novela que a mí me gusta mucho, que se llama *Los centuriones*. También está *Los mercenarios* —dice Perlassi.

—¿Los centuriones o los mercenarios?

—Es una de las dos. Porque hay otra que es *Los pretorianos*.

—¿Me estás jodiendo?

—No. Lo que digo es que son varias novelas, con los mismos protagonistas. El autor es un francés, pero no me pidas el nombre, porque no me lo acuerdo.

—Bueno. ¿Y?

—Los protagonistas son los soldados franceses que pierden con los vietnamitas en Dien Bien Phu. En la guerra de Indochina. Los franceses la llaman así.

Belaúnde se rasca la cabeza. Perlassi continúa:

—Bueno, ahí, en Dien Bien Phu, ganan los comunistas y los paracaidistas franceses se rinden. Y los vietnamitas los meten en campos de reeducación. Con la idea de convertirlos en comunistas, para cuando vuelvan a su país. Y el jefe del campo, que es un líder del Vietcong (lógico), los adoctrina para que lleven y para que tengan.

—Ajá. Sigo sin entender un carajo.

—Esperá. Esperá. Que ya llego al punto. Uno de los oficiales franceses se llama Marindelle.

—¿De nombre o de apellido?

—¡De apellido! ¿Cómo se va a llamar Marindelle de nombre?

—Y yo qué sé. No sé francés, Perlassi. ¿Vos sabés?

—No.

—¿Y entonces cómo sabés que es el apellido?

271

—Porque sí. El asunto es que el tipo, el soldado, el teniente este, se escapa del campo de prisioneros. Se fuga. Pero antes de escaparse le deja una carta al jefe del campo, a este del Vietcong, diciéndole que tenía razón, razón en todo. Y que ahora él, Marindelle, es un comunista convencido. Y que se escapa para predicar la verdad al mundo. Es una mentira grande como una casa. Porque Marindelle lo que quiere es volver a pelear del lado de Francia. Pero esa carta es el ventral.

—No te entiendo, Perlassi.

—Que al pobre Marindelle lo capturan otra vez los comunistas, después, en la selva. Y lo vuelven a traer al campo. Y a los que se escapan los hacen migas, en general. Los golpean, los torturan, los meten en celdas de castigo. Pero resulta que el jefe del campo, con la carta, le termina creyendo a Marindelle eso de que era un converso, y le dice que se precipitó, que estuvo mal, pero no lo castiga. ¿Entendés? Marindelle zafa de que lo castiguen por la fuga gracias a esa carta, que es su ventral. ¿Entendés?

—No.

Fontana, harto, considera que es el momento de intervenir:

—El ventral es un paracaídas de emergencia que llevan los tipos cuando se tiran. Si no se les abre el de la espalda, el que es una especie de mochila, abren ese. Es un paracaídas de emergencia, ¿entendés? El tipo escribe esa carta como diciendo: "Si me agarran, con esto capaz que me salvo".

—¿Y tanta vuelta me da para eso? —Belaúnde se encara con Perlassi—. Decime: "Lo de la topadora es para un caso de emergencia". Y listo. Y no tanto Marindelle, y los gladiadores…

—¿Qué gladiadores? ¿Qué gladiadores? ¡Centuriones!

—Muchachos, muchachos… —interviene Fontana—. ¿Podemos ocuparnos de lo nuestro?

Belaúnde se encara con él.

—Yo entiendo que la necesiten. Pero no tengo ni idea de si la puedo reparar.

—Mirá. Yo la puedo manejar. Eso lo sé hacer. Pero no la sé arreglar. Si vos la arreglás, yo la manejo.

—No me digás así —se impacienta Belaúnde.

—¿Así cómo?

—Así, metiéndome toda la presión a mí. Entonces si nos quedamos sin el dichoso ventral es por mi culpa, porque no supe arreglarla, porque, total, vos la manejás sin problema…

—Sí.

Belaúnde bufa.

—¿Y con las cubiertas qué piensan hacer? Deben estar todas podridas.

—Se revisan. Y si no sirven, se cambian. Son de tractor —responde Perlassi—. Igual para eso cuento con los López, quedate tranquilo. Vos ocupate de que arranque y de que se mueva.

Belaúnde vuelve sobre el motor. Golpea algunas piezas. Comprueba la dureza de unas tuercas.

—Una cosa: ese Marindelle lo está engañando al comunista. ¿Cierto?

—Sí —responde Perlassi.

—¿Y esos no son del gremio tuyo, Fontana? Los comunistas, digo.

Fontana da un respingo.

—¿Los comunistas? Mirá, Belaúnde. Debe haber pocas cosas que los anarquistas tengamos más lejos que los comunistas. Así te lo digo.

Belaúnde lo considera con aire escéptico.

—Hay algo que tenés de Alfonsín, ¿eh? Eso es indudable.

—¿Ah sí? ¿Qué tengo? —pregunta Fontana, picado en su curiosidad.

—El pico, Fontana. El pico. Cómo te gusta hablar, hablar, enroscar…

Fontana y Perlassi cruzan un vistazo. Si Belaúnde empieza a burlarse significa que no va a poner más objeciones. De modo que Fontana se deja caer desde la topadora al suelo, camina hacia el portón junto a Perlassi y lanza una advertencia sin la menor solemnidad:

—Vos hacé lo que quieras, Belaúnde. Pero no te metás con Alfonsín. Eso te digo, nomás. No te metás con Alfonsín porque no respondo de mis actos...

—¡Momento! —los detiene Belaúnde.

—¿Qué pasa? —Perlassi se detiene y se vuelve hacia él.

—Y mientras yo me dedico a reparar esta cosa, ¿ustedes qué van a hacer?

—Ahora viene el último paso para que el plan quede redondo —dice Perlassi.

—¿Y cuál es ese último paso?

—Esperar que llueva —responde Perlassi, sin el menor asomo de burla.

—¿Cómo esperar que llueva?

—Sí, eso. Esperar que llueva.

—Pero una lluvia en serio —agrega Fontana.

—Sí, nada de una lluviecita así nomás.

—Una tormenta.

—Eso. Una buena tormenta.

Tuercen por la última curva del camino de tierra. Desde ahí alcanzan a ver el rancho de Medina y atrás, ancha y grisácea, la laguna.

—Cómo la pica el viento, ¿no?

Perlassi repara en las olas minúsculas que se levantan y rompen en toda la superficie, hasta donde alcanza la mirada.

—Cierto —pensar en el viento, tal vez, lo lleva a subirse el cuello del abrigo.

Cuando faltan cincuenta metros para el rancho se acercan varios perros a ladrarles. Fontana, quien cuenta en su pasado con un par de malas experiencias caninas, levanta un cascote y se lo deja ver. Los perros dejan de acercarse, pero siguen chumbando. Medina se asoma y pega un par de gritos. Los perros se llaman a silencio y se desentienden de los dos forasteros. Apenas, cuando pasen a su lado, acercarán los hocicos para olisquearlos. Pero sin énfasis, casi por cumplir. Medina los recibe con un apretón de manos y les ofrece pasar.

—Muchas gracias, don Medina. Pero tenemos que hablar de una cosa…

—Claro, claro —Medina habla apurado, casi montando unas palabras sobre las otras—. Pero entonces les ofrezco un mate, les ofrezco tortilla, pero me da no sé qué tenerlos acá de pie. Les ofrezco unas galletas, eso sí, unas galletas…

—Muchas gracias, Medina. Pero caminemos, así no nos mata el viento —propone Fontana.

Un poco porque sí y otro poco porque siempre le han gustado los muelles, Perlassi abre la marcha hacia el minúsculo embarcadero de madera que tiene Medina sobre la laguna. Está bastante desvencijado, a tono con el resto del lugar.

—Tengo que reparar, acá —dice Medina, como si intuyera lo que está pensando Perlassi—. Lo que pasa es que con cada crecida me lo deja un poco peor, ¿vio?

—No, no… se entiende —Perlassi estuvo a punto de decir: "Si está muy bien", pero se detiene a tiempo. Adornar esas cuatro maderas podridas con una frase así le suena a una falta de respeto.

—Vinimos con Perlassi porque necesitamos hablar algo con usted, Medina —Fontana no tiene mayores remilgos para entrar en tema.

—Sí, señor Fontana. Usted dirá.

—Acá Perlassi me dice que usted hizo el servicio militar en un batallón de ingenieros…

Medina se cuadra y adopta un tono casi marcial, que la bombacha de campo raída y las alpargatas rotas no alcanzan a mitigar.

—¡Sí, señor! ¡Soldado Atanasio Medina, Primera Compañía del Batallón de Zapadores Pontoneros N° 2 de Mendoza, para servirle!

Perlassi echa un vistazo divertido a Fontana, que prefiere seguir horrorizándose, tal como hizo desde que su amigo le fue con la idea ridícula que trae entre manos.

—Descanse, nomás, soldado —ordena Perlassi, sin asomo de burla, y Medina obedece.

—Era así, nomás —retoma Fontana—. ¿Y por qué hizo la colimba en Mendoza?

—Porque me mandaron, nomás, señor.

Se ve que, mientras conversen sobre esta materia, Medina no abandonará sus ínfulas castrenses.

—Necesito preguntarle algo muy importante, don Medina. Muy importante.

—Diga nomás, señor.

—Usted ha comentado, a veces, en el bar, que en el servicio militar tuvo instrucción propia de las operaciones de los ingenieros militares. Es decir, ¿le enseñaron de eso, dice usted?

Fontana no sabe cómo entrar en materia. Tiene miedo de que Medina se les espante. Por otro lado, viéndolo pestañear rápido, y mirarlos a los dos alternativamente, se nota que lo está confundiendo de lo lindo.

—Acá Fontana necesita saber si trabajó en demoliciones, don Medina.

—Pero claro, don Fontana. Claro que trabajé. Experto, salí, en demoliciones.

Perlassi no puede menos que pensar que, con la misma altiva seguridad, Medina podría haberse proclamado buzo táctico o astronauta, si le hubieran preguntado. Espera, por la tranquilidad de Fontana, que no esté pensando lo mismo.

—Además, otra cosa —señala Medina—. En la colimba conocí las montañas.

Medina asiente varias veces, después de decir lo de las montañas. Perlassi supone que sí, que para un tipo criado en medio de la llanura, y sin medios para andar viajando, habrá sido toda una experiencia. Pero como Medina se queda asintiendo en silencio, Perlassi no sabe si es porque es tan fuerte el recuerdo de las montañas que no puede sustraerse a la evocación, o porque de verdad fue lo único que aprendió en el dichoso batallón de ingenieros. Si es el segundo caso, ellos están jodidos. En realidad, ya están jodidos desde antes, sin necesidad de ningún segundo caso. En ese momento se escucha un portazo. La mujer de Medina acaba de salir.

—¡Atanasio, será posible! ¡Cómo tenés a los señores a la intemperie, con este frío y con este viento! ¡Hacé el favor de convidarlos con un mate, unas galletas!

—Tiene razón la patrona, don Medina. Vamos —dice Perlassi, y emprende la marcha—. Era eso, nomás, lo que queríamos corroborar.

Fontana le echa una mirada que pretende ser reprobatoria. ¿Eso era lo que tenían que corroborar? ¿Que Medina conoció las montañas durante el servicio militar? Perlassi le devuelve una expresión tranquilizadora, de esas que a Fontana lo ponen más nervioso todavía.

Pero no hay caso. Ahí van los dos hombres caminando adelante, tan campantes.

—Tengo algo que pedirle, si no lo toma a mal, don Medina —va diciendo Perlassi.

—Usted dirá, mi amigo.

—Me gustaría mostrarle acá al amigo Fontana ese lavarropas suyo, que es una maravilla. Pero usted dirá, si no es molestia…

—¡Pero por favor, al contrario, será un placer! —Medina se da vuelta y retrocede para ponerse a la altura de la marcha de Fontana—. No sabe lo que es eso, mi amigo. ¡Veinticinco programas, todo automático! ¡Ahora, ahora mismo se lo muestro!

Fontana entra al rancho sin lograr decidir a quién tiene más ganas de acogotar, si a Medina o a Perlassi.

28

Parece hecho a propósito, pero basta que Perlassi diga aquello de ponerse a esperar una buena tormenta para que en O'Connor empiece el otoño más seco de que se tenga memoria.

Los conjurados esperan sus instrucciones, que se demoran lo mismo que las nubes. Y la espera los confunde. No los sorprende el hermetismo de su líder. Porque Perlassi es su líder. Nadie lo dice pero nadie lo duda, ni lo discute. Y entienden que eso de no soltar demasiada información es un modo de protegerlos, no de maltratarlos. ¿Para qué angustiarse todos frente a una empresa que no tienen ni idea de cómo acometer? Perlassi tampoco la tiene, y ellos son conscientes de eso. Pero que se ocupe él y que les asigne tareas concretas únicamente cuando tiene una mínima noción de para dónde rumbear, les permite seguir haciendo cosas pequeñas y esenciales como comer con hambre y dormir por las noches. Y sin embargo, después de una etapa tan intensa de movimientos y de acciones, quedarse así, mano sobre mano, los inquieta.

Fontana es el único que comparte con Perlassi la cocina del asunto. Pero lo hace de un modo mucho menos evidente. No es el cabecilla. No es la voz cantante. Una vez le preguntan al respecto y contesta que Perlassi es Alfonsín, y él, Fontana, la Coordinadora. El único que entiende es Lorgio. Los demás son demasiado jóvenes, como Hernán o Rodrigo, o demasiado brutos, como los López, o demasiado peronistas, como Belaúnde.

Lo cierto es que se transforma en un otoño improvisado, vivido a salto de mata. Belaúnde revisa el pro-

279

nóstico del tiempo de la última hoja del diario todos los días, y Fontana otea el horizonte desde la vereda de la gomería.

Perlassi siempre ha sostenido, en reuniones amistosas, que puede saber cuándo y cuánto está por llover en O'Connor con varias horas de anticipación. Por eso se pasa todo el otoño saliendo a caminar a la hora de la siesta, arrancando frente a los silos yermos de La Metódica y llegando hasta una lomita que balconea sobre la laguna.

Y no siente nada. Todos los días se costea hasta allá y vuelve de la caminata dudando: ¿habrá perdido el don de anticipar las tormentas o las que fallan son ellas? Pasa otro día, y otro más, y sigue sin llover.

El que peor la pasa es Rodrigo. Definitivamente, el año lo tiene perdido. Viaja a rendir dos finales, con la idea de volver el mismo día, si hace falta. Uno lo aprueba raspando y en el otro lo bochan de punta a punta. Pero es que así es imposible. Cómo poner la cabeza en el estudio si uno está esperando que su padre le diga, un día cualquiera: Va a llover. Es hoy.

Fontana propone contactar a alguien del Servicio Meteorológico Nacional, pero Perlassi prefiere no hacerlo. A cuento de qué, tanto interés, de repente, por el clima. Somos empresarios sojeros, arguye Fontana. Tenemos menos pinta de empresarios que de astronautas, repone Perlassi. Fontana mira alrededor: la gomería necesita una mano de pintura desde 1993. Pero la mugre y el abandono son, para una gomería, casi una condición necesaria. Por eso le gusta tanto su trabajo. Pero es cierto que no tienen pinta de empresarios agropecuarios. Además, agrega Perlassi, tenemos que tener en cuenta el después. El después de qué. El después del golpe: van a buscar responsables, van a indagar, van a escarbar por donde puedan. Y pongamos que al meteorólogo se le ocurre avisar que hubo un par de tipos en O'Connor preguntando insistentemente cuándo iba a haber tormenta.

Manzi sigue con sus rutinas de siempre. Jueves por medio se va temprano de la oficina y encara para el campo. A cada kilómetro se frena y mira para todos lados para asegurarse de que no haya nadie. Nunca hay. Estaciona la Hilux en el límite del potrero de las vacas y lo cruza caminando. Entra al cuadro de la bóveda y se queda un rato dando vueltas entre los árboles, para asegurarse de que nadie lo sigue. Después encara hacia el escondite. Siempre respira con alivio cuando quita la cobertura y ve la portezuela de chapa con los candados intactos. Baja la escalera. Digita el código en el tablero para desactivar la alarma. Se sienta en el banquito. De vez en cuando lleva un fajo de dólares para agregar a la última caja. Se queda diez, quince minutos. Ver los estantes y las cajas siempre lo serena. Cuando sale se siente bien, descansado. La alarma no volvió a sonar. Hizo bien en desinstalar la batería. Seoane lo llamó dos veces. Las dos veces Manzi le mintió que había dejado de dispararse. Qué bueno que haya sido un error aleatorio, dice Seoane. Qué bueno, confirma él.

Un par de veces Rodrigo regresa al café frente a la oficina, pero Florencia no vuelve a citarse ahí con el inútil de su novio. Sigue yendo, Rodrigo, a cuidar las plantas, pero una sola vez por semana. Tiene cuidado de que coincida con el horario de almuerzo de Florencia. Mejor no cruzársela. De hecho, espera verla salir para subir la escalera. Manzi le abre la puerta, lo saluda con displicencia y vuelve a sus asuntos. Rodrigo se dedica a las plantas sin interrupciones. Parece mentira, pero a fuerza de matar plantas parece estar aprendiendo. Por lo menos ya no jibariza las hojas marchitas. Está lo suficientemente ducho como para evitar que los bordes se pongan amarillos. Y sobre todo, ya no se provoca envenenamientos con las difenbaquias. A la tercera semana Florencia vuelve de comer casi enseguida, y Rodrigo se topa con ella mientras limpia las hojas de los ficus. Por suerte le queda todavía toda la parte del balcón terraza, y el resto de su tarea la realiza a varios metros de ella, y de todo lo que viene con ella.

Perlassi, un día de tantos, después de comprobar que tampoco esa noche va a llover, le pide a Rodrigo que lo lleve a 9 de Julio, porque quiere ver en qué anda Alvarado. "El otro hijo de puta", como lo ha bautizado para sus adentros. Bien mirado, no deja de ser injusto que ellos actúen contra Manzi (en el remotísimo caso de que consigan que pague por lo que les hizo) y que el gerente del banco salga indemne. Más de una vez, tomando mate solo, al atardecer, en los fondos de la estación de servicio y mirando el campo, Perlassi se ha permitido soñar un sueño vengativo. ¿Qué pasa si un día él, Perlassi, se apersona frente a la casa de Alvarado? Temprano por la mañana. Espera que salgan su mujer y sus hijas hacia el jardín de infantes, y que salga el propio Alvarado, con su traje impoluto y el maletín y todas sus seguridades. Cuando se aleja el gerente, Perlassi camina por el jardín delantero con el bidón de kerosene en una mano y una barreta de hierro en la otra. Fuerza la puerta trasera y recorre la casa derramando el contenido del bidón. Después arroja un fósforo encendido y se va tan campante. ¿No sería un digno castigo? Obligarlo a gastar, en la reconstrucción de su casa, un dinero equivalente, tal vez, a la "comisión" que le pagó Manzi.

Perlassi se sabe incapaz de hacerlo. Por empezar porque alguien puede salir lastimado. No sólo en la familia de Alvarado. ¿Quién puede garantizar que el fuego no se extienda a las casas vecinas? No. Perlassi no se animaría a hacer una cosa así. Pero no puede evitar soñar despierto con las imágenes del incendio, con el rostro desencajado de Alvarado viendo las llamas.

Y sin embargo Perlassi no quiere perderle pisada. Quiere saber en qué anda. Necesita seguir odiándolo. Por eso, y pese a las protestas de Rodrigo, van hasta 9 de Julio. No van al banco, sino a la casa del gerente. Les llama la atención, cuando estacionan enfrente, el estado de abandono de la casa. Los yuyos altos, las persianas cerradas, los sobres de papel apelmazados sobre el camino de la entrada. ¿Habrá pedido otra vez el traslado?

Entonces sí van al banco. Perlassi pide hablar con el gerente. La empleada duda mientras responde. "No tenemos gerente, en este momento." "¿Y Alvarado?", pregunta Perlassi. La mujer tarda en responder. "Alvarado no… ¿usted no se enteró?" Los ojos de la mujer se llenan de lágrimas. "Murió en un accidente, camino a Buenos Aires." Perlassi se queda paralizado de sorpresa. La mujer interpreta que su silencio, sus ojos todavía fijos en los de ella significan que espera alguna otra precisión. No es cierto. Perlassi no quiere saber nada más. Pero es tarde. Porque la mujer dice: "Los cuatro. Murieron los cuatro. La señora. Las nenas". Y Perlassi se disculpa con un "Lo siento" apenas mascullado y sale del banco, sube al auto, le dice a Rodrigo que ya está, que se vayan, y Rodrigo que no entiende y Perlassi que le hace un gesto de que no puede hablar, ahora no.

Los primeros cincuenta kilómetros Perlassi no puede articular palabra. Cuando consiga hablar será para preguntarle a su hijo si cree en las maldiciones. Rodrigo pedirá que le repita la pregunta. Que si cree en las maldiciones. Rodrigo dirá que no y preguntará por qué le sale con semejante cosa. Perlassi tardará en responder. Al fin dirá (sin dejar de mirar por la ventanilla el campo interminable que van dejando atrás) que desde que pasó lo que pasó con su mamá, la de Rodrigo, se pasó maldiciendo a Alvarado. Que si no hubiese sido por el gerente y sus manejos nada habría pasado. Que si no hubiese sido por Alvarado, ni Perlassi ni Silvia habrían ido a Villegas ese día, en medio del Corralito. Que si no hubiese sido por él su mamá estaría viva.

Rodrigo escucha sin preguntar. Espera que diga lo que falta. En eso se parece a él. En eso de dejar que la gente hable cuando quiera. Al final Perlassi suelta que se mató, que se mató en la ruta, que se mató en la ruta con la mujer y con las hijas. Lo dice vencido, lo dice entre sollozos, lo dice culpable, como si el responsable fuese él. Agrega que nunca quiso eso, ni siquiera para Alvarado y mucho menos para ellas. No dice lo de prenderle fuego a la casa, porque eso siempre fue uno de esos sueños que uno sueña sin querer, en el fondo, que se cumplan. Rodrigo demora en contestar. "No te preocupes", le dice al final. "Se mató porque se mató, y vos no tuviste nada que ver." El resto del trayecto lo hacen en silencio.

Perlassi le pide que lo deje en la gomería de Fontana, porque le quiere contar. Cuando estacionan delante, y mientras Perlassi se baja, Rodrigo le dice que espere un segundo. Perlassi se detiene, ya de pie en la vereda, inclinando el cuerpo hacia adentro. "Quedate tranquilo, viejo, que vos no fuiste", dice Rodrigo. Perlassi sonríe y Rodrigo también. Después cierra la puerta y camina hacia lo de su amigo. Mientras se aleja, Rodrigo piensa que su papá es la persona más buena que conoce. Y eso lo hace sentir bien y lo hace sentir triste, al mismo tiempo.

Cuarto acto
La noche de la Usina

1

Uno olvida la mayor parte de los días. Qué hizo, dónde estuvo, con quién. Tal vez de otro modo no se puede seguir viviendo. Las imágenes serían demasiadas. Pero eso no sucede siempre. Al contrario, hay momentos que no se olvidan nunca. Por ejemplo, si uno le pregunta a cualquiera que tenga más de cincuenta años dónde estaba cuando se enteró de que la Argentina había desembarcado en las Malvinas, en 1982, seguro que se acuerda. O dónde vio, y con quién, los goles de Maradona a los ingleses. Lo mismo sucederá con cualquiera que tenga más de treinta si lo interrogan acerca del día en que derribaron las Torres Gemelas. Y hasta los chicos podrán decir en qué televisor vieron la final del Mundial 2014 cuando perdimos, otra vez, con Alemania.

Bueno, acá en O'Connor pasa lo mismo con la noche de la Usina. Lo dicen así, como un título. Algunos van a decir que estaban en sus casas, escuchando el aguacero contra las chapas, y que el estruendo y el apagón los sorprendieron pero no los asustaron. Otros dirán que estaban en el cumpleaños de quince de la hija del medio de Rebollo. Lo festejó en el salón de los bomberos y tenía como ciento cincuenta invitados. Pobre la piba, hizo su entrada bajo el aguacero, llegó con el borde del vestido todo manchado de barro, y la madre y unas tías tuvieron que hacer milagros para limpiarlo en una piccita al lado del guardarropas. Pero quedó bien, dicen, y nadie se dio cuenta. Y el apagón los agarró en pleno bailongo, cuando ya la gente había cenado, y comido el postre y cortado la torta, porque alcanzó con un generador chiquito que les prestaron los bomberos para alimentar el equipo de música y los parlantes y todo el mundo bailó a la luz de los relámpagos y terminó siendo el cumpleaños de quince más original y recordado de la historia del pueblo.

Los menos dirán que los agarró saliendo del club Mitre, donde el equipo de básquet acababa de perder contra Defensores de Villegas, un partido que empezó ganando pero se complicó en la segunda mitad. Y que volvieron con cuidado porque tenían miedo de electrocutarse con algún cable pelado que hubiera caído sobre las calles anegadas.

Todo el mundo pensó, de entrada, que había sido un rayo. Por el estruendo de la explosión y porque ha pasado más de una vez. Pero nadie supuso que toda la Usina iba a verse así de afectada.

En O'Connor la Usina la conoce todo el mundo, aunque hace años que no funciona como usina. La construyeron en los años treinta, cuando la electricidad terminó por llegar hasta lugares tan perdidos como este. Se armó una cooperativa y se construyó un edificio de ladrillos rojos, paredes altas y ventanas de vidrio repartido. Las máquinas las trajeron de Alemania. Funcionaban a gasoil y el servicio se cortaba a las diez de la noche: los muy viejos todavía se acuerdan de que a esa hora volvían la oscuridad y el silencio. Recién en tiempos de Perón consiguieron hacerla funcionar las veinticuatro horas. Y cuando en los sesenta conectaron O'Connor a la red nacional, la Usina dejó de usarse como usina. Mejor dicho, en los terrenos de la Usina, pero afuera del edificio y a cierta distancia, se instaló la planta de transferencia, la que toma la línea de alta tensión que viene de El Chocón y sigue para Buenos Aires, y la baja de 135.000 a 13.200 voltios para que se pueda usar en los pueblos. No sólo en O'Connor. Porque desde la Usina salen las líneas a todo el noroeste de la provincia, para Villegas, para Lincoln, para Carlos Tejedor.

La planta de transferencia es una maraña de torres, cables, transformadores y tableros que ocupa un espacio de poco más de media hectárea, y está rodeada por un alambre tejido de dos metros.

El edificio de la Usina vieja quedó para las oficinas, aunque las máquinas de los alemanes quedaron adentro. Unos dicen que las guardaron como recuerdo. Otros dicen que daba más trabajo desarmarlas que arrumbarlas ahí. Alguno agrega que estaban tan bien hechas que hasta para desguazarlas había que saber más de lo que sabían los técnicos de acá.

Después de la noche de la Usina hubo que rehacer por completo la planta de transferencia. Las torres, los transformadores, todo. Porque no quedó nada. Pero nada de nada. Pero la Usina en sí no la repararon nunca. Les pareció que no valía la pena reconstruir ese edificio viejo. Levantaron oficinas nuevas en el centro del pueblo y listo. Por eso cuando la gente pasa por el camino de tierra lo que ve es la fachada, ennegrecida, y los agujeros de las ventanas, que quedaron como las cuencas vacías de un esqueleto quemado. A los chicos les dicen que no se acerquen, por miedo a los derrumbes. Pero los pibes van igual a ver las máquinas de los alemanes, que conservan, bajo el hollín, los escuditos con las águilas. Es lo más cerca que los chicos de O'Connor se pueden sentir de las películas de la guerra.

2

Perlassi camina con las manos en los bolsillos. Sus mocasines de suela hacen un ruido extraño sobre el asfalto de la ruta. Escucha un motor a sus espaldas, a lo lejos. Se da vuelta apenas. Un auto acaba de entrar a la estación de servicio y Rodrigo sale de la oficina para despacharlo. Menos mal que a su hijo no le interesa dormir la siesta.

Sigue caminando. Ya está a la altura de los silos lúgubres de La Metódica. Siempre los mira, sin detenerse, mientras pasa por delante. Son cien metros que va con la cabeza girada. Se acuerda de la vez que fueron con Fontana a recorrer las instalaciones. Esa vez también llegó un auto para cargar nafta, pero la que salió a atender fue Silvia. Perlassi escupe, como un modo de ahuyentar la nostalgia. Pero lo persigue como una sombra un largo rato, hasta que la ruta se hace de tierra, hasta que deja de ver el alambrado, hasta que llega a la loma que balconea sobre la laguna. Observa el cielo hacia el sur. Huele el aire.

¿Y si se equivoca? Lleva tantas tardes evaluando y descartando, y fantaseando con la tarde en que sea distinto al de las demás, que teme estar confundiendo lo que percibe con sus ensoñaciones.

Claro que puede dar la orden de movilización general y, si se equivoca, abortar el procedimiento. Pero lo ve difícil. No sólo por todas las acciones individuales y grupales que el llamado a la acción involucra para cada uno de los conjurados, y que tendrían que desarticular si su presunción está equivocada. No es solo por eso. Hay algo más. Siente que están al borde. Todos. Y que ponerlos en alerta, y cargarlos de ansiedad, para devolverlos al final a la parálisis de sus casas, puede terminar por quebrarlos. Al fin y al cabo son ocho chambones movidos por la desesperación y poco más.

Se sienta sobre el pasto, cuidando de que no haya cardos. Le da la espalda a la laguna porque lo más importante es ver el cielo del lado del sur. En el cielo hay algunas nubes sueltas. Nada más. Pero ese vientito que arranca y se frena, y arranca y se vuelve a frenar…

Ya se equivocó demasiadas veces. No con la lluvia. Con otras cosas. Y esas equivocaciones las pagaron otros. O las siguen pagando, como Rodrigo, que tiene perdido el año en la facultad, aunque diga lo contrario para que él no se haga mala sangre.

Tal vez esté haciendo de todos un problema que es solo suyo. Tal vez es él, y nadie más, el que está al borde del desmadre. Tal vez se precipitó cuando se puso en movimiento, después de la muerte de Silvia. Tal vez debió tomar más tiempo para su duelo. Sí. Debe ser eso. Salió a jugar un partido de verdad sin hacer antes la pretemporada, y ahora se está rompiendo por todos lados.

Otra vez el viento suave que peina la loma y cesa. Perlassi huele. Se pone de pie. Se sacude los pantalones. Mira el reloj. Son las dos de la tarde. No. No es una ensoñación precipitada. De ninguna manera.

Perlassi vuelve hacia la estación de servicio sabiendo que esta noche va a llover.

3

Fontana levanta la vista de su crucigrama y ve que es Perlassi. Saluda con una inclinación de cabeza y vuelve a lo suyo. Perlassi se sienta enfrente.

—¿Cómo venimos? —pregunta Perlassi.

—Ya lo tengo. Vengo complicado con una planta de la familia de las cigofiláceas, de tallos largos y rastreros, hojas compuestas y fruto casi esférico, perjudicial a los sembrados.

—¿Calamento?

—No. Seis letras. La cuarta es una O.

—Fruto casi esférico...

—Hace media hora que estoy con esa. ¿Podés creer?

Perlassi se incorpora y se dirige a la cocina para preparar mate. Habla desde lejos.

—¿Novedades?

—¿Hablaste con Belaúnde?

—Vengo del Campamento, precisamente.

—¿Y?

—Belaúnde se queja de que necesita más tiempo, de que somos unos locos en pretender que pueda reparar el bicho ese en diez días.

—¿Y?

—Ya la tiene andando.

Perlassi se deja caer otra vez en el asiento y acomoda la yerba. Se miran un segundo y sonríen.

—Qué hijo de puta, Belaúnde —elogia Fontana.

—Le falta meterle aire a una de las cubiertas que consiguieron los López. Pero es cuestión de un rato. Ya los mandé a los hermanos para allá con un compresor de

292

mano. Belaúnde ya anduvo moviendo la topadora despacito, adelante y atrás, adentro del galpón. ¿Por qué me preguntás?

Fontana se queda mirándolo.

—Es hoy ¿no? —pregunta por fin Fontana, sin necesidad de que Perlassi le conteste.

Este le alcanza el mate. Fontana echa un último vistazo al crucigrama, como si tuviera que decidir si le queda alguna clase de escapatoria y concluyera que no. Recién entonces, y mientras devuelve el mate, se encara con Perlassi.

—¿Vos estás seguro de lo que querés hacer?

—No.

Fontana se permite una sonrisa.

—Me quedo mucho más tranquilo.

Se incorpora y hace un gesto con la cabeza para que Perlassi lo siga. El otro deja la pava y el mate sobre el escritorio de la gomería. Pasan la arcada hacia la casa y dejan atrás la cocina. Pasan también la puerta del dormitorio. Perlassi, con un vistazo, comprueba que la cama está sin tender. Siguen hasta el comedor de diario, cuyos muebles están tapados de libros apilados de mal modo. Algo murmura Fontana de una biblioteca que tiene que colocar, pero Perlassi se lo viene escuchando desde hace años. Salen al patio de baldosas rojas. Al fondo hay una pieza aislada del resto. Fontana abre con sus llaves. La pieza es un pandemónium de cajas, herramientas, pilas de diarios viejos y percheros con ropa en desuso. Fontana mueve algunos cartones hasta que deja ver cuatro cajas de madera, grandes como cajones de fruta, pero ciegas. En el costado tienen un letrero borroso. Fontana se agacha junto a la primera y mira a Perlassi, como dándose —o dándole— una última oportunidad de arrepentirse. Pero Perlassi hace un gesto invitándolo a seguir. Fontana le pide con un ademán que le pase un martillo que está sobre un estante. Levanta con él los clavos de la tapa. Mueve la caja hacia Perlassi.

—Acá la tenés.

Los cartuchos de dinamita están alineados con proli-jidad. Sueltan un perfume que Perlassi no conoce y tienen un color marrón y uniforme.

—Preguntarte qué hacés vos con cuatro cajas de di-namita en tu casa es… ocioso, ¿no?

—Me la traje cuando nos cerraron. Los primeros días jugaba con la idea de volar los edificios del Campamento a la mierda. Después se me pasó el envión. Y quedaron acá.

Perlassi se rasca la cabeza.

—Vos decís que funciona…

—¿Querés que probemos una? Tengo un encendedor en la cocina. Dejame armar la mecha y la probamos acá contra la pared del vecino.

El otro ignora el sarcasmo.

—Hablando de eso. Mechas, fulminantes…

Fontana, por toda respuesta, señala la más lejana de las cuatro cajas.

—Fulminantes, mechas, todo ahí.

—Vamos a tomar unos mates más antes de que se enfríe. Después lo llamamos a Belaúnde para cargarla.

Fontana vuelve a poner las cajas en su lugar, cierra con llave y lo sigue.

4

Manzi se asoma al hueco de la escalera y llama por tercera o cuarta vez a su mujer. A Ester no le gusta nada que la apuren y se lo recuerda de mala manera. Manzi traga saliva y va hasta la cocina. Odia la impuntualidad ajena y no tolera la propia. Se sirve un vaso de agua y se lo toma en tres sorbos, menos por sed que por tener algo que hacer y que lo distraiga de la tentación de volver a asomarse para otro reclamo a los gritos.

Van a llegar a la cena del club cuando estén todos sentados, y a nadie va a quedarle la menor duda de que sí, es el matrimonio Manzi el que llega con cuarenta o cuarenta y cinco minutos de retraso. Escucha por fin los tacos de su mujer en la escalera.

Por experiencia sabe que lo mejor es no decir nada. Es más útil subir a la camioneta, poner música y dejar que el malestar de ambos se vaya disolviendo con la melodía y el ronroneo del motor. Abre la puerta de calle y deja pasar a su esposa.

—No. No vayamos con la camioneta, Fortunato.

—¿Por qué?

—Pero, ¿no ves cómo estoy vestida? ¿Te parece que puedo levantar la pierna hasta ahí arriba? ¿Qué soy? ¿Contorsionista?

Manzi piensa que sacar el BMW del garaje le llevará tres o cuatro minutos adicionales. Pero vuelve a morder las palabras para que no se le escapen.

—De acuerdo, esperá que saco el auto.

—Pará —dice Ester, con la mano en alto, avanzando tres o cuatro pasos en el jardín delantero—. Está fresco. ¿Lloverá?

—No, mujer. Qué va a llover, si está más seco que no sé qué.

Ella da un paso. Vuelve a detenerse.

—Esperá que me traigo algo más de abrigo.

Manzi, en un esfuerzo supremo, mantiene la calma.

—Vos buscá el abrigo. Yo voy sacando el auto. ¿Te parece?

Se separan en la puerta. Ester le pregunta algo sobre llevar paraguas, porque se ve el cielo nublado, pero Manzi insiste en que no, de ninguna manera va a llover.

5

—Dejame a mí —dice Belaúnde, mientras Fontana la emprende a golpes contra el volante de la topadora.

Se trepa hasta la cabina y Fontana le hace sitio. Desde abajo, Medina y Hernán observan en silencio. Belaúnde hace dos intentos que fracasan igual que los anteriores diez de Fontana. Se encarama en el chapón del motor, murmurando:

—Pero qué mierda tiene, ahora. Si lo probé veinte veces y andaba...

Los otros tres siguen como estatuas.

—Pasame la llave inglesa.

Fontana se la alcanza. Belaúnde intenta desajustar una tuerca pero, como se le resiste, opta él también por los golpes, lisos y llanos. Fontana y Hernán se miran. Si el tipo más metódico y sereno del grupo inicia la noche de este modo, lo que queda para el resto. Fontana se baja de un salto y les hace una seña a los otros dos. Salen al playón abandonado del Campamento para darle a Belaúnde un poco de privacidad. Medina enciende un cigarrillo. Las ráfagas de viento son cada vez más sostenidas y el horizonte se ilumina de relámpagos.

—Parece que va a llover, nomás —dice Medina, desde atrás del pucho.

—Menos mal —el tono de Hernán es de alivio.

—Este Perlassi es increíble —dice Fontana—. Cuando vino hoy a la gomería, a eso de las dos, había un sol que rajaba las piedras. Es un don. El hijo de puta tiene un don, con eso... ¿Me daría un cigarrillo, Medina?

Medina se apresura a complacerlo.

—Disculpe, don Fontana, pensé que no fumaba...

—No, es que lo dejé. Pero hoy, si no, no puedo.

—Igual está lejos, el agua —Hernán señala el horizonte iluminado—. Todavía no se oyen los truenos.

—¿Vendrá para acá? —pregunta Fontana, antes de soltar la primera bocanada de humo.

—Para mí que sí —confirma Medina.

En ese momento escuchan otra vez el burro de arranque del bulldozer, que engrana después de un par de toses. El estruendo sacude las chapas del galpón. Los tres entran corriendo. Belaúnde, desde la cabina, sonríe con toda la cara. Fontana se trepa y el otro le hace sitio para que tome los controles. Apenas Belaúnde se descuelga por el costado Fontana inicia el movimiento hacia adelante. La topadora cabecea, pero el motor no se apaga. Hernán se apresura a abrir el portón del galpón. Fontana encara hacia la salida. Cuando la atraviesa, Fontana grita algo que los demás, por el estruendo del motor, no entienden. Hernán advierte que se dirige hacia el portón de acceso al predio, a velocidad constante. Si no frena, se lo llevará por delante. Hernán trota para alcanzarlo. Fontana está bombeando un pedal que Hernán no alcanza a distinguir. Mira hacia adelante, hacia los costados, hasta que advierte a Hernán. Entonces empieza a hacer gestos inequívocos de que el bulldozer no frena. Hernán se lanza a correr para abrir el portón, pero aunque los candados no están puestos sí lo están las cadenas. Llega a quitar la de arriba, pero no hace a tiempo de sacar la de abajo. Con lo justo se hace a un lado antes de que la topadora impacte en el portón, lo arranque de cuajo y lo pase por encima. Medina y Belaúnde llegan un minuto después.

—¿Qué le pasa a este boludo? —grita Belaúnde.

—Parece que no andan los frenos.

—Sí que andan. No les dio bomba lo suficiente —se queja el jefe de estación.

—¿Y ahora qué hacemos?

Si bien el Campamento está en el deslinde del pueblo, el plan era que nadie se dé cuenta de que sacaron la maquinaria. Y ahora el portón está tirado en el piso. Sin necesidad de hablarlo, los tres se distribuyen para izar el portón y apoyarlo en su sitio. A golpe de vista parece que estuviera todo normal, salvo por un par de abolladuras que dejó el bulldozer al aplastar los caños.

Belaúnde y Medina van hacia el Citroën.

—Apagá las luces acá, Hernán —dice Belaúnde, ya subiéndose—. Nosotros nos vamos yendo.

Hernán obedece. Antes se toma un minuto para ver cómo se aleja el Citroën, que va con la carrocería casi rozando las ruedas traseras. Parece mentira, piensa Hernán, cómo pesan los cartuchos de dinamita.

6

Apenas sale a la calle, Fontana consigue encender las luces del bulldozer. En realidad el foco que anda, porque el otro no da señales de vida. ¿No pudo Belaúnde, mientras reparaba el catafalco ese, verificar que tuviera luces? Sobre todo teniendo en cuenta que deberá andar kilómetros y kilómetros en plena noche. Confía en que, de tanto ir y venir por los senderos de los campos de Manzi, estos terminen resultándole familiares.

Lo más preocupante son los frenos, de todos modos. Cuando los accionó frente al portón no dieron señales de vida. Ahora que va por la última calle del pueblo, la que de un lado tiene casas sueltas y del otro nada más que campo, aminora la marcha para volver a hacer la prueba. Hace tres intentos y la cosa mejora en cada uno. ¿Será que la bomba de freno estaba rígida o que él demoró en ponerse ducho con el modo de apretar los pedales? También, son un montón de años sin conducir la topadora. ¿Cuántos? Desde la época de los paros generales contra Alfonsín. El sindicato, naturalmente, bajaba la orden de parar. Fontana arengaba a la tropa la tarde anterior, echando pestes contra Ubaldini, la CGT y el sindicalismo fascista. El día de la huelga siempre se presentaban dos o tres empleados, de los cuarenta que eran, un poco porque lo querían y otro poco porque les despertaba compasión dejarlo solo. Y Fontana se decía: hoy son tres. Mañana serán treinta. La profecía jamás se cumplía, porque siempre eran los mismos tres. Pero le permitían a Fontana sentir que estaba dando batalla y que el futuro iba a sonreírles, a él y a Alfonsín. Después se trepaba a la topadora y se iba a trabajar. Cruzaba el pueblo por la calle principal, para que los que habían abierto los negocios, o los pibes esporádicos que iban a la escuela, lo viesen y dieran testimonio de que él, Antonio Fontana, no había estado en el bando de los cerdos del aparato burocrático sindicalista-militar-reaccionario.

Hoy elige un itinerario mucho menos glamoroso. Sigue por la calle del deslinde, que es de tierra, y busca la ruta 33 no por el empalme principal sino por un camino de tierra que sale cerca de Cañada Seca. Toma el asfalto rogando que nadie venga demasiado fuerte. La única luz que tiene esa porquería da hacia adelante, y si alguien viene en su misma dirección a demasiada velocidad, terminará embistiéndolo.

Tiene suerte. Durante los cuatro kilómetros que hace por la ruta 33 apenas se cruza con dos autos y lo sobrepasan tres camiones que lo divisan con tiempo. Tuerce a la izquierda y se interna en el nuevo camino de tierra, que se irá estrechando y haciéndose más desparejo a medida que avance.

Fontana es bueno para calcular distancias, aunque sea de noche, aun en semejante oscuridad. Perlassi eligió un sitio exacto para su maniobra. A los ochocientos, ochocientos cincuenta metros de una larga recta que tiene en total casi dos kilómetros, ya cerca de la bóveda. Hay unos sauces secos a un costado. Fontana abandona la huella, da un amplio rodeo con el bulldozer y lo deja perpendicular al camino, a unos veinte metros. Mira su reloj. No ve nada. Insulta por lo bajo. Sin apagar el motor (está decidido a no apagarlo en ningún momento, porque no lo tiene ahí a Belaúnde para que lo saque del apuro si no vuelve a encender) se deja caer al piso, va hasta el frente y acerca la muñeca al foco que funciona. Según las instrucciones de Perlassi, ellos deben estar pasando en unos diez minutos. Y a él, Fontana, le toca ponerse a trabajar en media hora.

Vuelve a la cabina. Tiene la precaución de apagar la luz porque ahí, en medio de la nada, el farol debe verse desde kilómetros y kilómetros. Después le será imprescindible usarlo, pero hasta entonces le parece mejor tomar precauciones. La topadora quedó apuntando al sur, de frente al espectáculo del cielo y los relámpagos. De tanto en tanto, cuando la descarga es particularmente prolongada, llega a escucharse el rumor opaco de los truenos.

Los minutos se le pasan rápido. Desde su derecha aparecen las luces de los focos de sus compañeros, que vienen puntuales. Primero pasa la chata de Perlassi, con Rodrigo al volante y los hermanos López a su lado. Detrás viene el Fiat de Rodrigo, pero conducido por Hernán. A su lado viaja Perlassi y atrás va Lorgio, quien pese a las protestas de los otros dijo que esta noche sí o sí tomaba parte.

Unos metros antes de que lo crucen por delante, Fontana enciende la única luz del bulldozer. Hernán, al notarlo, enciende la luz interior del auto, para que él también los vea. Fontana sonríe desde su cabina a oscuras. Antes de alejarse, y a través de su ventanilla, Perlassi le dedica, con el único objeto de burlarse de él, el saludo peronista.

En un arrebato, Fontana le responde con un vehemente tomarse las manos al lado izquierdo de su cabeza, en el gesto que popularizó Raúl Alfonsín en la campaña presidencial del 83. Tarde, se da cuenta de que no hay modo de que lo vean, en la cabina a oscuras y encandilados por la luz de la topadora. Una lástima.

Las luces traseras de los autos terminan perdiéndose en la noche. Fontana acelera, baja la pala mecánica al ras del piso y se dispone a trabajar.

7

Como le cuesta mucho estarse quieto, pasea junto al terraplén que baja al pie de la empalizada de alambre tejido, mientras Medina trabaja con las cargas.

—Téngame la luz, don —le pide Medina a la vuelta de uno de esos viajes, y Belaúnde obedece.

Mientras sostiene la linterna ve trabajar las manos del viejo: une las mechas a los fulminantes y estos a los cartuchos y después los agrupa.

—Y usted, don Medina... esto lo aprendió en la colimba...

—Ajá —asiente Medina, que sigue en lo suyo.

Está mucho menos locuaz que de costumbre. Belaúnde lo atribuye a la concentración que requiere su tarea. Con una agilidad gatuna, el viejo se desplaza de un lado a otro, en un radio de varios metros, entre los pilones de cartuchos, el rollo de mecha, la caja de fulminantes, el sitio donde encinta los racimos de cargas ya listas. Belaúnde está inquieto. Quiere preguntar, pero teme ofender al viejo.

—Y así, el cálculo de dónde poner, cuánto poner... ya con Perlassi...

—Sí, sí —Medina responde atropellando las palabras, como hace siempre—. Todo hablado, todo hablado con Perlassi. Diez cargas en total, todo alrededor del transformador 4.

Se desentiende de Belaúnde y sigue.

—Hágame el favor, don Belaúnde, ¿me ilumina acá? No. Más acá, eso.

Belaúnde alumbra el costado del transformador. Por suerte es de los más cercanos al alambre tejido. Cuando Medina termine de preparar las cargas tendrán que asomar la jabalina telescópica por encima del alambrado, como si fuera una caña de pescar, y dejar las cargas desde ahí, para no correr el riesgo de electrocutarse. Belaúnde se pregunta qué habrían hecho si el transformador que conduce las líneas hacia el campo de Manzi fuera el 6 o el 7, que están en el centro del predio. Por suerte es el 4.

En la reunión que tuvieron fue Fontana el encargado de instruir al viejo sobre el modo de aplicar la carga explosiva. Hablaron de detonadores, fulminantes y distancias de detonación, pero Belaúnde entendió poco y nada. Sí recuerda que Fontana insistió con que, para estar seguros de inutilizar el transformador (no pueden darse el lujo de que siga funcionando), deben aplicarle 93 hectogramos de dinamita, divididos en diez cargas de 93 decagramos.

A la luz de la linterna Belaúnde ve cruzar los primeros gotones de lluvia. Una gota, enorme y fría, se le estrella en la nuca.

—Atienda, don Medina. ¿Lo puedo dejar solo dos minutos? Tengo un encargo de Fontana y en una de esas más tarde no tengo tiempo. ¿Se arregla con la luz?

—Seguro, seguro, don Belaúnde. Vaya tranquilo, vaya tranquilo, que acá yo sigo con lo mío.

Belaúnde apoya la linterna en el suelo y se toma unos segundos para comprobar que sí: Medina sigue preparando los detonadores sin mayor dificultad. Entonces hurga en el fondo de uno de los bolsos, encuentra el aerosol de pintura negra y emprende un trotecito hasta el edificio de la Usina.

8

Cuando estacionan Perlassi, que va sentado junto a Hernán, le pide que se detenga bien cerca de la camioneta que conduce Rodrigo.

—¿Para qué?

—Vamos a engancharles la linga de remolque.

Hernán lo mira extrañado, pero termina comprendiendo. Si llueve mucho el Fiat Uno corre el riesgo de atorarse en el lodazal. Ahora pueden usar algunos minutos en dejar el auto en condiciones de ser remolcado. Más tarde, en cambio, es posible que no dispongan de ese tiempo.

Cuando Hernán baja a ayudarlo Rodrigo ya está enganchando el garfio de la linga al chasis de la camioneta. Hernán no puede evitar, aun en esas circunstancias, cierta envidia frente al grado de entendimiento que existe entre los Perlassi, padre e hijo. Vinieron en autos separados, con mil cosas a que atender cada uno, y sin embargo tienen presente el próximo paso en perfecta sincronía. Entre Hernán y su padre lo único que hay, en los malos momentos, son recelos; y en los buenos, torpezas. Y son mucho más frecuentes aquellos que estos últimos. Los López, un poco más adelante, cavan al pie de dos postes del alambrado, para aflojarlos.

—Ayudame —le pide Rodrigo desde debajo de la camioneta, y le arroja el otro extremo de la linga.

Hernán se apresura a fijar el otro gancho bajo el paragolpes del auto.

—Metele, que llueve cada vez más —escucha que advierte su amigo mientras controla, con un par de tirones, que haya quedado firme.

Es verdad. La tormenta está casi sobre ellos. Apenas terminan vuelven a los autos, pasados por agua. Apagan las luces y los motores, pero casi en ningún momento pierden el contorno de las cosas porque los relámpagos son casi continuos. Se alcanza a ver perfectamente que están al borde del potrero de las vacas. Si Perlassi da la orden de avanzar, derribarán los postes que aflojaron los López. Pero sólo si da la orden. Esperan hasta último momento por si algo sale mal y tienen que cancelar *in extremis*.

Riachos de agua bajan por los cristales de los vehículos, y el vaho de los cuerpos los empaña continuamente. Con gestos mecánicos limpian una y otra vez. A la luz de un refucilo, Lorgio ve que Perlassi intenta adivinar la hora en el cuadrante de su reloj.

—¿A qué hora quedamos? —le pregunta.

—No lo vamos a hacer según la hora, sino según la tormenta —le contesta Perlassi, mientras se esfuerza por ver el cielo hacia el oeste—. Tenemos que sincronizarlo con un trueno, para que parezca un rayo. Igual Belaúnde quedó en tirar una bengala.

—¿Y la vamos a ver, con tanta lluvia? —inquiere Lorgio.

Perlassi traga saliva porque siente que cometió un error fatal. Probaron una bengala de emergencia hace un par de semanas, con Belaúnde. La probaron una noche oscura pero serena. Ni se les ocurrió que iban a necesitar ver la bengala en medio de una tormenta. Deberían haberlo tenido en cuenta, pero no lo hicieron.

—Sí, sí, Francisco —miente—. Seguro que vamos a verla sin problema.

Después se encierra en el silencio.

9

Belaúnde, empapado, sostiene un paraguas abierto sobre el viejo Medina, para proteger el detonador mientras termina de prepararlo. La lluvia es copiosa, aunque no torrencial. Una cortina leve a través de la cual se divisan, a unos cien metros e iluminados por sus propias torres, la planta transformadora y el edificio de la Usina.

—Ya casi estamos, don —suelta Medina por el costado de la boca, sin soltar el pucho apagado que lleva desde que empezó a trabajar.

El viejo fue rápido y prolijo. Otro acierto de Perlassi, piensa Belaúnde. Si le hubieran preguntado a él, habría objetado que dejaran un eslabón tan delicado de la tarea en manos del viejo. En realidad lo objetó igual, aunque no se lo preguntaron. Pero Perlassi lo convenció con dos argumentos sólidos: el viejo se ufanaba de su experiencia en demoliciones y no había ningún otro voluntario que tuviera la menor idea de cómo proceder. Dilema terminado.

—¿Las cargas... quedaron bien? —Belaúnde no termina de serenarse, y preguntar lo tranquiliza.

—Sí, sí, todo bien, todo bien, ilumíneme acá, así, no, más acá, eso.

Los dedos de Medina, nervudos y llenos de cicatrices, se mueven sobre cables y conectores. Belaúnde repasa mentalmente. Medina colocó diez cargas, casi equidistantes entre sí, en los cuatro lados del transformador. Las fue aproximando con la jabalina y un ingenioso sistema de cuerdas. Una especie de pesca a la inversa.

—Listo. Vamos, vamos, vamos —Medina, así de viejo y encorvado, sale disparado hacia el lugar donde

307

han decidido guarecerse al momento de explotar las cargas.

Belaúnde lo sigue. En el apurón se olvida de cerrar el paraguas y sus movimientos son torpes y ridículos. Medina lo ayuda a plegarlo para que puedan hacer más rápido. Bajan un pequeño terraplén y se cubren. A un lado está el Citroën estacionado. Los relámpagos siguen siendo frecuentes.

—¡Esperemos uno bien fuerte y bien cercano! —grita Belaúnde, porque ahora la lluvia es torrencial y está llena de sonidos.

Medina asiente, con el detonador en la mano. Un relámpago le ilumina el rostro. Belaúnde cuenta mentalmente. Cinco segundos después se escucha un trueno prolongado.

—¡Ya casi estamos! —vuelve a gritar—. El próximo, ¿eh?

Medina sonríe. De inmediato los alumbra un nuevo relámpago, enceguecedor y cercano.

—Noventa y tres kilos de dinamita, la pucha —comenta Medina, como para sí—. Se va a poner lindo…

Belaúnde está contando mentalmente. Calcula que cuando llegue a cuatro estallará el trueno. Por eso, porque está contando, asiente sonriendo, emulando el gesto del viejo Medina. No repara o, mejor dicho, repara demasiado tarde en que no ha dicho noventa y tres hectogramos, sino noventa y tres kilos. Como si su mano se independizase de su voluntad y su razonamiento, cuando el conteo llega a cuatro chasquea los dedos para dar la señal. Medina oprime el botón. Belaúnde recuerda, con una claridad inaudita, que Fontana habló de diez cargas con una masa total de nueve kilos, trescientos gramos. Pero Medina, al que se le dan mucho mejor las manualidades que los cálculos, confundió los decimales y preparó noventa y tres kilogramos de explosivo.

—¡Noooo! —alcanza a gritar Belaúnde.

Pero ya Medina oprimió el botón, ya estallan los noventa y tres kilos de dinamita, ya la entera planta transformadora de O'Connor vuela por los aires, ya Belaúnde y Medina son levantados por la onda expansiva y arrojados varios metros más atrás, ya las cuatro ventanillas y el parabrisas y la luneta trasera del Citroën se hacen añicos, ya un ciprés lindero con la planta es arrancado de su sitio y arrastra a otros tres en su caída, ya el transformador número 4, o lo que queda de él, sale disparado hacia el cielo y aterriza sobre el techo de la Usina, ya la pared del edificio se derrumba hacia adentro por la sacudida, ya un nuevo relámpago y su trueno vienen a prolongar el ruido ensordecedor, ya el edificio de la Usina, o lo que queda de él, empieza a incendiarse por el piso de abajo, donde se almacena el archivo desde la época de la fundación de la Cooperativa eléctrica.

10

Dicen que el ruido se escuchó en Villegas, en Blaquier y hasta en Aarón Castellanos, pero seguro que exageran. Además, en semejante tormenta: ¿cómo distinguir ese estruendo de los centenares de truenos que se dejaron escuchar esa noche? Los que se ufanan de haber sabido distinguirlo dicen que fue más fuerte, más seco y más corto que todas las otras explosiones de esa noche. Pero es difícil estar seguro. A la gente le gusta ser parte tanto de las hazañas como de las desgracias. Y en esta, en la que no hubo muertos, el protagonismo sale más barato todavía. De modo que ahí van por la vida, diciendo que ellos escucharon y supieron que había algo raro. Pero es mentira.

Lo que seguro todos notaron fue el apagón inmediato que arrancó en ese momento y duró un montón de días. Encima nadie estaba preparado, y las cosas de las heladeras se echaron a perder y como todo el mundo tiene perforación no había manera de llenar los tanques y las casas se quedaron sin agua. Pero todo el mundo supuso, al principio, que era lo de siempre: un rayo que había caído en un transformador y había dejado sin luz a todo el pueblo. Eso en O'Connor pasaba siempre.

Claro: lo raro fue que no sucedió en un solo pueblo. Cuando fue pasando el rato, y alguno se comunicó con parientes o con amigos de otros lados, resultó que no había luz en O'Connor pero tampoco en Villegas, ni en Ameghino, ni en General Pinto ni en otro montón de pueblos. En Rufino se salvaron porque la línea les llega desde otro lado.

Pero de eso se fueron enterando después. Al principio todo el mundo pensó como piensa todo el mundo. Que las cosas le suceden a uno. Es su pueblo, su rayo, su transformador, su apagón. Y sin embargo la cosa era mucho, mucho más grande de lo que todos pensaron.

La luz a O'Connor volvió como quince días después, por una conexión de emergencia que trajeron desde Junín, que si no se hubieran pasado un año entero esperando. Como mínimo.

11

Los sorprende menos el ruido que el fogonazo de luz. El estruendo, aunque más breve, se termina pareciendo al de los truenos que estallan por todos lados. La luz, en cambio, es distinta. No viene del cielo como los relámpagos, sino de la línea del horizonte, hacia el oeste. Y no es blanca sino amarilla, rojiza, y sube y se sostiene unos cuantos segundos antes de desaparecer.

—¿La bengala? —pregunta Lorgio.

Perlassi demora en responder. Eso no puede ser la bengala, o es la bengala más poderosa de la que se tenga memoria. Pero sin duda viene de la Usina. Se pregunta si algo puede haber salido mal con las cargas. Supone que no. Pero, entonces, ¿cómo es posible semejante fogonazo? Teme que les haya sucedido algo malo, pero no tiene manera de verificarlo. No sólo no hay señal de celular ni en la Usina ni donde esperan Perlassi y los demás: Belaúnde y Medina son dos dinosaurios que no sabrían cómo usar un teléfono móvil.

—Sí, es la bengala —responde Perlassi, que teme estar acostumbrándose a mentir. Después se dirige a Hernán—. Tocale un bocinazo a Rodrigo.

El muchacho obedece. De inmediato Rodrigo enciende el motor de la camioneta y las luces. Hernán lo replica en el Fiat. Sin acelerar demasiado, Rodrigo embiste el alambrado empujando uno de los postes que aflojaron los López. Sigue adelante con el Fiat atrás.

—¿Te está remolcando él? —pregunta Lorgio.

—No, papá. Vamos a veinte por hora, como dijimos. Si no me empantano, no hace falta que me remolque.

—Bien, Hernán, vas muy bien —dice Perlassi, intentando ver adelante.

Dejan atrás un grupo de vacas que un relámpago alumbra de repente. Están quietas y los miran mientras soportan lo peor del aguacero. Llegan al otro alambrado. Rodrigo empuja con la camioneta uno de los postes. Se oye el chasquido de la madera cuando se parte. Pasan por encima casi sin tironeos.

—Perfecto, Hernán —murmura Perlassi.

Hernán se pregunta si su padre está escuchando esos elogios. Si los comparte. Si se los calla por pudor. Si ni siquiera repara en cómo se está conduciendo.

—Vamos. Bajemos —dice súbitamente Perlassi, porque han llegado al límite del bosquecito de la bóveda.

Apagan las luces y obedecen. Los motores quedan encendidos.

12

Después, muchas veces, Manzi se preguntará qué estaba haciendo exactamente cuando el salón del club quedó en tinieblas. Con quién estaba hablando. De qué. Pero le será imposible recordarlo.

De lo que puede estar seguro es de que estaba sentado en la mesa principal, con el resto de la Comisión Directiva, de que de repente se cortó la luz, sin ningún pestañeo previo, sin ninguna baja de tensión que lo anunciara, de que casi enseguida se oyó un estruendo profundo y lejano, de que alguna mujer soltó un gritito de nervios o de sorpresa, de que Ester buscó su mano sobre la mesa y él se la oprimió para tranquilizarla, de que a los pocos segundos se encendieron las pocas luces de emergencia de las paredes del salón y todos quedaron iluminados por una luz sucia y anaranjada, de que sintió un fastidio profundo porque el sistema de audio no iba a funcionar e iba a tener que dar su discurso a los gritos, y de que casi enseguida le sonó el celular y cuando atendió le llegó la voz metálica del mensaje grabado de Seoane: "Precaución. Corte de suministro eléctrico en el sistema".

Es una suerte que la vez pasada ya le haya sonado el teléfono con ese mensajito. Ahora sabe que no hay nada que temer. Que se dispara solo cada vez que se corta la luz. Suelta la mano de su mujer y busca con la mirada al maestro de ceremonias, que se acerca solícito.

—¿Tienen idea de qué pasa?

—Ya mismo llamo a la Eléctrica, señor Manzi. Debe haber caído un rayo en algún transformador.

—Supongo —coincide Manzi.

El hombre se aleja hacia la cocina. Su mujer conversa con la esposa del tesorero. Manzi tiene una idea. Puede hacer que traigan el grupo electrógeno de su estación de servicio. Total, desde O'Connor a Villegas no es tan lejos. Y es un modo de salvar la fiesta. Teclea en su celular y espera. Escucha cómo suena y suena, pero nadie atiende.

—Estos pelotudos…

—Fortunato, la boca… —lo reta Ester. Manzi entiende que pensó en voz alta.

—Pasa que en la estación de servicio no me atienden el teléfono.

—Qué raro…

Vuelve a intentar. Tres. Cuatro veces. El teléfono suena y suena. Finalmente lo atiende el encargado de la noche.

—¿Se puede saber qué pasa que no atienden, Gómez?

—Disculpe, don Manzi, pero estábamos conectando el generador, y con la lluvia nos estaba dando trabajo, la verdad.

—¿El generador? ¿Por?

—No hay luz, don Manzi. Se cortó hará veinte minutos. En todo el pueblo, ¿eh? No sólo acá. Parece que cayó en el pueblo, porque se vio un fogonazo terrible, no sabe…

Manzi corta la comunicación. Su plan ha fracasado. Pero hay algo que lo inquieta por detrás de tener que forzar la voz para dar su discurso. Llama a su hermano, el que vive en Blaquier. No contesta. Busca en el directorio del teléfono y lo llama al celular. Ahí lo atiende con voz soñolienta. Se había acostado temprano. ¿Cómo la luz? A ver, que espere. Es cierto, no hay luz. En Blaquier tampoco. No, por nada. Un abrazo. Mañana lo llama. Manzi escucha, desde lejos, la recomendación de su mujer de que deje el teléfono y atienda a la conversación. Su impaciencia crece. Le hace un gesto a su mujer de que le falta una última comunicación. Llama a Vázquez, el director de la Cooperativa de O'Connor. Varias veces salta el contestador. Cuando lo atiende, suena nervioso.

—Hola, Fortunato. Perdoname pero ahora no te puedo atender. Estamos yendo para la Usina.

—¿Tenés idea de si el problema va para largo? ¿Qué fue? ¿Cayó un rayo, no?

—No sé, Fortunato. Sí, calculo que sí. No te puedo decir. Acá se vio un relumbrón tremendo, como una bomba, te juro. Y están sin luz desde O'Connor hasta Villegas.

—Sí, yo te llamo desde Villegas.

—Y en Blaquier, y en Lincoln tampoco. Es un quilombo, Fortunato, te tengo que dejar.

—Pero… ¿Cómo puede ser tan grande? ¿Dónde cayó el rayo?

—A la mierda… —suelta el director de la Cooperativa—. Esto es un quilombo, Fortunato. Estoy llegando a la Usina. Un quilombo.

—¿Hay mucho lío?

—¿Lío? Está todo prendido fuego.

Manzi se queda escuchando, porque en el apuro el presidente olvida apagar el teléfono. Escucha algo de llamar a los bomberos, y de que hay un olor raro. "A podrido", dice alguien en segundo plano. Pero enseguida la llamada se corta.

13

Belaúnde tose porque quedó tendido boca abajo y se atraganta con el agua de los charcos. Es una sensación extraña, porque tose pero no se escucha toser. Nada. Nada en los oídos. Se da vuelta boca arriba. Consigue sentarse, con los brazos extendidos. Vomita el almuerzo y la módica merienda.

Ahora los oídos le duelen. Un dolor agudo y profundo como si dos agujas de tejer fuesen penetrando por sus orejas hasta el cerebro.

Se pone de pie entre tambaleos. Le llama la atención el resplandor que asoma por encima del corto terraplén. Sube a los tropezones. La Usina arde por los cuatro costados. Por los tres, en realidad, porque la pared que daba a los transformadores se ha derrumbado por completo. No hay otra luz que la de las llamas. La planta de transferencia parece arrasada por un tornado.

Medina. De repente Belaúnde recuerda que no estaba solo, que el viejo estaba con él, que pensó algo que tenía que ver con pesos o medidas, pero está demasiado embotado como para recordar. Baja otra vez el terraplén. Lo ubica a la luz de un nuevo relámpago. Medina está hecho un ovillo sobre el pasto empapado. Belaúnde lo pone boca arriba. Está inconsciente o está muerto. Acerca el oído al pecho, pero es inútil. Sus oídos apenas captan el rumor de los truenos. Eso y un zumbido lejano. Intenta tomar el pulso, en las muñecas y en la garganta. Le parece que está muerto.

Corre hasta el Citroën. Abre la puerta del conductor y se sienta sobre los pedacitos de cristal estallados. Acciona

317

la llave en el contacto y se enciende la luz roja del tablero. Por lo menos funciona el sistema eléctrico. Tira de la palanca de encendido. El burro de arranque suelta algunos gemidos pero el motor no funciona. Lo intenta dos veces más, pero no sucede nada. No insiste. Si sigue forzando el arranque va a gastar la batería.

Sigue lloviendo con fiereza. Dentro y fuera del auto. Belaúnde mueve la palanca del cebador al punto exacto de tantas otras veces.

—Arrancá, la puta madre, te lo pido por favor.

El motor engrana al primer intento. Belaúnde lo acelera con cuidado. Enciende las luces y avanza en primera hasta donde está el cuerpo de Medina, que está como él lo dejó: boca arriba pero con la cabeza de lado, para que no le entre más agua en la nariz y en la boca. Belaúnde abre la puerta de atrás. Hace un último intento de encontrar algún signo de vida en el viejo, pero fracasa. Lo levanta de los brazos y lo sube como puede al asiento trasero. Vuelve al volante y se aleja en primera. Es la marcha con más empuje del Citroën y difícilmente se empantane. Pero tiene que alejarse de ahí cuanto antes. No sabe si estuvo inconsciente poco o mucho tiempo, y la cuadrilla de emergencia eléctrica puede llegar en cualquier momento. Enseguida sabrán que fue un sabotaje. Tal como tantas veces conversaron con Perlassi: no pueden evitar que sepan el qué. Alcanza con que ignoren el quién. Eso es todo.

En la bifurcación tiene que optar entre ir al pueblo o seguir la huella de tierra que sale para Villegas. Decide seguir por la tierra. Según recuerda, la senda es bastante alta. Y si no se encalla puede ser que llegue. Necesita intentar algo con Medina. Ya verá qué dice al llegar al hospital. Que lo encontró tirado, que se descompuso… Será sospechoso llegar en un Citroën todo embarrado y con los vidrios rotos. Pero no puede dejar que el viejo muera así, como un perro.

En ese momento siente una mano que se le apoya en el hombro. Es tal su sobresalto que gira el volante y termina chocando con la zanja que corre a un lado del camino. Gira la cabeza y ve a Medina que lo observa perplejo, sentado en el asiento de atrás.

—¡Medina! ¿Está bien?

—Bueno... bien... lo que se dice bien...

Medina debe estar con los oídos tapados, porque hurga con el meñique en cada conducto auditivo, con gesto de desagrado.

—Pensé que... como no reaccionaba...

Medina sacude la cabeza afirmativamente y mira alrededor: la tormenta que persiste, el campo, el Citroën anegado.

—Qué cacho de explosión, mi amigo...

Se arrellana en el asiento trasero, como si estuviera muy cansado. Belaúnde le da arranque al auto, retrocede dos metros y retoma el camino. De vez en cuando el Citroën se desplaza un poco de costado, cuando el barro es demasiado y las ruedas pierden adherencia. Pero consigue enderezar el rumbo y seguir avanzando en la noche negra estallada de refucilos.

14

Manzi abandona la mesa sin atender a la súplica muda de Ester de que por lo menos pida permiso. Una idea, un temor, una imagen horrible está tomando forma en su cabeza y necesita hacer algo al respecto. En la cocina del club se encuentra con el intendente. El rostro desencajado de Ramírez aumenta su desasosiego.

—¿Te enteraste de algo?

Ojalá diga que no, piensa Manzi.

—Sí. Los bomberos dicen que hay un olor muy raro, como a explosivos —informa el funcionario.

—Mierda —es todo lo que le sale decir a Manzi.

Sin saludar ni despedirse sale corriendo de la cocina, del salón y del club. Cuando palpa las llaves en el bolsillo tiene otro breve ataque de rabia, porque está con el auto y no con la camioneta. Si se mete en el campo con esta lluvia corre el riesgo de encajarse.

Le importa un carajo. No va a perder tiempo yendo hasta su casa para buscar la Hilux. Cruza la media cuadra que lo separa del auto, indiferente a la lluvia. Cuando se sienta al volante hace una respiración honda. Momento. Esta es la cuarta, la quinta vez que sale disparado a revisar si lo afanaron. Las otras fueron falsas alarmas. Tranquilamente esta vez también puede serlo.

Pero como si sus emociones y sus movimientos tomasen un rumbo independiente de ese razonamiento, arranca tan rápido que el auto se desliza de costado y roza a otro estacionado sobre la mano contraria. Lo endereza a duras penas y sigue adelante. Toma la curva del empalme de la ruta 33 a ciento veinte por hora. En la primera recta pone el auto a casi doscientos. No ve bien, pero la ruta está desierta. Y el BMW tiene buena adherencia. En una de esas, fue mejor salir con el auto y no con la camioneta, quién le dice.

15

Mientras arrancan la cubierta camuflada Perlassi se pregunta si estará sonando la alarma. No tiene modo de estar seguro de que la hayan desactivado con el corte de corriente. ¿Y si Manzi se arrepintió y volvió a conectar la batería? O aun si no sonó, ¿qué pasa si Manzi, cuando recibe el mensaje telefónico del corte de energía, no se cree lo del rayo y decide ir a cerciorarse de que no pasa nada?

Los López, inmunes a las dudas, la emprenden con las mazas y los cortafierros contra los candados. Saben trabajar. Tres o cuatro golpes son suficientes para hacer saltar los gruesos aceros con forma de herradura. Lorgio y los chicos esperan su turno, mientras alumbran con las linternas. Todos tienen guantes puestos. Perlassi espera que con esa precaución sea suficiente. Pero si sonó la alarma toda su cautela será de una candidez imperdonable. Si cae la policía, aunque el comisario de O'Connor sea un estúpido, van a detenerlos. Al fin y al cabo son seis palurdos a bordo de una chata modelo 85 y un Fiat Uno remolcado. No podrán escabullirse rápido de ahí. De ningún modo.

Eladio y José convergen en el quinto candado. Eladio amaga con ocuparse de él en soledad y José se permite cierto forcejeo. Lo que falta. Que esos idiotas se pongan a pelear por el orden de prelaciones en la destrucción de los cerrojos. Cuando Perlassi está a punto de intervenir, José retira la mano y deja hacer a su hermano.

—Metele —lo urge Rodrigo.

Su voz suena muy nerviosa. En el límite. Como tantas veces, Perlassi se siente culpable por haberlo metido en eso. Si todo sale mal, una cosa es que él termine preso. No

322

le cambiará demasiado las cosas. Pero su hijo no. Por Dios. Su hijo no. Se ha pasado varias noches en vela pensando si será como en las películas, que le ofrecen a alguno de los detenidos hacerse cargo de los delitos para beneficiar a otro. Ojalá se pueda. ¿Será menor la pena con esto de que nunca usaron armas? Otra cosa que no sabe, otra cosa que tendría que haber averiguado.

—Listo —dice Eladio, mientras retira los restos del último candado.

Entre los dos levantan la compuerta. Hernán y Rodrigo bajan primero. Siguen los López y Perlassi. Han acordado que Lorgio se quede en la superficie, haciendo de campana. José López acciona varias veces una llave de luz. Su hermano habla con fastidio:

—Mirá que sos boludo, ¿eh? ¿No te acordás de que acabamos de cortar la luz?

José se muerde los labios, como buscando una respuesta que lo libre de la humillación.

—Más boludo serás vos —dice, al final, tal vez renunciando a las florituras del sofisma.

—Córtenla —dice Perlassi, y su palabra es sagrada.

Iluminan la estancia. Son unos pocos metros cuadrados. En la pared del fondo hay varios estantes empotrados. Y sobre los estantes doce cajas de zapatos alineadas. Rodrigo levanta la primera. Hernán acerca el haz de la linterna. Rodrigo abre la tapa: ordenados primorosamente hay decenas de fajos de billetes de cien dólares en una cantidad que ninguno de los presentes ha visto jamás en la vida.

16

Cuando le falta un kilómetro para llegar de regreso a O'Connor, Fontana detiene la topadora en la banquina y apaga la luz. Sigue lloviendo fuerte, pero el viento hace rato que ha amainado y los refucilos ahora se ven lejos por el norte. Muy de vez en cuando un relámpago lejano dibuja el contorno del pueblo a oscuras. Qué cosa. Medina y Belaúnde lograron sacar de servicio el transformador de la Usina. Sinceramente, Fontana no daba dos mangos por esa parte del plan, y sin embargo le taparon la boca.

Ahora a él le toca devolver el bulldozer al abandonado Campamento de Vialidad. Pero se enfrenta con un dilema. Si vuelve por la calle de tierra, la del límite del pueblo, la que usó para salir, con lo que ha llovido, va a dejar unas huellas profundas como zanjas. Todo el mundo, con la luz del día, va a apiolarse de que alguien anduvo moviendo una topadora por ahí.

La otra es volver por el asfalto. Pero en ese caso pueden verlo o escucharlo directamente mientras pasa. Cualquiera que se asome a una vereda o una ventana lo verá a él, a Fontana, tan campante en la cabina de una topadora sucia de barro hasta el techo. Y Perlassi ha sido claro. Si no sale todo bien significa que todo salió mal. No hay resultados intermedios. No puede haber ni una falla. Hasta el final tiene que ser perfecto. Y perfecto significa secreto.

Fontana comprende que le queda un solo camino, pero lo apena y le da culpa tomar esa decisión. Estúpido. Nadie va a pedirle cuentas del inventario. Ningún supervisor le preguntará qué pasó con la última topadora del Campamento de Vialidad, simplemente porque no quedan supervisores, ni Campamento, ni Fontana. Pero igual le duele.

Pone primera y el enorme vehículo amarillo comienza a moverse. Doscientos metros más allá, Fontana abandona la ruta y enfila hacia la laguna.

17

—¡Luces! ¡Vienen unas luces!

El grito de Lorgio los saca de su ensoñación. Rodrigo y Hernán miran a Perlassi. Están perdidos. Se apresuran hacia la escalera, pero Perlassi los detiene:

—¡Metan todo en los bolsos! ¡Vamos!

—¡Pero nos encontraron!

—¡Meté todo, Rodrigo, por favor!

—¡Pero no hay tiempo!

—¡Te digo que metas la guita en los bolsos!

Los López se ponen a trabajar febrilmente.

—Pero... ¿cómo contamos? —pregunta Rodrigo, que sigue paralizado.

—¡Dale, Rodrigo! —lo insta Hernán, que se pone a ayudar a los López.

Perlassi entiende las dudas de su hijo. Supuestamente iban a llevarse 390.000 dólares. Pero no pueden ponerse a contar ahora. Hay cajas que tienen dólares y cajas con pesos. Y distintas denominaciones de billetes.

—¡Nos llevamos todo y después vemos cómo hacemos! —concluye Perlassi.

Recién entonces Rodrigo empieza también a vaciar las cajas en los bolsos. Perlassi sube los escalones. Cuando llega arriba Lorgio le señala dos luces paralelas que se acercan bajo la lluvia. Maldita suerte: en los meses de noches en vela en las que viene repasando imagen por imagen lo que debía suceder, ver unas luces vertiginosas acercándose a la bóveda era una imagen infrecuente. Cuando lo asaltaba, Perlassi se decía que habían tomado numerosos recaudos, pacientísimas precauciones para evitarlo. Si Manzi está llegando y ellos están todavía ahí, quiere decir que están a un paso del más absoluto de los fracasos.

—¡Métanle! —grita—. ¡Métanle que nos vamos!

—¡Fermín! ¿No será mejor dejarlo? —pregunta Lorgio, desesperado.

—No, Francisco. Todavía tenemos una posibilidad. Nos queda una.

18

Volando por la ruta de tierra, Manzi revisa el cuenta-kilómetros para saber cuánto le falta para llegar. Cuatro, cinco kilómetros. No más que eso. El auto se zarandea en el barro pero sigue avanzando a cien por hora. Mira adelante, no hay rastro de nada. Ninguna luz que delate ninguna presencia. Además, si todas las veces anteriores fue una falsa alarma, esta vez puede serlo también. Debe serlo. ¿Por qué está, entonces, tan inquieto?

Porque esta vez no sonó. Por eso. Porque no hay nada que indique que lo están afanando. Y eso vuelve a esta situación totalmente distinta a las anteriores. Por eso la angustia de que esta vez sea cierto. ¿A cuento de qué alguien va a explotar la Usina? O a lo mejor no, a lo mejor fue un rayo. Pero, ¿y el olor a explosivo?

Manzi ya conoce el camino lo suficiente para saber que enfrenta una larga recta de varios kilómetros y que, al final de esa recta, en dos curvas más llega al corral, el monte y la bóveda. Se inclina para abrir la guantera. Ahí está: la otra pistola, idéntica a la que lleva en la camioneta. Si lo están afanando ya van a ver. Primero tira y después pregunta. Hijos de puta.

Alza la vista para ver otra vez el camino, pero es justo en ese instante que el camino desaparece debajo del BMW. Así. De súbito. Primero lo siente en la panza, como si su estómago subiese cinco centímetros hacia la garganta, por propia voluntad. Luego sí se sacude todo su cuerpo, y a duras penas consigue aferrar el volante con ambas manos, mientras el auto desciende un metro como si le hubiesen sacado el mundo de debajo de las ruedas. El chasis o el paragolpes raspan el piso. Un guardabarros golpea una rueda. El BMW casi se clava de punta contra el suelo pero se endereza y sigue unos metros más hasta que choca de frente contra una pared de tierra.

19

Eladio emerge primero por la portezuela de la bóveda. Después Rodrigo, Hernán, por último José. Se suman a Perlassi y a Lorgio y los seis emprenden la carrera hacia los autos. Las luces están más cerca todavía.

—¿Y si dejamos el Fiat Uno? Nos va a atrasar remolcarlo —sugiere Hernán.

—No se puede. Está a mi nombre —descarta la idea Rodrigo, mientras se disponen a subir a los autos.

En ese momento escuchan un estruendo. Viene del oeste, del lado de las luces que se aproximaban. Además ahora las luces no se ven. De ese lado no hay más que oscuridad.

—Gracias a Dios —murmura Perlassi, lo suficientemente alto como para que los demás lo escuchen—. ¡Vamos! ¡Todos a la camioneta menos Hernán!

Rodrigo se pone al volante con los viejos al lado. Los López se dejan caer en la caja, resbalosa de agua y de barro. Hernán va hasta el Fiat. Empiezan a alejarse.

—No vayas a encender las luces todavía —advierte Perlassi cuando ve que Rodrigo está a punto de prenderlas, porque sigue lloviendo y la noche es muy oscura—. Esperá a alejarte. Acordate que volvemos dando el rodeo por arriba.

Rodrigo obedece. Van lento, para evitar contratiempos. Cuando se han alejado un kilómetro se vuelve hacia su padre:

—Ese de atrás… ese auto y esas luces… ¿era Manzi?

Perlassi asiente.

—¿Y qué le pasó?

El padre se permite una mueca de sonrisa.

—El ventral. El ventral del teniente Marindelle.

Rodrigo sonríe. Le faltan los detalles pero entiende la idea, porque él también leyó *Los centuriones*.

20

Manzi se saca de encima, en dos manotazos, la bolsa del airbag. Los focos del BMW se han hecho añicos contra el talud de tierra y la oscuridad lo envuelve por completo. Se quita el cinturón de seguridad. Tiene que forcejear con la puerta para abrirla hasta que lo consigue. Se ve que el choque la sacó de cuadro. Busca la linterna en la guantera.

Baja e intenta recuperar el aliento. Cuando empieza a superar el aturdimiento comienza a entender lo que sucedió. Unos metros más atrás, no más de diez, está el camino por el que él venía. Pero el camino está elevado. Mejor dicho, el lugar en el que están ahora el auto y él se encuentra un metro más abajo que el camino. Como si alguien hubiera fabricado un escalón enorme. Un desnivel artificial hecho a propósito en el que su BMW ha caído. El choque fue contra el borde donde termina ese escalón. A un costado, diez metros más allá, una montaña de tierra donde se acumula toda la que sacaron. Hay unas huellas enormes de tractor, que cruzan todo el sitio. Manzi termina de entender: desplazaron un tramo entero del camino con una topadora.

Ahora sí tiene motivos de sobra para desesperarse. Sus propios pensamientos le taladran la cabeza. Alguien fabricó eso para que él cayera en esa trampa. Ese alguien, esos quiénes, hicieron lo que hicieron para robarle la bóveda.

Manzi grita de rabia y de impotencia. Se sube al auto. Intenta darle arranque pero el motor está muerto. Busca la pistola. La había dejado en el asiento del acompañante pero con el impacto terminó en el piso. Revisa su celular. No tiene señal. La puta madre.

Con la pistola en una mano y la linterna en la otra se lanza a la carrera camino adelante. Que estén ahí todavía. Que estén ahí. Los va a cagar a tiros. Bien cagados a tiros. Por un momento, mientras atraviesa el último alambrado, intenta convencerse de que le queda una chance de que todo sea un malentendido. De que la bóveda esté intacta.

Pero no. Mientras atraviesa el bosque iluminándose con la linterna ve que el chapón de acceso está levantado. Apunta con la pistola. Apaga la luz y camina los pasos que le faltan hasta la bóveda. Cuando llega a la entrada apunta hacia abajo y dispara tres, cuatro, cinco veces.

Que estén abajo. Que estén abajo, por favor. Baja los escalones. Con el corazón desbocado, ve las cajas de zapatos tiradas en el piso, un estante salido de su sitio, marcas de zapatos embarrados por todos lados.

Manzi vomita la cena del club sobre el piso de la bóveda. Tiene escalofríos y le cuesta respirar. El mareo lo obliga a sentarse en el piso para no caer desvanecido. Se le cruza una imagen estúpida: la escuela primaria de Villegas, un tumulto en el recreo, unos pibes de quinto que se ríen de él y una nube de rabia.

Con gestos de autómata sigue pasando la luz de la linterna por las paredes. Detiene el haz en el tablero de la alarma. Sus luces apagadas son ahora redondeles de colores opacos: rojo, azul, amarillo, violeta. Deberían brillar, pero sin electricidad parecen ojos ciegos.

En el rincón inferior derecho del tablero, además, hay un agujero circular y perfecto: una de las balas que disparó desde arriba impactó muy cerca del letrero con el escudo que dice "Seoane Seguridad".

21

Se encuentran donde habían planeado, en el camino de acceso a Amenábar. Si a alguno le ha parecido demasiado lejos, no dice nada. Cada precaución de Perlassi les ha parecido justa y necesaria y ahora, después del incidente de las luces del auto, lo que él diga alcanza simplemente la categoría de sagrado. Medina y Belaúnde los esperan a la vera de la ruta, en medio de la llovizna brumosa en que se ha convertido la tormenta de la noche. Son más de las seis de la mañana cuando llegan con la camioneta y el Fiat. No es de día, pero empieza a clarear.

—¿Qué pasó? —pregunta Rodrigo al ver el Citroën con los marcos de las ventanas vacíos y sin parabrisas.

—Un problemita de cálculo —responde Belaúnde, filosófico, echándole un vistazo fugaz al ingeniero militar—. Voy a tener que seguir para el norte, para cambiar los cristales. No puedo volver al pueblo con el auto así.

—No, es cierto —dice Perlassi, mientras se aproxima a uno de los bolsos. Busca un fajo de pesos. Saca dos billetes de cien.

—¿Alcanzará?

—Supongo. Nunca me vi en la necesidad de reponer todos los vidrios.

Medina sigue fumando, en el mejor de los mundos. Del asiento de atrás Belaúnde saca unas bolsas con zapatos. Empieza a apoyarlos sobre el pavimento. De vez en cuando relojean hacia el pueblo y hacia la ruta, pero no viene nadie. Todos se acercan a cambiarse el calzado. Belaúnde junta todos los pares embarrados en una bolsa, incluso los suyos y los de Medina. En la misma bolsa terminan los guantes de goma que usaron en la bóveda.

—¿Tenés para quemarlo? —pregunta Perlassi.

—Tengo —lo tranquiliza Belaúnde.

Vuelven a subir a la camioneta y al Fiat, ahora con Medina incluido, giran hacia el sur y vuelven a O'Connor. Belaúnde termina el cigarrillo y busca el bidoncito de kerosene para quemar las cosas. Después subirá hasta Venado Tuerto. Pero anda con tiempo. Hoy ningún servicio se detiene en el pueblo. Es como un día franco en la estación de trenes.

22

Fontana busca alguna referencia para cerciorarse de estar en el lugar adecuado. Sí. Tiene que ser por acá. Es completamente de día y en el cielo se distinguen grises oscuros y claros. Casi ha dejado de llover. Tiene que volver pronto a la gomería. En cualquier momento estarán volviendo los demás. Se dice que no tiene sentido seguir esperando. Se saca los zapatos, las medias, el pantalón y la camisa. Deja caer las cosas al piso, junto a la topadora. Después se sienta a los mandos, pone primera y se interna en la laguna. Acelera porque no está seguro de cuánto aguantará encendido el motor debajo del agua.

Va tomando nota mental de la profundidad, porque teme cansarse demasiado al regresar. Cuando el agua rebasa la altura de las ruedas acelera más todavía. La máquina parece una lancha que abre dos surcos plateados en el agua gris. Como lleva la puerta abierta el agua comienza a entrar a raudales un trecho más adelante. Necesita que el motor siga funcionando, o corre el riesgo de que la topadora quede a medio sumergir. Lo tranquiliza escuchar el ronroneo de la máquina. Qué buen laburo se mandó Belaúnde, la pucha.

Traba el acelerador como le indicó el jefe de estación que podía hacerse y, cuando está seguro de que no va a apagarse, Fontana se desliza fuera de la cabina. No necesita zambullirse, porque el nivel del agua ya llega a mitad del habitáculo. La topadora sigue adelante. Fontana sabe que debería empezar a volver en vez de cansarse flotando en el lugar, pero no puede irse todavía. No mientras se siga viendo el techo amarillo y escuchando el rugido del motor. Recién cuando los dos se extinguen bajo el agua Fontana se decide a emprender el regreso. Deben ser trescientos, cuatrocientos metros hasta la zona donde puede hacer pie. Ojalá llegue. Ahogarse ahora sería una manera muy pelotuda de morir.

23

Manzi llega a la ruta 33 a las siete y cuarto de la mañana. El tercer camión al que le hace dedo lo levanta. Al
verlo empapado y con cara de espectro el camionero le
pregunta qué le pasó. Manzi no da detalles. Habla del
auto, de que se quedó en una huella de tierra, da las gracias
y se encierra en el silencio.

Con los ojos fijos en la ruta, intenta sacar cuentas. Estuvo por última vez en la bóveda el jueves pasado. Contó
490.000 dólares y 948.000 pesos. A tres pesos por dólar
son... a tres pesos por dólar son... trescientos y pico de
mil dólares más. Arriba de 800.000. Otra vez siente que
se marea. El camionero lo ve tan mal que decide entrar en
Villegas y llevarlo hasta su casa.

Todavía no lo sabe, pero en los próximos años la pregunta de quién saqueó la bóveda se convertirá en una obsesión. Luego de muchas dudas, hará la denuncia en la
policía. Total, ya no tiene sentido conservar el secreto.
Como se trata de un vecino importante, un tipo con in-
fluencias, el comisario dará prioridad a la pesquisa. Lo que
en términos prácticos querrá decir que en lugar de hacer
dos diligencias estúpidas y sobreseer la causa, harán cincuenta diligencias igual de estúpidas y terminarán, igual,
sobreseyéndola. Sospechará de Seoane, pero sus amigos
del club intentarán disuadirlo. Son muchos los que le han
encargado trabajos así. Y ninguno ha tenido el menor problema. Sospechará de los empleados de la estación de servicio. También será inútil. Nunca ninguno andará por ahí
gastando una fortuna. Hará también averiguaciones en los
pueblos cercanos. En Piedritas, en Blaquier, en O'Connor.

En Charlone, en Santa Regina, en Emilio Bunge. Y nada. La gente de siempre en las cosas de siempre. Ninguna mansión comprada de pronto. Ningún auto estrafalario. Nadie dándose repentinamente una vida por encima de sus posibilidades. Tiene que haber sido una banda grande y muy profesional, le asegurará el comisario, y Manzi estará de acuerdo.

Pero… ¿Cómo? ¿Cuándo? ¿Cuánto tiempo estuvieron detrás de su bóveda? Esas falsas alarmas anteriores ¿fueron parte del plan o fueron casuales? Lo que no pudo ser casual es la voladura de la Usina. Eso tuvo que ser a propósito. Para más datos está el cartel que dejaron pintado sobre una de las paredes del edificio quemado: "Comando anarquista libertario 12 de Marzo". La policía nunca pudo aportar ningún dato al respecto. Ni sobre el comando en sí, ni sobre esa fecha. ¿A cuento de qué ese 12 de marzo?

Nunca tendrá la respuesta. Pocos días después de la noche de la Usina volverá a su oficina y a sus negocios, que por suerte seguirán adelante sin contratiempos. Le llevará años recuperar esa cantidad de dinero, pero terminará consiguiéndolo. Eso sí. La obsesión sobre lo sucedido esa noche lo perseguirá el resto de su vida. Como le dice Ester, su mujer, a veces, cuando discuten. Es simple. Manzi no soporta perder.

24

A medida que cuentan los fajos Rodrigo anota las cifras en un cuaderno. Hernán trabaja a buen ritmo, con el bolso que le ha tocado a él. Entra Perlassi, que viene desde el garaje-gomería.

—¿Cómo van?

—Terminando, viejo.

Hernán vuelve a encintar el último fajo que le faltaba contar. Anota una última cifra y suma los totales.

—Pesos son 948.000.

—Y dólares, 491.214.

Rodrigo y Perlassi se miran. Apenas sonríen.

—Separá lo nuestro.

—¿Todo en dólares, o mezclo?

—Todo en dólares, hijo. Nos lo robó en dólares, que nos lo devuelva en dólares.

Perlassi vuelve a la gomería. Rodrigo y Hernán separan el dinero en dos y lo guardan en bolsos diferentes.

—¿Cómo vamos a devolverle el resto?

—Hay que preguntarle a mi viejo. Seguro que ya lo estuvo pensando.

Hernán suelta una risa breve. Van hacia el frente, con los bolsos. Los López ya han levantado con el cricket la camioneta y el Fiat, y los han apoyado sobre pilas de ladrillos, para hacer más rápido. Los dos están sin ruedas, esperando.

Se escuchan unos golpes en el portón del garaje. Lorgio se asoma por la mirilla.

—Es Fontana.

Abren la puerta.

—Pónganse cómodos —saluda con ironía a la concurrencia.

—Vení a la hora que quieras, vos —lo molesta Perlassi.

—Claro, porque me estuve rascando.

—Habrás estado, pero nosotros estuvimos laburando como locos.

Cuando consideran suficiente el intercambio se ponen manos a la obra. Fontana, con movimientos de experto, desarma los neumáticos y los cambia por otros, secundado por los López.

—Sabés que me parece que tanta precaución es al pedo, ¿no...? —comenta Fontana.

—Puede ser, querido. Pero quiero cubrir todos los flancos.

Fontana, que está haciendo rodar una de las ruedas ya cambiadas, lo mira con sarcasmo.

—¿Sabés cuál es tu problema? Mucho cine, Fermín. Mucho cine.

Perlassi lo considera con indulgencia.

—Puede ser, Fontana, puede ser. Pero apurate que no tengo todo el día.

25

Rodrigo y Hernán salen de la gomería en el auto de Rodrigo, pero Hernán es el que maneja. El dinero para comprar la acopiadora quedará guardado en lo de Fontana. En el asiento de atrás del Fiat Uno está el bolso que contiene el resto, el que van a regresarle a Manzi.

—Te llevo hasta la estación de servicio, boludo…

—No —dice Rodrigo—. Dejame nomás a la salida del pueblo y llevate el bolso a tu casa. Hagamos como dijo mi viejo. No pasa nada, son dos kilómetros.

—¿Seguro?

—Seguro. Después arreglamos para que me devuelvas el auto. Pero hagamos así.

—¿Tenés idea de cómo quiere armarlo tu viejo para devolver esta guita, al final?

—Sé que estuvieron hablando con tu papá y con Fontana. Pero no tengo los detalles.

—Ojalá no se manden ninguna cagada.

—Olvidate. Lo van a hacer bien. Lo único que falta es que, ya que no nos agarraron afanándola, nos cachen devolviéndola.

Los dos sonríen y siguen en silencio. Cuando llegan al deslinde del pueblo Hernán le da a Rodrigo una palmada en el hombro.

—Un placer, querido.

—No te despidas tanto que te llamo dentro de un rato —responde Rodrigo.

Hernán lo mira un momento, como si les faltara decirse algo. Por fin habla:

—Llamame a la noche. Pienso dormir todo el día.

—De acuerdo. A la noche te llamo.

El Fiat Uno se aleja de regreso al pueblo. Rodrigo empieza a caminar hacia la estación de servicio de su padre. Cuando la divisa a la distancia ve, también, detrás, los silos de La Metódica.

—¡Vamos, carajo...! —murmura, y celebra apenas con el puño cerrado.

26

Dos días después Perlassi y Rodrigo van desde la estación de servicio a lo de Lorgio sin hablar en todo el camino. No es que sea un trayecto largo. Pero ninguno de los dos sabe qué decir. Rodrigo estaciona frente a la empresa de Lorgio y apaga el motor. Pasa un minuto muy largo.

—¿Querés que entre con vos?

Perlassi se toma un buen tiempo.

—No, hijo. Dejame a mí.

—¿Seguro?

El padre no le responde. Le acaricia apenas la nuca, un instante, y retira la mano antes de que al muchacho pueda darle pudor ese contacto con reminiscencias de infancia. Se baja y camina hasta la oficina de atención al público. La secretaria lo hace pasar enseguida.

Perlassi saluda a Lorgio con un apretón de manos. Mientras toma asiento saca cuentas del tiempo transcurrido desde que estuvo sentado ahí, intentando convencer a Lorgio de que se sumara a la inversión de La Metódica. Casi tres años. Perlassi se pregunta si se le pasó rápido. O si se le pasó lentísimo. Las dos cosas, en realidad.

—Tengo que comentarle algo, Francisco.

Lorgio asiente. Ahora que se miran con detenimiento Perlassi ve los ojos estragados del otro. Las ojeras. Las arrugas profundas. El gesto de querer irse de sí mismo. Pero como no dice una palabra, Perlassi supone que le toca a él continuar.

—Antes de ayer, cuando terminaron de contar el dinero, Hernán lo dejó a Rodrigo cerca de la estación de servicio. Y quedó en llevar el dinero a su casa, esconder lo que había que devolverle a Manzi, y después regresarle el auto a Rodrigo.

Lorgio asiente apenas, pero deja la vista en la ventana. Afuera hay un camión de la flota maniobrando antes de cargar.

—Habían quedado en hablar a la noche. Pero cuando lo llamó, Hernán no contestó. Rodrigo se fue hasta la casa, por si el teléfono se había descompuesto por la tormenta. Pero Hernán no estaba.

A Perlassi se le hace cada vez más difícil. Lorgio sigue mirando hacia afuera.

—Ayer no supimos nada —Perlassi saca la voz de donde puede—. Pero hoy a la mañana llamó. Hernán, digo. Parece que está en Paraguay, con la idea de irse a Brasil, o algo así. Rodrigo entendió eso, pero la comunicación era muy mala.

—Con cuánto se fugó.

Lorgio lo pregunta así. Afirmando. Sin inflexiones. Con una voz muerta que Perlassi no le conoce.

—Algo más de un millón de pesos. Hay que sacar bien la cuenta, porque el cuaderno donde anotaron las cifras también se lo llevó… y Rodrigo se acuerda más o menos…

Lorgio se tapa la cara con las manos. Inspira y guarda el aire. Cuando lo suelta, suelta también un sollozo prolongado, contenido, lleno de una congoja que Perlassi no sabe cómo atajar. Se queda mudo en su sitio. Lorgio sigue con el rostro tapado por las manos. Y llora. Cada vez más suelto y cada vez más fuerte. Perlassi no tiene una sola palabra para decir. Ningún consuelo. En realidad se le ocurren un montón de fórmulas estúpidas que podrían caber en el momento. Pero como son eso, fórmulas estúpidas, prefiere ahorrárselas. Cuando Silvia murió odiaba los consuelos y agradecía los silencios. Cree que Lorgio se merece lo mismo.

Se queda mirando la playa de estacionamiento de la empresa de logística. Están ajustando con sunchos las lonas de un semirremolque descomunal. En las lonas verdes se lee, en enormes letras blancas, "Francisco Lorgio. O'Connor. Provincia de Buenos Aires".

Transcurren unos buenos diez minutos antes de que termine el llanto de Lorgio. Por fin se limpia la cara. Tiene la piel roja y los ojos vidriosos.

—Lo dejo en paz —dice Perlassi y se incorpora.

Lorgio le tiende la mano.

—Le pido perdón, le pido que…

—Usted no tiene que pedir nada, Francisco. Faltaba más.

Perlassi se la estrecha y se va hacia la puerta.

—Espere —lo detiene el transportista—. Le tengo que pagar el auto que se llevó. El Fiat.

—Eso no le corresponde a usted, Francisco. Lo tiene que pagar Hernán.

—Por favor —y el tono de Lorgio es lo más cercano que su orgullo puede permitirle a una súplica—. No puedo arreglar nada de esto. O casi nada. Déjeme reparar lo único que puedo reparar.

Perlassi se toma un instante para pensar.

—De acuerdo. Yo le aviso a Rodrigo para que pase por acá y lo arreglen ustedes.

—Gracias.

—No hay de qué.

Y, ya con la mano en el picaporte, Perlassi agrega:

—En estos días paso para que conversemos sobre La Metódica.

Perlassi sonríe y Lorgio también, como si los dos necesitaran darse la posibilidad de sonreír.

—Al fin y al cabo, vamos a tener acopiadora.

—Así parece, Fermín. Así parece.

Perlassi cierra la puerta con cuidado.

27

En el pueblo empezaron a darse cuenta de que algo iba a suceder con La Metódica recién cuando una cuadrilla de quince obreros reparó el playón de los camiones, volvió a poner en funcionamiento las tolvas y el resto de la maquinaria, reparó los agujeros del alambre tejido. También armaron unos andamios enormes para pintar los silos, pero parece que cambiaron de idea, o se quedaron sin dinero en el proceso, porque al final los dejaron como estaban.

Nadie está muy seguro sobre quiénes son los dueños. Algunos dicen que la acopiadora la armó el propio hijo de Leónidas, el loco de los pollos. Pero uno que lo conoce dice que no, que Juan Manuel vendió la propiedad y que no tiene nada que ver con el asunto. Otros piensan que es de Francisco Lorgio, el de la flota de camiones, porque lo ven entrar seguido y es el único tipo, en el pueblo, con el respaldo suficiente como para poner en marcha algo así. Y otros dicen que unos y otros están equivocados, porque La Metódica es una cooperativa con varios socios. Que se juntan dos veces por año a discutir cómo marchan las cosas. Igual casi nadie se cree eso de la cooperativa, porque ese grupo que se junta incluye a gente muy distinta entre sí: desde el propio Lorgio, el de los camiones, hasta el viejo Medina, el del rancho de la laguna, pasando por los López, esos que trabajaban en la fábrica de antenas. ¿Y de dónde gente como esa va a compartir negocios con alguien como Lorgio?

La mayoría concluye en que el negocio es de Lorgio y que los demás son empleados. Aunque es raro: porque La Metódica contrató como a treinta personas, entre operarios y administrativos. Y estos que se reúnen ahí de vez en cuando siguen cada cual con sus asuntos de antes: Perlassi con su estación de servicio obsoleta, Fontana con esa gomería mugrienta y Medina resistiendo a los funcionarios que le exigen que mude el rancho a un lugar más alto.

Los empleados cuentan que es verdad eso de que reparten ganancias dos veces por año, y en el reparto los incluyen. Parece como si Fontana tuviese un puesto de administrador o cosa por el estilo, porque es el que se encarga de reunirlos en el comedor, anotar los números en un pizarrón y decir cuánto le toca a cada uno. A veces son chirolas. Otras veces es un dinero mejor. Pero nadie se queja. Un poco porque ven que no les mienten con los números y que casi todo se reinvierte: el año pasado agregaron venta de semillas y de fertilizantes, y los chacareros de la zona les compran a ellos porque los precios son buenos y dan plazos largos para pagar. Y otro poco nadie dice nada porque Fontana es medio loco y es mejor no llevarle la contra. Una vuelta vino el secretario de un Ministerio a proponerles no se sabe bien qué negocio y Fontana lo sacó carpiendo. Al secretario y a otro que venía con él. Los corrió hasta el alambrado y no se movió de ahí hasta que los vio alejarse con el auto. "Hasta que Alfonsín sea presidente de nuevo, no se puede confiar en el Estado", declara. Y todo el mundo le sigue la corriente, porque esos treinta y pico a los que les dieron trabajo en La Metódica son de acá, de O'Connor, y esas cosas en un pueblo como este se tienen en cuenta.

El cartel lo dejaron igual. Son unas letras enormes de chapa, y si uno las mira bien advierte que una o dos están medio ladeadas. Y tienen manchas de óxido. Parece que cuando se hicieron cargo los dueños nuevos discutieron el asunto y les pareció que algo, alguna cosa de la planta, la tenían que dejar igual. Un tributo al viejo Leónidas, parece que dijo Perlassi. Pero de nuevo, la pregunta es qué corchos tendría que opinar Perlassi sobre algo así, si no es el dueño, ni nada, y lo único que hace es ir a comer un asado de vez en cuando. Lo que pasa es que los pueblos son así. Es mucho más divertido construir historias y mentiras que saber la verdad. El tiempo se pasa más entretenido.

A Lorgio tampoco nadie le quiere preguntar. Primero porque el gallego es muy serio, y es difícil entrar en confianza. Aparte hace tiempo que está bajoneado. El hijo parece que se fue a radicar no se sabe a dónde. Unos dicen que a Estados Unidos, otros a Australia. Pero nadie sabe a ciencia cierta. Las primeras dos Navidades después de que se fue algunos pensaron que iba a venir, como hacía antes. Porque siempre venía, aunque no se llevaran bien con el padre. Aunque sea para las Fiestas.

Sin embargo ya hace varios años que no viene más. Los camioneros que trabajan con Lorgio contaron que las dos primeras Navidades el hombre mandó hacer un lechón en el horno de la panadería, pensando en la noche del 24, como hacía siempre, también en vida de su señora. Pero que el hijo no vino y Lorgio terminó comiendo solo y repartiendo el resto entre los empleados de su empresa, el 26 a la mañana. Ya el tercer año no lo hizo más.

Epílogo
Nada más que campo

1

No se instala en una playa. En ese sentido, rompe con el estereotipo del argentino que se va a vivir a Brasil para cumplir su sueño de tener un bar en la arena. Hernán Lorgio elige radicarse en una ciudad chica del interior, más cerca de Brasilia que de la costa.

Consigue un trabajo administrativo en una fábrica de pisos cerámicos. Seguramente su padre pensaría que ese empleo está por debajo de sus posibilidades, aunque ni su padre ni él hayan podido ponerse de acuerdo, jamás, acerca de cuáles eran esas posibilidades.

Una vez por año va a la sucursal del Banco Itaú, que tiene un sector de cajas de seguridad, y retira 2.000 dólares. Se sube al Fiat Uno que alguna vez fuera de su amigo Rodrigo y maneja los dos mil ciento ochenta kilómetros que lo separan de Río de Janeiro. Durante esos días sí, probablemente, cumple con el estereotipo del turista.

Cuando se le acaba el dinero vuelve a su casa. Tiene alguna relación ocasional, pero no tolera la idea de tener una pareja estable. A veces considera su soledad una seguridad. Otras, un castigo. Pero es probable que su estado emocional sea, en el fondo, la penitencia.

De vez en cuando piensa en escribirle una carta a su padre, porque lo extraña mucho, y teme que nunca vuelva a verlo con vida. Por eso una vez compró un cuaderno de hojas rayadas y una lapicera y los apoyó en un estante imaginando que, en una de esas, por ahí...

Pero otros días piensa que no. Que lo que no pudieron construir ni componer en veinticinco años no van a poder edificarlo en un encuentro postrero signado por el rencor o la nostalgia. Por eso el cuaderno sigue en un estante de la cocina. Porque la mayoría de los días piensa que no hay nada para escribir.

Otras veces piensa en volver. Pero no termina de decidirse.

2

Fontana baja la cortina metálica de la gomería poco después de mediodía. Es un viernes de invierno, está nublado y húmedo y no hay nadie por la calle. Sale para el lado de la Usina y sonríe al ver la pintada que le encargó a Belaúnde. Le encanta ver esas letras grandes y trémulas que siguen vociferando: "Comando anarquista libertario 12 de Marzo" desde la pared de ladrillos ennegrecidos.

Sigue por una huella que desemboca en la laguna. Cuando llega a la orilla se toma unos minutos. Sopesa la enorme barra de hierro que tuvo durante dos años y medio apoyada en un costado del escritorio. Le quita un par de costritas de herrumbre, y pasa los dedos por el lugar, como emprolijándolo.

Después empuña la barra con la mano derecha, la lleva atrás para tomar impulso y la arroja. La barra se hunde en la superficie gris del agua con un "ploc" que Fontana interpreta como una despedida. Las ondas llegan hasta la orilla, cada vez más leves y espaciadas.

Antes de que desaparezca la última, Fontana pega media vuelta y se aleja silbando.

3

Rodrigo baja las escaleras de la pensión y pestañea varias veces porque la claridad lo deslumbra. Camina diez pasos hacia la derecha por la calle 2 y de repente se le termina el mundo: de pie frente a él, en medio de la vereda, le sonríe Florencia.

—¡Hola! ¡Qué sorpresa! —dice la chica, sin dejar de sonreír.

Rodrigo suelta un par de interjecciones sin equivalencia alguna en idioma castellano mientras intenta encajar esa presencia en La Plata, en la vereda, en su vida, después de todos los meses que lleva sin verla. ¡Y ahí! ¿Cómo puede ser que se la encuentre ahí?

—¿No estás en Villegas?

Como pregunta no es la mejor. Y cierta sombra de decepción que parece cruzar por la mirada de Florencia tiende a confirmarle que no, no es la mejor pregunta.

—No... vine a La Plata por unos trámites... Me mandó Manzi... Pero qué casualidad, ¿no?

—Terrible...

Otra selección espantosa de qué decir. No es una casualidad *terrible*. Es una casualidad inverosímil, remota, inadmisible. Pero no es terrible. Pensó que no la iba a ver nunca más en la vida. Bueno. La vio de nuevo. La está viendo. Ojalá ella no haya reparado en ese término.

—¿Terrible?

Sí. Ha reparado.

—No, ja, ja. Me refiero a ... ¿qué posibilidades hay de que nos encontremos en una ciudad así de grande, a seiscientos kilómetros de Villegas...?

356

—Ah, sí, eso sí. Qué cosa…

Si las frases que llevan intercambiadas han sido incómodas, el silencio que sigue es más incómodo todavía.

—Bueno… —la voz de Florencia ha perdido el entusiasmo, como si superada la sorpresa solo quedase eso, la incomodidad—. Mejor sigo con lo mío.

—Claro… —si a Rodrigo le quedase cabeza para ocuparse de sus errores semánticos también se arrepentiría de ese "claro" que suscribe eso de que mejor ella se va. Pero no le queda cabeza para nada.

Florencia se aproxima y le da un beso en la mejilla. Sonríe. Sigue caminando hacia la calle 56. Rodrigo intenta acomodarse adentro todo lo que acaba de pasar. O lo poco. O lo nada.

Da dos pasos hacia la 57 y otra vez lo paraliza la misma voz.

—No. Esperá.

Se da vuelta. Ahí está otra vez Florencia, aunque ahora ella da la espalda a la calle 56 y Rodrigo a la 57, es decir, al revés de como estaban situados hace dos minutos. Pensar en ese cambio es estúpido, pero Rodrigo no es capaz de dicernir qué es estúpido y qué no lo es.

—Te voy a decir esto una sola vez.

Florencia tiene los ojos cerrados, como si estuviese concentrada acopiando valor o claridad. Los abre y empieza a hablar.

—Llevo dos horas caminando estas dos cuadras. La dirección me la dio tu papá, en O'Connor. Llegué y empecé a caminar. A dar vueltas. Voy desde la esquina de 57 hasta la de 56. Y apenas giro la esquina me doy vuelta y encaro para el otro lado hasta que salgas de una vez por todas y pueda fingir que te cruzo por accidente.

Rodrigo la mira. Ella tiene puestos esos jeans que le quedan perfectos y una remera amarilla, entallada, bendito sea el verano. Y el pelo lacio con ese mechón que debería ir a la derecha pero se empeña en cruzar hacia la izquierda.

357

—Hace un montón de tiempo vos me invitaste al cine y a comer y yo te dije que no. Y desde ese día vengo rogando volver a ese día y a esa conversación para decirte que sí. Pero como no me lo preguntaste nunca, y dejaste de cuidar las plantas, y te volviste a La Plata, no tuve más remedio que venir hasta acá a que me lo vuelvas a preguntar.

Rodrigo no duda acerca de si está despierto. Seguro que lo está. Todas las veces que soñó con algo así era distinto. Y esto es mucho mejor que cualquiera de las veces que lo soñó.

—¿Y no será que las plantas de la oficina están decayendo y necesitás un experto que las vuelva a poner en condiciones?

Florencia entorna los ojos y sonríe. Esa es una de las cosas buenas que tiene la vida con alguna gente. Que basta con unas pocas palabras estúpidas para dar por dicho lo importante.

Rodrigo estira la mano y la apoya sobre el brazo de ella. Cada vez que la vio en la oficina, cada vez que conversó con ella, cada vez que la recordó estando lejos, hasta cuando la vio en el café conversando con el idiota del novio, se viene preguntando, una vez y otra vez, cómo será besar esos labios. Mientras adelanta el rostro hacia ella comprende que ese, precisamente ese, es el último segundo que va a vivir, en toda la vida, ignorando cómo es besar los labios de Florencia.

4

La camioneta está detenida sobre el asfalto, más allá de la estación de servicio y de la entrada de La Metódica, para no estorbar a los camiones.

Eladio López está sentado al volante. A su lado, Perlassi. Contra la otra ventanilla, José López. Los hermanos llegaron temprano. Perlassi los citó a las nueve pero a las ocho menos cuarto ya estaban. Perlassi sospecha que no pegaron un ojo en toda la noche, preparándose mentalmente para este momento.

Hace unos días, cuando se presentaron en la estación de servicio, vinieron a decir que Perlassi no lo tomara a mal, pero que habían quedado en algo, tiempo atrás, y que ese algo estaba pendiente. Perlassi, que sabía perfectamente a qué se referían, les preguntó si iban a aprender a manejar los dos, o únicamente Eladio.

—Eladio —dijo José—. Yo voy a ser el navegante.

—Pero necesitamos empezar pronto, ¿sabe? Lorgio está por comprar un camión nuevo y nos dijo que si aprendo nos lo encarga a nosotros.

—Ajá —respondió Perlassi, pensando que Lorgio es, ante todo, un valiente.

Ahora están allí, en medio de la ruta, listos para la primera clase práctica. Antes han sumado algunas clases teóricas, durante las cuales Eladio aprendió los nombres y utilidades de los pedales, usó la palanca de cambios, encendió el motor, manipuló las luces.

Como la camioneta sigue guardada en la estación de servicio tienen que empujarla entre los tres un trecho largo, porque Perlassi no está dispuesto a faltar a su promesa de no volver a conducir en el resto de su vida. Eladio acaba de encender el motor y por eso ahí están, con el motor ronroneando, serios, circunspectos, listos para empezar. Perlassi habla pausado, sereno:

—Por ahora mi idea es que vayas recto, Eladio. Tenemos un kilómetro de asfalto antes de que se haga de tierra. Si venís bien, seguimos hasta el rancho de Medina, que se va a alegrar de verlos. Pero vamos de a poco.

—Entendido —contesta José, como si la cosa fuera con él. O sí, porque al parecer las cosas con uno siempre son también con el otro.

—¿Qué es lo primero? —pregunta Perlassi, en tono de paciente repaso.

En lugar de responder, Eladio actúa: mueve la palanca desde punto muerto a primera, pero como no aprieta el embrague, la caja de cambios emite un chillido cavernoso.

—¡Embrague, pelotudo, embrague! —vocifera José.

—¡Callate, enfermo, que ya me di cuenta! —se defiende Eladio.

—Momento, momento… —apaciguador, interviene Perlassi—. Tratá de no ponerlo nervioso a tu hermano, José. Y vos, Eladio, acordate de apretar el embrague… Así. Perfecto. Ahora podés poner primera. Ahora cuidado al solt…

Perlassi no consigue terminar de decir "soltar" que la camioneta sale hacia adelante entre tirones y cabeceos. Eladio acelera. Acelera y sonríe. Perlassi le dice que pase a segunda, pero es tal el batifondo que mete el motor con las revoluciones en cinco mil que el otro no lo escucha.

—¡Segunda, boludo! —grita José, casi encaramado sobre Perlassi para que su hermano se percate de su indicación.

El método, si no cordial, parece efectivo. Eladio, en un alarde de coordinación, oprime el embrague, pone segunda y vuelve a soltarlo. Nuevos cabeceos, pero ahora la camioneta se endereza con menos zarandeo y adquiere velocidad, cada vez más velocidad, demasiada velocidad.

Perlassi observa el velocímetro: va a setenta kilómetros por hora en segunda, y el rostro de Eladio irradia una paz y un orgullo difíciles de ponderar.

—Aflojá, Eladio. Aflojale —recomienda.

—¡Poné tercera, tarado! —grita José, compenetrado en su rol de navegante.

Perlassi no está muy de acuerdo, porque preferiría que Eladio aminorase la marcha y todo volviese a empezar. Pero el principiante se empeña en obedecer a su hermano. Sin dejar de acelerar intenta pasar de segunda a tercera, pero omite apretar el embrague y vuelven a escucharse los crujidos de demolición.

—¡Pará, pelotudo! ¡Pará!

—¿Que pare con qué, imbécil? —Eladio, ofendido, clava la vista en su hermano, por encima de Perlassi.

La camioneta deriva peligrosamente hacia la izquierda y el veterano futbolista termina soltando un tímido:

—¡Guarda, Eladio!

El aludido vuelve a mirar la ruta, cuando la camioneta ya roza el pasto del margen izquierdo. Pega un volantazo furioso y la Ford sale disparada hacia la derecha. Cruza la ruta a más de ochenta kilómetros por hora, sortea a los saltos una zanja y se interna en el campo, mientras sus ocupantes se dan golpes numerosos contra el techo y las paredes del habitáculo, José pierde toda compostura y grita que van a matarse, Eladio vocifera que se calle y Perlassi murmura una oración. La camioneta termina por internarse en una lagunita poco profunda, un charco que siempre se forma por ahí, después de las lluvias, donde pierde velocidad y se detiene mientras el motor se apaga con un par de estertores finales.

Eladio, rojo de la bronca o de la vergüenza, mantiene las manos firmes en el volante, como si el viaje fuese a continuar en cualquier momento. José se palpa la frente, en el sitio que golpeó contra el techo. Perlassi suspira.

Adelante no hay nada más que campo.

—Y bueh… —dice Perlassi por fin—. Cebalo. Cebalo y dale arranque.

Castelar, diciembre de 2015

Índice

Índice

El 5 de abril de 2016, en Madrid, un jurado presidido por la escritora y académica Carme Riera, e integrado por Michi Strausfeld, Carlos Zanón, Sara Mesa, Mercedes Corbillón y Pilar Reyes (con voz pero sin voto), otorgó el **XIX Premio Alfaguara de novela** a *La noche de la Usina* de **Eduardo Sacheri**.

Acta del jurado

El Jurado, después de una deliberación en la que tuvo que pronunciarse sobre cinco novelas seleccionadas entre las setecientas siete presentadas, decidió otorgar por mayoría el **XIX Premio Alfaguara de novela**, dotado con ciento setenta y cinco mil dólares, a la obra presentada bajo el seudónimo de Alfredo Álvarez, cuyo título y autor, una vez abierta la plica, resultaron ser *La noche de la Usina* de **Eduardo Sacheri**.

En cuanto a la novela ganadora, se trata de una emocionante historia situada en un pequeño pueblo de la provincia de Buenos Aires a primeros de nuestro siglo, justo antes de que el gobierno de Fernando de la Rúa imponga el corralito financiero y bloquee las cuentas bancarias. Un grupo de amigos —personajes inolvidables todos ellos—, que ha sido estafado, decide recuperar su dinero y su dignidad tomando la justicia por su mano. Es una novela coral, ágil y emotiva, con muchos ingredientes de lo mejor del *thriller* y el *western*.

Pampa y política, tiempos muertos de vida cotidiana y diálogos muy vivos, con un trasfondo crítico lleno de suspenso en el que la rabia fecunda es compatible con el humor más fresco.

Premio Alfaguara de novela

El Premio Alfaguara de novela tiene la vocación de contribuir a que desaparezcan las fronteras nacionales y geográficas del idioma, para que toda la familia de los escritores y lectores de habla española sea una sola, a uno y otro lado del Atlántico. Como señaló Carlos Fuentes durante la proclamación del **I Premio Alfaguara de novela**, todos los escritores de la lengua española tienen un mismo origen: el territorio de La Mancha en el que nace nuestra novela.

El Premio Alfaguara de novela está dotado con ciento setenta y cinco mil dólares y una escultura del artista español Martín Chirino. El libro se publica simultáneamente en todo el ámbito de la lengua española.

Premios Alfaguara

Caracol Beach, Eliseo Alberto (1998)
Margarita, está linda la mar, Sergio Ramírez (1998)
Son de Mar, Manuel Vicent (1999)
Últimas noticias del paraíso, Clara Sánchez (2000)
La piel del cielo, Elena Poniatowska (2001)
El vuelo de la reina, Tomás Eloy Martínez (2002)
Diablo Guardián, Xavier Velasco (2003)
Delirio, Laura Restrepo (2004)
El turno del escriba, Graciela Montes y Ema Wolf (2005)
Abril rojo, Santiago Roncagliolo (2006)
Mira si yo te querré, Luis Leante (2007)
Chiquita, Antonio Orlando Rodríguez (2008)
El viajero del siglo, Andrés Neuman (2009)
El arte de la resurrección, Hernán Rivera Letelier (2010)
El ruido de las cosas al caer, Juan Gabriel Vásquez (2011)
Una misma noche, Leopoldo Brizuela (2012)
La invención del amor, José Ovejero (2013)
El mundo de afuera, Jorge Franco (2014)
Contigo en la distancia, Carla Guelfenbein (2015)
La noche de la Usina, Eduardo Sacheri (2016)